दो दुनी चार

(उपन्यास)

समर्पण

स्मृतिशेष माँ को जिनके जीवन संघर्ष
ने मुझे दिशा दी,
स्मृतिशेष सुहृद् मदनमोहन मिश्र की पुण्यस्मृति को
एवं
शिक्षाजगत् की दुर्व्यवस्था से संघर्षरत साथियों के नाम

समर्पण

स्मृतिशेष माँ को जिनके जीवन संघर्ष
ने मुझे दिशा दी,
स्मृतिशेष सुहृद् मदनमोहन मिश्र की पुण्यस्मृति को
एवं
शिक्षाजगत् की दुर्व्यवस्था से संघर्षरत साथियों के नाम

दो दुनी चार

शैलेश कुमार मिश्र

प्रलेक प्रकाशन

प्रलेक प्रकाशन

PRALEK PRAKASHAN

(an Imprint of "PRA LEK PUBLISHING HOUSE PVT. LTD.")

मुख्य कार्यालय : 702, जे-50, ग्लोबल सिटी, विरार (वेस्ट), मुम्बई, महाराष्ट्र-401303
दिल्ली एनसीआर कार्यालय : 03/सी, ज्ञान खण्ड-4 इंदिरापुरम गाजियाबाद, उ.प्र.-201014
बनारस कार्यालय : 02, उर्मिल प्रेम सदन, नासिरपुर, वाराणसी, उ.प्र.-221005

E.mail : pralek.prakashan@gmail.com
Website : www.pralekprakashan.com
दूरभाष : +91 7021263557

दो दुनी चार-शैलेश कुमार मिश्र
Do Duni Char by Shailesh Kumar Mishra

ISBN : 978-93-5869-22-73

प्रथम पेपरबैक संस्करण : 2025

:

आवरण एवं पुस्तक सज्जा : प्रलेक स्टूडियो

(प्रलेक प्रकाशन का लोगो मिक्की पटेल की तूलिका से।)

"दुक्का दू, दू दुनी चार, दू तिया छौ, दू चउके आठ...।" दो के पहाड़े की समवेत ध्वनि विद्यालय परिसर में गूँज रही थी। सभी शिक्षक अपनी-अपनी कक्षा के भीतर थे। विद्यालय के शिक्षकों से गप्प और खैनी साझा करनेवाले कन्हैयाजी वहाँ से खैनी की आस में गुजर रहे थे तो विद्यालय प्रांगण उन्हें कुछ सूना-सूना लगा। वे परिसर में दाखिल हुए तो देखा सारे अध्यापक कक्षा में हैं। उन्होंने सुदर्शन मास्टर को आवाज़ लगाई-

"का माटसाहेब! सब के सब इ जड़वा में भीतरे घुसल हैं; केतना बढ़िया धूप खिला है महराज! आइए बाहर। ढेर पढ़ा दिए।"

"अरे भाई! अभी आप जाइए। इंस्पेक्टरवा आने वाला है, इसीलिए बाहर नहीं बैठे हैं।" सुदर्शन जी कक्षा के बाहर आकर बोले।

"ओही कहें कि फिरी के विटामिन डी छोड़ के भरल जाड़ा में भीतरे घुसल हैं, जरूर कोई बड़ा बात है। जाइए पढ़ाइए लेकिन खैनीवाला चुनौटिया देते जाइए।"

कन्हैयाजी ने अपना उल्लू सीधा किया और विद्यालय से चलते बने। आज गप्प की कोई गुंजाइश न थी। कल ही शाम कानोंकान ख़बर आई थी कि विद्यालय में स्कूल इन्स्पेक्टर साहब का दौरा है। साहब का दौरा होता और शिक्षकों को दौरे आते। यदि दौरे जैसी समस्याएँ न होतीं तो कुर्सियाँ बाहर हरी घास पर धूप में लगी होतीं, और हेडमास्टर साहब-जगदीश कुमार को घेरे सभी शिक्षक देश की गंभीर समस्याओं के निराकरण पर विचार-विमर्श कर रहे होते। कुछ छात्र शिक्षकों की छड़ी के भय से कक्षा में बने रहते, कुछ विद्यालय परिसर में भ्रमण कर रहे होते, कुछ शिक्षकों की नज़रें बचाकर विद्यालय की पाँच फीट वाली चहारदीवारी लांघ कर घर हो आते।

जगदीश बाबू, बदरी बाबू, विन्सेंट जी, शम्भु जी, सुदर्शन जी, चेतन जी,

सबीना मैडम कुल सात हुए तो? इन्हीं सप्तर्षियों पर विद्यालय के छात्रों की शिक्षा का दारोमदार था। जो तनिक बुजुर्ग-से थे उन्हें सारे गाँव से नाम के साथ 'बाबू' उपाधि प्राप्त थी, मसलन बदरी बाबू, जगदीश बाबू। वैसे जगदीश बाबू को 'हेडमास्टर साहब' का खिताब भी हासिल था। शेष शिक्षकों को आदरभाव से नाम के साथ 'जी' का संबोधन दिया जाता जैसे शम्भुजी, चेतनजी। एकमात्र शिक्षिका सबीना परवीन 'मैडम' के उपनाम से विख्यात थीं। अक्सर विद्यालय प्रांगण में चिन्तन कर रहे ये आचार्यवृन्द आनेवाले महंगाई भत्ते की दर का अनुमान करते, या वार्षिक बोनस की राशि पर बहस करते। बदरी बाबू को इनकम टैक्स की पड़ी रहती। महंगाई भत्ते में वृद्धि से कुल आय तो बढ़नी ही थी। वे हेडमास्टर साहब से मुखातिब होते-

"सर! ई बार इनकम टैक्स केतना परतिसत लगेगा?"

ऐसे यक्ष प्रश्नों का हेडमास्टर साहब के पास कोई जवाब न होता लिहाजा अपनी प्रतिष्ठा बरकरार रखने के लिए कुछ यों प्रतिक्रिया देते-

"अब ई देखिये बदरी मास्टर के! महंगी भाता के ठेकान न है अउ इनको टैक्स के नोचनी होए लगा। अभिये से काहे ला बेदम हैं जी!"

न चाहते हुए भी सभी शिक्षक हेडमास्टर साहब के समर्थन में ही यथायोग्य प्रतिक्रिया देते। बेचारे बदरी बाबू चुप हो जाते। सबीना मैडम बातचीत का रुख भाँपती रहतीं। उन्हें लगता कि अब उनका बैठना उचित नहीं है तो वे उठकर क्लास में चली जातीं। उधर मैडम अपनी राह लेतीं और इधर बदरी बाबू सुदर्शन जी को उनके मनोनुकूल वार्तालाप के लिए ललकार देते। मैडम के हटते ही सुदर्शन मास्टर अपना वाजीकरण शास्त्र शुरू कर देते। उम्र ढल जाने पर भी यौवन बनाये रखने के अचूक नुस्खे उनके पास थे। प्राचीन समय में राजे महराजे जिन यौवनवर्धक औषधियों के लिए वैद्यों को हज़ारों स्वर्णमुद्राएँ देते उनके नुस्खे सुदर्शन मास्टर मुफ्त बाँट रहे होते। ऐसे रस-रसायन और उनके उपयोगों की रसमय चर्चा में सभी शिक्षक हिस्सा लेते। हेडमास्टर साहब भी सभा का नेतृत्व जैसे मौनभाव से सुदर्शन जी को सौंप चुके होते। वे भी बड़े गौर से अपने सेवानिवृत्त यौवन को ऐक्टिव बनाने के उपायों को सुन रहे होते, लेकिन प्रकट रूप में पुराने अखबार में यूँ नज़र गड़ाए रहते मानो उन जैसे वैरागी को इन सांसारिक बातों से क्या लेना-देना। चेतन जी और शम्भु जी को ये बातें व्यर्थ प्रतीत होतीं क्योंकि सुदर्शन मास्टर के शास्त्रज्ञान की सीमाओं को वे भली-भाँति समझते थे और उनकी उम्र ऐसे किसी नुस्खे की मोहताज़ भी न थी। वे दोनों भी सभा छोड़कर अपनी-अपनी कक्षा में चले जाते।

आज जाड़े की गुलाबी धूप विद्यालय प्रांगण में पसरी हुई थी। सभी शिक्षक कक्षाओं के भीतर से ललचाई नज़रों से उसे निहार भी रहे थे, लेकिन इंस्पेक्टर साहब के दौरे का ग्रहण लगा था। ऐसे में जाड़े की मद्धिम धूप भी तीखी हो सकती थी। विद्यालय परिसर में चहुँओर अध्यापन की ध्वनि गूँज रही थी। आप विद्यालय परिसर में कहीं भी खड़े हों कक्षा दो और तीन के संयुक्त कक्ष से आती यह ध्वनि स्वतः आपके संज्ञान में आती। संयुक्त कक्ष इसलिए कि जैसे लोकसभा और राज्यसभा के संयुक्त अधिवेशन हुआ करते हैं उसी तरह प्रायः रोज़ किसी न किसी कक्षायुगल को संयुक्त रूप से ज्ञानदान किया जा रहा होता। दरअसल कक्षाओं की संख्या शिक्षकों की संख्या से मेल नहीं खाती थी। कक्षाएँ आठ थीं और शिक्षक सात। उनमें भी एक तो हेडमास्टर साहब ही थे। साहबों को बहुत से दूसरे जरूरी काम होते– पढ़ाना उनमें न था। अक्सर कोई न कोई शिक्षक छुट्टी में होते लिहाजा कक्षाएँ आठ और शिक्षक पाँच का समीकरण प्रायः रोज़ बिठाना पड़ता। शम्भुनाथ तब नए-नए बहाल होकर आये थे– शम्भुनाथ, एम.ए. गोल्डमेडलिस्ट, पीएच.डी। गोल्डमेडल की चमक तो थी ही, पढ़ाने का जुनून भी था। पूरे जिले के पाँच हज़ार शिक्षकों में एकमात्र डॉक्टरेट थे। उनकी योग्यता को देखते हुए उन्हें विद्यालय की उच्चतम कक्षा आवंटित की गई थी-कक्षा आठ। वहाँ हिन्दी, अंग्रेज़ी, फिजिक्स, केमिस्ट्री सब उन्हें ही पढ़ाने थे। योग्यता तो अपनी जगह, मूल कारण था कि आठवीं कक्षा में कोई शिक्षक प्रवेश करना ही नहीं चाहता था। स्कूल के अधिकांश अध्यापक 'पुराने मैट्रिक पास' थे। उस पुराने मैट्रिक की महत्ता का आभास कराते बदरी बाबू कहते–

"आईज कल का बी.ए. भी पुरना मेट्रिक का बराबरी नहीं कर सकता है।"

स्कूल इंस्पेक्टर निरीक्षण में आएँ और उन निरीक्षी नज़रों को नज़राना न पेश किया जाए तो अंजाम कुछ अच्छा नहीं होता। आज कोई भी शिक्षक छुट्टी में न था। हेडमास्टर साहब भी पढ़ाने का ढोंग कर रहे थे। शम्भु जी को भी आगाह किया गया था कि आज इंस्पेक्टर साहब आनेवाले हैं, पर उन्हें इस सूचना का औचित्य समझ में नहीं आया। वे प्रतिदिन की तरह अपनी कक्षा में मशगूल थे। स्कूल इंस्पेक्टर शब्द से जिस अर्थ का बोध होता था उसमें स्कूल कम था इंस्पेक्टर ज्यादा। यों कहना चाहिए कि स्कूल इंस्पेक्टर नामक प्राणी बाहर-बाहर स्कूल इंस्पेक्टर होता, उसकी आत्मा में पुलिस इंस्पेक्टर का ही वास होता। हालाँकि वह पढ़े-लिखे समाज-निर्माताओं के बीच जाता फिर भी न जाने क्यों पुलिस की 'चोरबत्ती' की-सी निगाह रखता। ख़बरी ने सही ख़बर

दी थी। नियत समय पर इंस्पेक्टर साहब के दोपहिया के इंजन की दूर से आती आवाज़ सुनाई पड़ी। कक्षाओं में पहले से सतर्क शिक्षक और ज्यादा सतर्क हो गए। अब उनका ध्यान पाठ पर कम इंस्पेक्टर साहब के वाहन के इंजन की आवाज़ पर ज्यादा था। दोपहिया विद्यालय परिसर में आकर रुका। साहब ने न इंजन बंद किया न वाहन से उतरने की जहमत की। सामनेवाली कक्षा में अध्यापन में तल्लीन बदरी मास्टर दौड़े-दौड़े आए और 'परनाम सर' की कातर ध्वनि के साथ वाहन को थाम लिया। साहब ने वाहन के दोनों ओर वितरित टाँगों को एकत्रित किया और बदरी बाबू ने इंजन बंद कर दोपहिये को स्टैंड पर खड़ा किया। तब तक सुदर्शनजी, हेडमास्टर जगदीश बाबू और विन्सेंटजी साहब की आवभगत को पहुँच चुके थे। वैसे तो इंस्पेक्टर साहब केवल प्राथमिक विद्यालयों के निरीक्षण का ही अधिकार रखते थे, पर इन दिनों विभाग की ओर से मध्य विद्यालयों के निरीक्षी पदाधिकारी का प्रभार भी उन्हें सौंप दिया गया था। वे इस स्वर्णिम अवसर को हाथ से जाने नहीं देना चाहते थे इसलिए मध्य विद्यालय मदरेचा को ही अपना पहला निशाना बनाया–

"का जगदीश बाबू! विद्यालय चल रहा है ठीक से?"

"हाँ सर! चलने का बात करते हैं, दौड़ रहा है तब! हे हे हे।"

"अच्छा! वही देखने तो आए हैं।"

इंस्पेक्टर साहब की निरीक्षी आँखों ने झट से ताड़ लिया कि विद्यालय के सभी शिक्षक करबद्ध मुद्रा में बत्तीसी दिखलाते सेवा में हाज़िर हैं, सिवाय 'शम्भुनाथ' के। मन ही मन बड़ी प्रसन्नता हुई कि कोई तो हाथ लगा। शायद शम्भु 'गायब' है। कुछ तो आमदनी होगी। बनावटी गंभीरता दिखलाते हुए उन्होंने पूछा–

"शम्भु जी नहीं हैं का?"

बात पूरी भी नहीं हुई कि हेडमास्टर साहब ने उनकी आशाओं पर पानी फेरते हुए कहा–

"हैं सर, कलास ले रहे हैं।"

"कलास ले रहे हैं?"

इंस्पेक्टर साहब ने कुछ यों कहा जैसे शम्भु जी किसी जुर्म को अंजाम दे रहे हों। उनकी इस प्रश्नवाचक मुद्रा का सीधा-सा अर्थ ये था कि शम्भु जी ने उनके दोपहिये के इंजन की आवाज़ पर ध्यान न देकर शान में गुस्ताखी की है। उन्हें चोट इस बात से न लगी कि शम्भु जी उनके आवभगत में हाज़िर न हुए बल्कि इससे बड़ी बात यह हो गई कि जिस कद्दावर शख़्सियत की

उपस्थिति से सारे ब्लॉक के स्कूलों में भूचाल आ जाता है, शम्भु जी ने उसकी तौहीन कर दी इतने शिक्षकों के सामने। सोचा– "आखिर चीज़ क्या है शम्भु?" मन में क्रोध और शंका के भाव भर उठे। आव देखा न ताव, तमतमाए हुए सीधे उस कक्षा में जा पहुँचे जहाँ शम्भु जी विद्यार्थियों के साथ परिमेय, अपरिमेय संख्याओं की चर्चा में उलझे थे। साहब का प्रवेश हुआ। शम्भु जी ने अभिवादन के शब्द कहे। बच्चों ने हमेशा की तरह इंस्पेक्टर नाम के प्राणी के आने पर खड़े हो जाने की परम्परा को बहाल रखा, हालाँकि सबके चेहरे पर खिन्नता के भाव थे। "अच्छे भले संख्याओं का गणित समझ रहे थे, बीच में ये कहाँ से आ टपके?" का भाव सभी छात्रों के चेहरे पर झलक रहा था।

इंस्पेक्टर साहब अपनी राह ढूँढ रहे थे। निरीक्षण शब्द का जो अर्थ कोशों में मिलता है उसका इस निरीक्षण से दूर-दूर तक कोई वास्ता न था। निरीक्षण का सीधा-सा अर्थ था– आमदनी की राह तलाशना। साहब ने एक तिरछी नज़र; जिसे वे कतिपय युवा शिक्षिकाओं पर डाला करते थे, ब्लैक-बोर्ड पर डाली और बोले–

"गनीत पढ़ा रहे हैं?"

"जी सर।"

"केत्ता दिन हुआ शम्भु जी आपको ज्वाइन किये हुए?"

"लगभग दो महीना हुआ है सर।"

"हम्म।"

छात्रों की ओर मुखातिब हुए और पूछा–

"संख्या का परिभाषा जानता है रे कोई?"

कक्षा में चुप्पी छाई रही। इंस्पेक्टर साहब को लगा कि तीर निशाने पर लगा है। चुप्पी को भंग करते हुए शम्भु जी से बोले–

"आप ही बता दीजिए, संख्या का परिभाषा।"

"संख्या की परिभाषा तो मुझे नहीं पता। आप ही बता देते तो अच्छा होता।" शम्भु जी ने गेम खेला।

"हम बता दें? सब हम ही बता देंगे तो आपलोग काहे के लिए हैं?"

दरअसल संख्या की परिभाषा साहब ने पूछ तो दी पर पूछते हुए यह ध्यान ही न रहा कि उलटकर यह साँप उन्हें भी डँस सकता है। शम्भु जी को एम. ए में पढ़ी वैशेषिक दर्शन की पंक्तियाँ याद हो आईं– "एकादिव्यवहारहेतुः संख्या।" सोचा साहब को बता दूँ फिर कुछ सोचकर मौन रह गए। साहब के तेवर चढ़े ही थे, बोले–

"तीसरा चौठा का लड़का भी जानता है कि संख्या का है? ई आठवाँ में पढ़ा रहे हैं! बड़ा एम.ए. पास लोग आये हैं!"

'बड़ा एम.ए पास लोग आए हैं' के शब्द दर शब्द जैसे विष बुझे तीर की तरह शम्भु जी के सीने पर लगे। वे तमतमा उठे फिर भी यथोचित नियंत्रण रखते हुए बोले–

"सर! मुझे यहाँ पढ़ाते हुए दो महीने हुए हैं, लेकिन आप तो यहाँ पिछले सात साल से निरीक्षण करते आ रहे हैं। जब इन्हें चौथी का ज्ञान नहीं है तो ये बच्चे चौथी कक्षा से प्रोन्नत होकर आठवीं तक कैसे आ गए?"

स्कूल इंस्पेक्टर नामक जीव प्रवचन करने वाले बाबा की किस्म का होता है जो केवल बोलना जानता है, दूसरे के प्रवचन सुनने का आदी नहीं होता। इंस्पेक्टर साहब से कोई 'मास्टर' जवाब तलब कर ले यह तो आज तक हुआ ही नहीं। साहब तमतमाए हुए शम्भु जी के क्लासरूम से निकलकर सीधा हेडमास्टर के पास आये और बोले–

"कइसा मास्टर है? अफसर का इज्ज़त करना भी नहीं जानता। जरा समझा दीजिएगा।"

"अरे छोड़िये न सर, नया-नया आया है। धीरे-धीरे सब सीख जाएगा।"

हेडमास्टर साहब ने इंस्पेक्टर साहब के जले पर बरनॉल लगाया। तब तक पत्ते के दोने में बालूशाही और निमकी साहब के आतिथ्य में रखे जा चुके थे।

"सहुआ के दोकान का है बलूसाही? ले जाइए। थड कलास तेल का बना हुआ।"

"नहीं सर! बलौक वाला मनोज मिस्टान का है। आप तो पसंद करते हैं उसका वाला।" सुदर्शन मास्टर ने चापलूसी का शुद्ध घी चुपड़ दिया था।

"एतना जल्दी बलौक से कैसे आ गया जी? आपको पता था कि हम आ रहे हैं?"

सबके सब चुप। पता तो था ही। सुबह ही एक विद्यार्थी को ब्लॉक भेजकर बालूशाही मँगवा ली गई थी। साहब को तसल्ली हो गई तो बालूशाही का टुकड़ा कुतरने लगे। साहब को थोड़ा नॉर्मल होते देख कुछ शिक्षक अपना-अपना सर्विस बुक लेकर आ गए। सर्विस बुक जो वस्तुतः विभाग के पास रहना चाहिए वह शिक्षकों के पास होता था, क्योंकि विभाग से सर्विस बुक गुम हो जाने के अनेक किस्से मशहूर थे। दरअसल गुम होते नहीं थे, करवाए जाते थे। इसी भय से यह प्रथा चल पड़ी थी कि सर्विस होल्डर सर्विसबुकहोल्डर भी था। बदरी बाबू ने सबकी ओर से साहब को निवेदन किया–

"सर! हमलोग का इंक्रीजमेंट है। सर्विस बुक में चढ़ा देते।"

एनुअल इंक्रीमेंट मिलना एक सामान्य प्रक्रिया थी, किन्तु शिक्षक सर्विस बुक में उसकी प्रविष्टि के लिए न जाने क्यों उतावले रहते। इंस्पेक्टर साहब बदरी बाबू की प्रार्थना अनसुनी करने का नाटक करते हुए हेडमास्टर से बोले–

"नयका मस्टरवा सब आया है न, सो का जाने का समझता है अपने को।"

"अरे नया में तनी गर्मी रहबे करता है सर! समय बीतेगा सब ठंडा हो जाएगा।"

हेडमास्टर साहब ने तसल्ली के शब्द कहे। बदरी बाबू ने फिर चिरौरी की–

"सर हमलोग का...।"

"हाँ हाँ समझ गए। खाली वेतनवृद्धि नहीं है। इस बार दक्षता अवरोध भी है।"

दक्षता अवरोध सचमुच एक बड़ा अवरोध होता था। यह एक प्रकार का टॉल गेट था जिसे पर करने के लिए टॉल-टैक्स देना होता था। इंक्रीमेंट के लिए जो सुविधा-शुल्क साहब लेते थे, दक्षता अवरोध पार कराने में उसका दोगुना चौगुना तक लेते थे। जैसा शिक्षक, अवरोध उसी नाप का। चार पाँच शिक्षकों के सर्विस बुक सामने पड़े थे। सामान्य दृष्टिवालों के लिए वह सर्विसबुक मात्र था लेकिन दिव्यदृष्टिसंपन्न इंस्पेक्टर साहब को उसमें निराकार ब्रह्म की तरह नोटों की सत्ता स्पष्ट नज़र आ रही थी। सभी शिक्षकों को कक्षा में जाने का आदेश दे दिया गया था। हेडमास्टर साहब को हेडमास्टर होने के नाते इंस्पेक्टर साहब से जरूरी बातें करनी होती थीं। वे इंस्पेक्टर साहब से बोले–

"इन्क्रीमेंटवा कर दीजिए सबका। दे देगा सब।"

"दे देगा तो एहसान करेगा का जी?"

"नहीं, मने देना तो हइए है। जो नियम है उससे हट के थोड़ो न है कोई शिक्षक।"

"हाँ, त हिसाब कर लीजिये। तीन ठो इन्क्रीमेंट है दू ठो दक्षता है। हज़ार रुपया दिलवा दीजिये साफ सुथरा हिसाब।"

इंस्पेक्टर साहब ने साफ सुथरा हिसाब बताया तो हेडमास्टर साहब की त्योरियाँ चढ़ गईं। उनका हिस्सा कम पड़ता था। वे बोले–

"आप तो लगाने लगे हज़ार का बज़ार। खाली अपना पाकिट देखते हैं। अरे अइसा बोलिए कि देवे वाला भी खुस रहे। लीजिए पाँच सौ रखिये।"

"जगदीश बाबू! आप तो... के जइसा बारगेनिंग करने लगते हैं न, एही हमको ठीक नहीं लगता है। सब आप ही रख लीजिये, हम फिरी में ही कर

देते हैं।" साहब ने बारगेनिंग की एक भद्दी-सी उपमा दी थी, पर इससे हेडमास्टर साहब को कोई फर्क नहीं पड़ा।

"हम फिरी में करने बोल रहे हैं?"

"पाँच सौ का मतलब फिरिए न हुआ। मने अफसर का कोई लेहाज हइए नहीं है।"

"ई लीजिए सात सौ रखिये। जादे अफसरी मत देखाइये।"

हेडमास्टर साहब ने थोड़े रोष भरे स्वर में कहा। इंस्पेक्टर साहब ने उनके तेवर देखे और वे समझ गए कि इससे ज्यादा गुंजाइश नहीं है। उन्होंने जेब से पेन निकाला और सर्विस बुक खोलकर अपना काम अंजाम देने लगे। काम खत्म कर पेन का ढक्कन बंद किया और चलने को हुए। हेडमास्टर के कमरे से बाहर निकले तो शिक्षकों ने घेर लिया। अब तक नोटों की हरियाली अपना असर दिखा चुकी थी। शिक्षकों से मुखातिब इंस्पेक्टर साहब बोले–

"और किसी को तो नहीं बताते आपलोग को बतला दे रहे हैं। थोड़ा सतर्क रहिएगा, अगला सप्ताह सुपरिंटेंडेंट साहब का दौरा हो सकता है। और हाँ, जगदीश बाबू! उ शम्भु को भी समझाइए थोड़ा। अफसर अफसर होता है, टीचर टीचर है।"

"आप निश्चिन्त होकर जाइए सर!" हेडमास्टर साहब ने अपनी अनुभवी आवाज़ बुलंद की।

सुदर्शन मास्टर ने बाईक स्टार्ट कर दी ताकि अफसर की टाँगों को किक मारने कष्ट न उठाना पड़े। इंस्पेक्टर साहब ने बाईक बढ़ाई और धीरे-धीरे बाईक के इंजन की ध्वनि धीमी होती हुई गायब हो गई। आने के समय इंजन की जो आवाज़ भय उत्पन्न कर रही थी वही अभी जाने के वक्त में आनंद बिखेरती प्रतीत हो रही थी। शिक्षकों ने चैन की साँस ली कि कोई दुर्घटना नहीं घटी, सब लोग मौजूद थे। तमाशा खत्म हुआ तो शम्भु जी भी शिक्षकों के आनंद में साझीदार हुए। सुदर्शन जी ने शम्भु जी से कहा–

"थोड़ा संभल के रहिये शम्भु जी! ई इंस्पेक्टरवा साला बहुत हरामी है।"

"इसीलिए न कहते हैं सर कि आपको किक कहाँ मारना चाहिए और आप कहाँ मारते हैं। इतना सीनियर टीचर हैं आप। उसका बाईक स्टार्ट कीजिएगा आप? एके किक में सब हरामीगिरी भुला जाएगा।"

शम्भु जी के वक्तव्य पर सभी शिक्षकों ने हँसी बिखेर दी। सुदर्शन मास्टर को अपनी सीनियरिटी का एहसास हुआ तो मन गर्व से भर उठा। शम्भु जी के लिए अतिरिक्त आदरभाव उमड़ आया। उन्होंने मन ही मन कहा–

"ठीके तो कहता है शम्भु। हम सीनियर टीचर हैं। एतना गिर के का रहना है!"

"शम्भु जी...ईईई" हेडमास्टर साहब ने प्रांगण के दूसरे छोर से आवाज़ बुलंद की। शम्भु जी समेत सभी शिक्षक उस प्रधान आवाज़ की ओर चल पड़े।

"काहे साला चोरवा से मुँह लगाते हैं शम्भु जी?" हेडमास्टर साहब ने नसीहत देते हुए कहा था।

"हम कहाँ कुछ बोले सर? ओही संख्या का परिभाषा पूछ रहे थे, तो हम ही उनसे पूछ दिए।"

"अरे! उसको संख्या उंख्या से कोई लेना-देना है जी! उसको तो बस पैसा चाही।"

"उ तो नहीं देंगे सर। हम अपना ड्यूटी भी करें और उनको पैसा दें? पैसा कमाने आए हैं कि गँवाने? यही पैसा देने के लिए प्रिलिम्स और मेंस पास करके आए हैं?"

"अच्छा ठीक है, जाइए। हम देख लेंगे।"

शम्भु जी को अपना बहुमूल्य निर्देश दे चुकने के बाद हेडमास्टर साहब इन्क्रीमेंट प्राप्त शिक्षकों को एकत्रित कर बोले-

"साला एक नंबर का घुसखोर है। पाँचो टीचर का मिलाके दू हज़ार से कम में मानिए न रहा था। बड़ी मोसकिल से सोलह सौ में काम करवाए। आप लोग अपना-अपना हिसाब करके बाक़ी पैसा हमको दे दीजिएगा। दक्षता वाला के पाँच-पाँच सौ और बाक़ी के दु-दु सौ।"

यह कहते हुए हेडमास्टर साहब की पारखी नज़रों ने शिक्षकों की आँखों के माध्यम से उनके मन के भाव ताड़ लिए। मन ही मन बोले- "अढ़ाई हज़ार भी चल जाता। आच्छऽ, अगला बार।"

"आपके चलते वाजिबे रेट में हो गया सर। हमलोग से तो छे सौ से कम लेबे नहीं करता।" विन्सेंट जी ने हेडमास्टर साहब के अनुमान को पुष्ट किया। शिक्षकों को चिंता सता रही थी कि शम्भु जी ने इंस्पेक्टर साहब से पंगा ले लिया है। अब तो इनकी नौकरी पर आफत है। स्कूल में छुट्टी की घण्टी बजी और बच्चे बेतहाशा भागे, जैसे बहुत दिनों के बाद जेल से रिहाई हुई हो। सभी शिक्षकों ने भी अपने-अपने घर की राह ली। दिन भर की कड़ी मेहनत के बाद थोड़ा विश्राम कर कोई घंटे भर बाद सुदर्शन जी और बदरी बाबू गाँव की मुख्य सड़क पर मिले। सुदर्शन जी ने खीस निपोरते हुए कहा-

"दू सौ तो ठीके लिया इन्क्रीमेंट में मगर दक्षतावाला में हेडमास्टर भी

कमाया। ई विन्सेंट तो हेडमास्टर का चमचई में लागल रहता है इसीलिए हम कुछ नहीं बोले।"

"अच्छ जाने दीजिए दक्षतावाला रोज़-रोज़ थोड़ी न है। तीन चार बरिस पर हुआ।"

बदरी बाबू ने सुदर्शन मास्टर को कृत्रिम दिलासा देते हुए चेहरे पर सहानुभूति के भाव सिरजे। दरअसल बदरी बाबू दो सौ वाले समूह में थे; पाँच सौ का झटका सुदर्शन जी को लगा था। एक क्षण को चुप्पी छाई रही फिर बदरी बाबू ने कहा–

"स्टेन चलिए।"

स्टेन अर्थात् बस स्टैंड जो कि गाँव का मुख्य सूचना केंद्र था। बातचीत में मशगूल दोनों गाँव के बस स्टैंड की ओर बढ़ गए। स्टैंड पर झल्लू भगत की चाय दूकान थी, जहाँ समोसा बालूशाही और चाय मिलती। गुड़ और आटे के गोलाकार मिश्रण को तल कर बनाई जाने वाली ग्रामीण मिठाई गुलगुला भी मिलता। आते-जाते राहगीर चाय सुड़कते और गुलगुला बालूशाही खरीद कर घर ले जाते। चाय दूकान पर ही तमाम गंभीर राजनीतिक चर्चाएँ होतीं। एक ओर ताश की चौकड़ी जमी रहती। बदरी बाबू और सुदर्शन मास्टर ताश वाली मंडली में जाकर बैठ गए। भुनेसर बोला–

"आइए सर! हमलोग का हो गया।"

"न न खेलिए खेलिए।" सुदर्शन जी ने कहा।

"नहीं सर दु घंटा से खेल रहे हैं। अब थोड़ा पानी पटाने जा रहे हैं।"

भुनेसर ने विदा ली और समूह में सुदर्शन जी और बदरी बाबू का प्रवेश हुआ।

"लीजिए सर आप ही फेंटिये।" कलेसर ने ताश की गड्डी सुदर्शन जी को सुपुर्द की। सुदर्शन मास्टर के अनुभवी हाथों ने फेंटने का काम अंजाम दिया और गड्डी शिबू की ओर बढ़ाई। बदरी बाबू ने छेड़ा–

"ठीक से फेंटे हैं न सर, शिबुआ का आँख बड़ा तेज है।"

"बदरी सर! ट्रांसफर में जैसे जिला वाला साहब मास्टर लोग को यहाँ का वहाँ फेंकता है न, वैसा ही फेंटे हैं। गुलाम इधर तो बीबी उधर।"

"ह ह ह! आप भी एक्जाम्पल ऐसा देते हैं न सर!" कलेसर ने मुस्कुराकर कहा।

"ठीके कह रहे हैं। अब हमीं को देखिये। घर है बारंगडीह, समार बलौक और साला पोस्टिंग दिया है यहाँ एक सौ बीस किलोमीटर दूर मदरेचा में। अपने

गाँवे तरफ का टीचर है गिरधर। ट्रांसफर पोस्टिंग में साहब का दलाली करता है, लेकिन रेट में साला कोई गुंजाइश नहीं।"

"उपाध्याय का रेट ठीक रहता है।" पत्तों पर कड़ी निगाह रखते हुए बदरी बाबू ने कहा।

"रेट ठीक रहता है मगर उ जगह का गरांटी नहीं लेता। दस-बीस किलोमीटर इधर उधर फेंक देता है। हमको गिरधर साठ हज़ार बोला। हम बोले कि जादा से जादा चालीस देंगे। नहीं तैयार हुआ तो हम भी बोले छोड़ो स्साला जहाँ फेंकना है फेंको। लाइए एक्का मेरा है।" कहते हुए सुदर्शन जी ने पत्ते समेटे।

"का मास्टर लोग! स्कूल से छूटे नहीं कि पत्ता चालू। अरे घर दुआर जनी (पत्नी) छउवा (बच्चा) को भी टाइम देना चाहिए। चल हट रे कलेसर! अब थोड़ा हम हाथ आजमाएँ।"

शिक्षकों को घर की देखभाल का निर्देश देते हुए मिलटन भगत समूह में जा बैठे। मिलटन भगत शहर के जाने-माने कालेज से साइंस ग्रेजुएट थे और पास के ही स्कूल में हेडमास्टर थे-ड्रॉइंग डिसबर्सिंग पावर के साथ। उनका घर उसी ब्लॉक में था अतः गाँव में गोतियारी भी थी। शिक्षकों के समाज में उन्हें अच्छी प्रतिष्ठा प्राप्त थी। कभी-कभी अपने ज्ञान की चकाचौंध से अफसरों की बोलती भी बंद करा देते। बड़े निर्भीक और मनमौजी। कलेसर को खेलते दस मिनट भी नहीं हुआ था कि मिलटन भगत ने उसे उठा दिया। मन मसोस कर कलेसर उठा और बोला-

"का चचा! अभिये तो बैठे थे। आप भी न, थोड़ा-सा इन्तेज़ार भी नहीं करते हैं।"

"अरे बेटा! घर में जवान बीबी को छोड़ के हियाँ बुढ़वन के साथ टाइम बरबाद कर रहे हो। तुमको इंग्लिश लिटरेचर का एगो बात बताते हैं। ट्रेजेडी और कोमेडी सुना है?"

"कोमेडी मतलब वोही हँसी वाला और ट्रेजेडी मतलब दुःख तपलीक वाला न?"

"हाँ। टु किस ए मिस इज कोमेडी एंड टु मिस ए किस इज ट्रेजेडी। समझा न। तो यहाँ बईठ के ट्रेजेडी काहे कर रहे हो? घर जाके कोमेडी करो।"

कलेसर को किस की बात समझ में आई बाक़ी किस मिस, मिस किस में उसकी बुद्धि उलझ गई। वह चला गया। ताश के फेरे चलते रहते, केवल कुछ अंतराल पर खिलाड़ी बदल जाते। बस स्टैंड गुलजार रहता। शाम के

धुंधलके में एकमात्र बस जो शहर से आती थी, आ गई। गाँव के लोग वहाँ उतरे और बस ब्लॉक के रास्ते पर बढ़ गई। बस के जाने के बाद वहाँ खामोशी पसरने लगती। झल्लू भगत भी अपना चूल्हा बुझा कर बर्तन समेटते और दूकान बढ़ा देते।

(2)

शम्भु जी को अपने नए कार्य स्थल पर आए हुए लगभग दो महीने हुए थे। विद्यालय के ठीक पड़ोस वाले मकान में एक कमरा लेकर रहते थे। विद्यालय की चहारदीवारी से लगी चहारदीवारी के भीतर आम, अमरूद, केले, कटहल के वृक्ष से घिरा वह एक बड़ा-सा खपरैल मकान था, जिसके मालिक मकान थे-बिंदेसर साहू। वय कोई पैंतालीस-सैंतालीस की। उनकी पत्नी उनसे कोई पाँच-सात वर्ष छोटी रही होगी। उनके दो बच्चे थे। अठारह वर्ष का किशन इंटर में पढ़ता था। पाँच बरस की बेटी दमयंती ने अभी स्कूल जाना शुरू नहीं किया था। शम्भु जी उन्हीं के मकान में एक कमरा किराए पर लेकर रहते थे। किराया तो नगण्य था। बल्कि गाँव के शिक्षक के प्रति श्रद्धा भाव रखने वाले बिंदेसर प्रतिदिन अपनी बाड़ी में होने वाली इतनी सब्जी शम्भु जी को भिजवा देते कि महीने भर का किराया उसका आधा भी न पड़ता।

अक्सर शाम को विद्यालय से लौटने पर अपने कमरे में थके-माँदे शम्भु जी आँखें बंद किए लेटे रहते और दरवाजे पर दस्तक होती-सर चचाजी! सर चचाजी! शम्भु जी उठ कर दरवाजे तक आते तो पाँचवर्षीया दमयंती एक छोटा थैला उनकी ओर बढ़ा देती। थैले में भिंडी, अमरूद, टमाटर, हरी मिर्च, बैगन या अन्य मौसमी फल-सब्जियाँ होतीं। दमयंती थैला दे कर जैसे भाग जाने को उद्यत होती लेकिन थैले के साथ शम्भु जी उसका हाथ पकड़ लेते। शुरू में तो वह भरसक हाथ छुड़ाने की कोशिश करती पर बाद में शम्भु जी के प्यार दुलार के वशीभूत दमयंती उनके पास आती और उनसे खूब बातें करती, मसलन-'हाथी कितना पानी पीता है?' 'बाघ आदमी को खा जाता है?' 'आप बाघ को मार सकते हैं?' 'आपके घर में टॉफी का पेड़ है?' वगैरह-वगैरह। शम्भु जी उसे आँखें बंद करने को कहते और जादू करते तो उसकी मुट्ठी में टॉफी आ जाती। दमयन्ती को यह जादू का खेल अच्छा लगता। उसके लिए शम्भु जी टॉफी वाले

'सर चाचाजी' थे। शम्भु जी की सुनसान शाम तनिक गुलजार हो जाती। दमयन्ती की माँ उसे खाना खाने को पुकारती और वह चली जाती तो शम्भु जी रात के भोजन के इंतजाम में जुट जाते। पिछले दो महीने से वे विद्यालय से अपने कमरे तक और कमरे से विद्यालय तक की ही यात्रा कर रहे थे। पूरा गाँव उन्होंने अभी तक देखा भी ना था। एक दिन शाम को लेटे-लेटे उन्होंने सोचा कि किसी दिन पूरे गाँव का भ्रमण किया जाए और ग्रामीणों से मिला जाए।

आज पाँच सितंबर को विद्यालय में बच्चों ने शिक्षक दिवस का आयोजन किया था। अपने सभी शिक्षकों के प्रति आदर प्रकट करने के लिए उन्होंने नाच-गान की महफिल सजाई थी। हेडमास्टर साहब समेत सभी शिक्षक उस सभा में आ बैठे। चौथी कक्षा की छात्रा रुकमिन ने शिक्षकों के स्वागत में गीत गाया-

"आपकी बगिया के हम सब फूल हैं, आपके चरणों की हम सब धूल हैं शरण में आए हैं गुरुवर..."

इसके बाद बड़ी कक्षा की कुछ छात्राओं ने नृत्य प्रस्तुत किया। कुछ छात्रों ने शिक्षक दिवस पर अपने टूटे-फूटे शब्दों में शिक्षकों के प्रति अपनी श्रद्धा प्रकट की। छात्रों द्वारा जमा की गई धनराशि से शिक्षकों के जलपान की व्यवस्था की गई थी। समोसा और चाय। शिक्षकों ने भी अपने-अपने संबोधन में बच्चों को आशीर्वाद कहे। उनके उज्ज्वल भविष्य की कामना की।

बच्चों ने शिक्षक दिवस के अवसर पर बहुत से पोस्टर बना रखे थे। तख्तियों पर टेढ़े-मेढ़े अक्षरों में स्लोगन लिख रखे थे। कार्यक्रम के अंत में बच्चे तख्तियाँ हाथ में लिए अपने गुरुजनों की जय-जय करते, उनका गुणगान करते पूरे गाँव की परिक्रमा कर रहे थे। शम्भु जी की नज़र ऐसी ही एक तख्ती पर पड़ी। छह-सात साल के एक छात्र हरि ने हाथों में तख्ती थाम रखी थी और नारे लगा रहा था-'शिक्षक हमारा पिता है।' शम्भु जी की नज़र तख्ती पर पड़ी तो वे चौंक गए। उन्होंने देखा कि बच्चे ने नारा लगाने में तो कोई गलती नहीं की थी पर तख्ती पर पिता की वर्तनी में प में दीर्घ ईकार की मात्रा लगी थी। भाषा के इस व्यंग्य पर शम्भु जी मन ही मन हँस पड़े। तब तक गाँव की परिक्रमा पूरी होने को थी। शम्भु जी ने सोचा-'चलो परिक्रमा समाप्त हुई। वैसे भी तख्ती पर कितनों की नज़र पड़ी होगी? दूजे यह कि नज़र पड़ी भी होगी तो इस दीर्घ ईकार का व्यंग्य कितनों के पल्ले पड़ा होगा।'

अप्रैल का महीना था। गर्मी छुट्टी में अभी एक महीने का विलंब था। विद्यालय की कक्षाएँ प्रातःकालीन हो गई थीं। बारह बजे कक्षाएँ समाप्त हो

जातीं। ऐसे ही किसी एक दिन शम्भु जी विद्यालय से लौटकर अपने कमरे में आए और लेट गए। उन्हें नींद आ गई। जगे तो देखा कि दिन के तीन बज रहे हैं, और रात सात बजे तक कोई काम नहीं है। लिहाजा अपने कार्यस्थल का परिदर्शन करने का विचार लिए वह निकल पड़े। रास्ते में चेतन जी को भी ले लेने का विचार आया। वे उनके कमरे तक जा पहुँचे। चेतन जी अखबार में मशगूल थे। उन्होंने आवभगत की और पूछा–

"आज इधर का रुख कैसे?"

"खाली बैठा क्या करता? सोचा आप के पास चलूँ और गाँव भी घूम लूँ।" शम्भु जी बोले।

"हाँ, यह तो अच्छा विचार है। एक-एक प्याली चाय पी ली जाए तब तक शाम भी घिर आएगी।"

"ठीक है।" शम्भु जी ने स्वीकृति दे दी।

चेतन जी ने चाय बनाई। बिना दूध की। शक्कर और चायपत्ती उबालकर उसमें हल्का-सा नींबू निचोड़ दिया और सकुचाते हुए चाय पेश की–

"शम्भु सर! दूध तो खत्म हो गया है, इसलिए नींबू की चाय बनाई।"

"मुझे तो यही पसंद है। दूध वाली चाय से मुझे गैस होता है।"

कहते हुए शम्भु जी ने सहृदयता से चाय की प्याली उठा ली। दोनों जने चाय पी चुके तब घड़ी शाम के पौने पाँच बजा रही थी। चाय पी कर दोनों ग्राम परिदर्शन के लिए निकल पड़े। गाँव की परिधि लगभग दो किलोमीटर रही होगी। गाँव के दोनों छोर पर दो बड़े-बड़े तालाब थे। बिल्कुल स्वच्छ और सुंदर। नहाने के लिए सीढ़ियाँ बनी थीं। गाँव की अमराई के बीच से गुजरे तो कोयल की कूक सुनाई पड़ी। साल के घने दरख़्तों के बीच से गुजरते हुए उसके फूलों की महमह से महकते वातावरण ने जैसे शम्भु जी का मन मोह लिया। काव्य में वर्णित 'मलय-पवन-सुरभित-वन-उपवन' की पंक्ति जैसे दृश्य रूप ले रही थी। चलते चलते वे दोनों गाँव की सीमा पर बने तालाब के किनारे पहुँचे और एक चट्टान पर बैठ गए। वातावरण शांत और निर्जन था। पाँच-सात मिनट पर इक्का-दुक्का कोई व्यक्ति उधर से गुजरता। वैसे भी शाम का धुंधलका गाँव की सीमा पर 'लाइन ऑफ कंट्रोल' बना देता है। बाहर गए हुए लोग भी अंधेरा होने से पहले घर लौट आते हैं। अभी अंधेरा हुआ नहीं था। वे दोनों वहाँ से उठकर बस्ती की ओर चल पड़े। गाँव के बीच पहुँचे तो अंधियारा घिर आया था। अपने घर के बाहर चबूतरे पर बैठे एक ग्रामीण ने उन्हें देखा तो आदर सहित हाथ जोड़कर नमस्कार किया और घर के भीतर आमंत्रित

किया–

"परनाम मास्टर! आऊ नी आइज हामर घरे। तनी चाह पानी..." (प्रणाम मास्टर साहब! आज हमारे घर आइए न। थोड़ी चाय...)

जवाब में दोनों शिक्षकों ने हाथ जोड़े-

"अरे ठीक है। फिर कभी।"

तभी शम्भु जी ने देखा चौथी कक्षा में पढ़ने वाली रुकमिन बाहर आई। उसने दोनों शिक्षकों के पाँव छुए और प्रार्थना के स्वर में बोली-

"आइए ना सऽऽऽर..." धनेसर ने कहा।

इस बाल सुलभ याचना पर दोनों शिक्षक इंकार ना कर सके। दोनों ने भीतर प्रवेश किया। कमरे के भीतर दो बिस्तर लगे थे। एक खाट और एक चारपाई। वही उनका ड्राइंग रूम था और वही शयन कक्ष। उससे लगा कमरा शायद रसोईघर होगा। रुकमिन के पिता ने अपना परिचय दिया–

"मास्टर! मोर नाम धनेसर हय। रुकमिन मोर एके गो बेटी छउवा हय। रउरे मनक खउब तारीफ करेला।" (मास्टर साहब मेरा नाम धनेसर है। रुकमिन मेरी इकलौती बेटी है। आप लोगों की खूब प्रशंसा करती है।)

"रउरे कर छउवा पढ़ेक में बहुते बेस है। कलास में खउभ ध्यान देवेला।" (आपकी बेटी पढ़ने में बहुत तेज है। क्लास में खूब ध्यान देती है।) चेतनजी ने कहा।

"असिरबाद हय रउरे मन कर।" (आशीर्वाद है आप लोगों का)

बातचीत के इसी दौर में रुकमिन की माँ चाय की दो प्यालियाँ लेकर आई।

"लेउ मास्टर गरीब घरेक चाह भी कहियो कहियो पिएक चाही।" (लीजिए मास्टर साहब गरीब घर की चाय भी कभी-कभी पीनी चाहिए।)

मुस्कुराते हुए धनेसर ने चाय की प्याली शम्भु जी की और बढ़ाई। शम्भु जी ने कहा–

"देखू धनेसर! आदमी अमीर गरीब बिचार से होएला, धन से नई। रउरे कर बिचार बड़ हय होले रउरे अमीर हेकि, छोट बिचार होले गरीब।" (देखिए धनेसर! आदमी अमीर गरीब विचार से होता है, धन से नहीं) आपके विचार बड़े हैं तो आप अमीर हैं, विचार छोटे हैं, तो गरीब।)

"रउरे सिच्छक पर एते सरधा रखिला एहे बड़ विचार हय।" (आप शिक्षक पर इतनी श्रद्धा रखते हैं, यही विचार बड़ा है।) चेतनजी बोले।

"मास्टर! रउरे कर बिचार!! मोके तीस बरिस पुरना बात इयाद आलक। हामिन कर एगो मास्टर रहैं– जुगेसर मास्टर। ऊहो इसने बात करत रहैं। (मास्टर

साहब! आपके विचार!! मुझे तीस साल पुरानी बात याद हो आई। हमलोगों के एक शिक्षक थे– जुगेसर मास्टर। वे भी इसी तरह की बातें किया करते थे।)

चाय का दौर समाप्त हुआ और तब तक रुकमिन की माँ दो थालियों में रोटी, दाल और भिंडी की सब्जी ले आई। रुकमिन पानी का ग्लास लेकर सकुचाती हुई खड़ी थी।

"एहे रुखा-सूखा है मास्टर! कोनो मिठाइयो नखे जे रउरे मन के खियातली।" (यही रुखा-सूखा है, मास्टर साहब! कोई मिठाई भी नहीं है जो आपलोगों को खिला सकता।)

रुकमिन के चेहरे पर प्रसन्नता और संकोच के मिले जुले भाव थे। प्रसन्नता इसलिए कि उसके गुरुजन उसके घर पधारे और संकोच इसलिए कि उन्हें मामूली-सा भोजन परोसा जा रहा था। पिता की बात सुनकर उसका मन तनिक और विवशता की पीड़ा में डूब गया। दोनों शिक्षकों ने रुकमिन के चेहरे के भाव पढ़ लिए। चेतनजी ने तत्क्षण कहा–

"धनेसर भाई! मिठास बात-बेहवार में होवेक चाही। उकरे से खाना में मिठास आवेला, मिठाई से नई।" (धनेसर भाई! मिठास बात-व्यवहार में में होनी चाहिए। उसी से भोजन में मिठास आती है। मिठाई से नहीं।)

चेतन सर की बात से रुकमिन का मलिन मन खिल उठा था। लगा जैसे लड़खड़ाते हुए उसे किसी ने थाम लिया है। उसकी आँखें भीग गई। अपने शिक्षकों के लिए उसके हृदय में और अधिक श्रद्धा उमड़ आई। दोनों शिक्षकों ने भोजन की भूरि-भूरि प्रशंसा की और परोसन माँगकर खाया। शिक्षकों की इस आत्मीयता से धनेसर और उनकी पत्नी भी बहुत प्रसन्न हुए। भोजन समाप्त हुआ। घड़ी ने सवा आठ बजाए। गाँव-घर की बातें हुई। दोनों शिक्षकों ने विदा ली और अपने-अपने कमरे की ओर लौट गए।

गाँव में मुख्य सड़क पर ही एक पक्का दो-मंजिला मकान था। गाँव के अन्य सभी घरों से अलग। विद्यालय आते-जाते रोज़ शम्भु जी की नज़र उस पर पड़ती। एक दिन उन्होंने अपने मकानमालिक बिन्देसरजी से पूछ ही लिया–

"बिन्देसर जी! ई दो-तल्ला मकान किनका है? गाँव भर में ऐसा सुन्दर मकान और नहीं है।"

"परकास डॉक्टर का मकान है सर! उसका बेटा तो आपका स्कुल में पढ़ता है।" बिन्देसर जी ने बतलाया। डॉक्टर साहब से शम्भु जी का कोई परिचय नहीं था।

एक बार शम्भु जी को तेज बुखार हो आया और उल्टियाँ होने लगीं। उनके

मालिक-मकान उन्हें गाँव के उसी 'परकास डॉक्टर' के पास ले गए। डॉक्टर साहब एक मरीज की चिकित्सा में लगे थे। स्टेथेस्कोप कान में लगाए बिना ही मरीज की पीठ पर इधर-उधर घुमा रहे थे। शम्भु जी ने देखा तो भौंचक रह गए। उसके बाद मरीज से सवालों का सिलसिला शुरू हुआ-

"कहिया से बोखार आवत हय? (बुखार कबसे आ रहा है?)

"चाइर रोज़ से।" (चार दिनों से।)

"दवाई देवत ही। बिहाने और साँझ बेरा एक-एक गोली खाऊ।" (दवा दे रहा हूँ। सुबह शाम एक-एक गोली खाइए।)

"पानी चढ़ावेक पड़ी का?" (पानी चढ़ाना पड़ेगा क्या) चिंतित स्वर में मरीज ने पूछ लिया था। शम्भु जी चकित थे। बुखार का मरीज पानी चढ़ाने के लिए चिंतित है। दरअसल डॉक्टर साहब की चिकित्सा पद्धति में पानी चढ़ाना आम बात थी। इससे डॉक्टर साहब की जेब वजनी हो जाती थी और मरीज की जेब हल्की। पानी चढ़ाने को लेकर उस मरीज की चिंता का आशय यही था।

मरीज रुख्सत हुआ तो वे शम्भु जी से मुखातिब हुए। नमस्कार का आदान-प्रदान हुआ। शम्भु जी ने कहा-

"आपके व्यस्त रूटीन में हम डिस्टर्ब करने आ गए।"

"आपका आने से डिस्ट्रप नईं होगा मास्टर साहब! अइसे तो हमरा रोज़े व्यस्त चलता है। एको मिनट फुर्सत नईं।" डॉक्टर साहब ने बड़े स्वाभिमान से कहा ताकि गाँव में नए आए मास्टर साहब को उनकी डॉक्टरी का अंदाजा हो जाए। हालाँकि आए दिन शाम को वे खाली होते और ताश खेलने में व्यस्त होते।

'स्टेथेस्कोप' और 'डिस्ट्रप' के प्रयोग से शम्भु जी को उनकी विद्वत्ता का अंदाजा हो चुका था। उनकी इच्छा हुई कि उनसे दवा लिए बिना ही लौट जाएँ, लेकिन बिन्देसर जी का ध्यान रखते हुए वे चुपचाप रहे। अपनी तकलीफ बयान की। डॉक्टर साहब ने उन्हें पारासिटामोल और स्टेमेटिल की चार-चार गोलियाँ दे दीं और हिदायत की कि उल्टी बंद न हो तो पानी चढ़ाना पड़ेगा। शम्भु जी ने कहा- "उसकी जरूरत नहीं पड़ेगी। एलेक्ट्रल पाउडर का घोल ले रहा हूँ।" डॉक्टर साहब शम्भु जी के इस डॉक्टरी ज्ञान से प्रभावित हुए। गाँव में तो डॉक्टर साहब से बिना पूछे कोई दवा लेता ही न था। शम्भु जी डॉक्टर साहब को फीस देने को उद्यत हुए तो उन्होंने हाथ जोड़ दिए और पैसा लेने से इनकार कर दिया। दरअसल उनका बेटा भी शम्भु जी का शागिर्द था। इस नाते गुरु को दक्षिणा देने के बजाए लेना किसी कोने से मुनासिब न था, वरना इस छोटी-सी सेवा के लिए डॉक्टर साहब दो सौ से कम न लेते थे। अगर वे मरीज के घर

जाकर 'पानी चढ़ाने' जैसे कठिन कार्य को अंजाम देते तो हज़ार के आस-पास का बिल बनता। एक तो शम्भु जी पढ़े-लिखे और शहर के रहनेवाले; इलाज का ककहरा तो थोड़ा-बहुत जानते ही थे दूजे बेटा उनकी शागिर्दी में था। लिहाजा उनको 'डॉक्टरी' दिखाना मुनासिब न था। कोई भोला-भाला ग्रामीण होता तो अब तक सलाईन की दो बोतलें उसकी रगों में उतर गई होतीं। अगले दिन बिन्देसरजी ने शम्भु जी को बतलाया था। गाँव के डॉक्टर साहब से शम्भु जी का परिचय कुछ यूँ हुआ था। शम्भु जी को डॉक्टर साहब के इतिहास-भूगोल में तनिक और रुचि हुई तो उन्हें पता लगा कि डॉक्टर साहब ने 'खानदानी युनिवर्सिटी' से 'डॉक्टर' का खिताब पाया था। उनके पिता भी ऐसे ही 'डॉक्टर' थे। उन्हीं से उन्होंने डॉक्टरी सीख ली थी। उनके लिए 'डॉक्टरी' बहुत आसान थी। परिचय तनिक प्रगाढ़ हो जाने पर हमेशा व्यस्त रहने वाले डॉक्टर साहब ने शाम को खाली बैठे शम्भु जी के साथ गप्पें लड़ाते हुए बतलाया था–

"देखिए मास्टर साहब! बुखार, सर्दी, खाँसी आम बात है। इसमें बस पारासिटामोल, एक कोई एंटीबायोटिक और कफ सिरप दे दीजिए। दो दिन में रोगी ठीक। पेट-दर्द में एनाफोर्टन या ब्रूफेन और उल्टी में स्टेमेटिल। जरूरत लगे तो सलाईन चढ़ा दीजिए। हम तो रिक्स नहीं लेते हैं, दो बोतल पानी चढ़ाइए देते हैं।"

शम्भु जी ने पाया कि डॉक्टर साहब रोग के लक्षणों पर खास ध्यान नहीं देते। रोगानुसार एक 'औषध-सूची' उन्हें जबानी याद थी और उसी से वे इलाज को अंजाम देते। पेट दर्द के कारणों से क्या लेना देना? ब्रूफेन खाने पर दर्द तो दूर होना ही है, ऐसा उनका विश्वास था।

"और अगर दर्द दूर न हुआ तो?" शम्भु जी ने शंका प्रकट की। शम्भु जी की इस शंका का निवारण करते हुए तत्क्षण उन्होंने कहा–

"उसका भी उपाय है न सर! एक ठो डेक्सोना का इंजेक्शन ठोक दीजिए।"

इसी विश्वास के साथ वे अपनी डॉक्टरी के सोलह सुनहरे वर्ष बिता चुके थे। गाँव में उनका पक्का दो-मंजिला मकान था, जिसमें निचले तल्ले पर उनकी डिस्पेंसरी और छोटा-सा 'हॉस्पिटल' था जहाँ वे सलाईन चढ़ाने के कार्य को अंजाम देते थे। हालाँकि डेक्सोना ठोकने के कारण एक बार उनकी डॉक्टरी पर आफत आन पड़ी थी। मरीज की हालत ऐसी-तैसी हो गई थी। आनन फानन में उसे राजापुरी के मेडिकल कॉलेज लाया गया तब कहीं जाकर उसकी जान बची।

(3)

"स्टेन आ रहे हैं?" बदरी बाबू ने स्कूल से निकलते हुए सुदर्शन जी से पूछा।

"आईज सोमार है। नई इयाद है का? आइज तास पत्ती नहीं।"

"तास नहीं बाबा! साहेब आएँगे उ बोल रहे हैं।"

"हाँ तो गाड़ी तो पाँच सावा पाँच बजे है न।"

"हाँ, आइए न। चाय पानी होते रहेगा।"

"सढ़े चार तक आएँगे।" कहकर सुदर्शन जी ने बदरी बाबू को आश्वस्त किया।

साढ़े चार बजते-बजते आस पास के गाँवों में भी पढ़ानेवाले जो शिक्षक मदरेचा में रहते थे, बस स्टैंड पर आ गए। सोमवार को कुछ खास गहमा-गहमी होती। पास के चेरो ब्लॉक में सब्जी की विशाल मंडी लगती। आसपास के शहरों से बड़े खरीदार वहाँ आते। गाँव के खेतिहर अपनी उपज लेकर चेरो बाज़ार जाते और शाम को उसी एकमात्र बस से लौटते। बस ऊपर नीचे खचाखच भरी होती। भीतर बैठे यात्री को शरीर हिलाने की भी जगह न होती। कुछ वीर युवक खिड़की के रास्ते भी उतर जाते। पाँच बज कर दस मिनट पर बस आ गई। गाँव के लोग उतरने लगे। बस की छत से खलासी यात्रियों के सामान उतारकर उन्हें पकड़ा रहा था। धान के बोरे, खाद के बोरे, सब्जी की खाली टोकरियाँ और न जाने कितनी चीजें। बस लगभग पंद्रह मिनट रुकी रही। मदरेचा में रहनेवाले सारे शिक्षक बस की खिड़की की ओर नज़रें किये विनम्र मुद्रा में खड़े थे। एक खिड़की से इंस्पेक्टर साहब ने सिर बाहर निकाला तो जैसे 'परनाम सर' की झड़ी लग गई।

"का जी राजेंदर! आजकल कम दिखाई पड़ते हो?"

"एहीं गाँवें में है सर।" ठिठकते हुए राजेन्द्र चौधरी ने उत्तर दिया।

"नऽ। बिलकुल गलत बोल रहा है तुम। पिछला हफ्ता तुम यहाँ था जी?"

"उ सर, थोड़ा घर में बेटी का विदागी था, उसी में दु-चार दिन नहीं थ। पिल्केसन भेजवाये थे सर।"

"भेजवाया त उड़ गया असमान में। कल औफिस में आओ।" 'औफ़िस में आओ' का व्यंग्यार्थ राजेंद्र चौधरी को समझ में आ गया था। उसने मन-ही-मन हिसाब किया– 'चार दिन मतलब कमसे कम चार सौ'।

इंस्पेक्टर साहब अब मिलटन भगत की ओर मुखातिब हुए-

"का मिलटन बाबू सब सामाचार बढ़िया न?" साहब ने झल्लू की दूकान पर चाय सुड़कते मिलटन भगत से विनम्रता भरे स्वर में कुशल-क्षेम पूछा।

"हाँ सर! सब ठीक चल रहा है। अर्ज़ हैं खुमार बाराबंकी-

न हारा है इश्क़ औ न दुनिया थकी है

दिया जल रहा है हवा चल रही है।"

"आपको तो हमेशा शायरीए सूझते रहता है।"

"मूड में हैं मिलटन सर।" अंगूठे से पीने का इशारा करते हुए लालदेव मास्टर बोले।

"हाँ त सत्ताईस हज़ार वेतन है। ठेठा के पीता है।" साहब ने धीरे से टिप्पणी जड़ी।

"बिना पीले इनका दिमगवो नहीं चलेगा सर!" सुदर्शन जी ने साहब से वाचिक सम्बन्ध जोड़ा।

"शम्भु जी न हैं का जी? सुदर्शन जी?"

"हैं सर। अपना डेरा पर। उ बस स्टेन नहीं आते।"

"ओ अच्छ, डेरा पर हैं!" साहब को शम्भु जी की अनुपस्थिति गवारा न हुई। गाँव में हैं भी और यहाँ नहीं आते यह बात साहब को नागवार लगती और शम्भु जी को यह नागवार लगता कि दस से चार अपनी ड्यूटी पूरी करने के बाद ये शिक्षक सलामी मुद्रा में साढ़े चार बजे से बस स्टैंड पर क्यों खड़े रहते हैं। शिक्षकों ने कई बार शम्भु जी को अपने दल में शामिल करने की कोशिश की लेकिन वे इस बात के लिए कतई राजी न हुए। एक दिन उन्होंने स्पष्ट कह दिया–

"सोमवार और गुरुवार को छोड़कर आप जब कहें मैं यहाँ आ सकता हूँ। बेवजह सलामी की आदत नहीं मुझे।"

"अच्छा! धीरे-धीरे सब सीख जाइएगा।" एक उम्रदराज़ शिक्षक ने अपने अनुभव की आवाज़ बुलंद की।

बस अब जाने को तैयार थी। ड्राईवर अपनी सीट पर आ गया था। उसने

हॉर्न दिया तो सभी पैसेंजर अपनी-अपनी जगह पर आ गए। शिक्षकों ने इंस्पेक्टर साहब को विदाई की सलामी दी। बस निकल गई। बस स्टैंड खाली होने लगा। अपनी चाय खत्म कर मिलटन भगत शिक्षकों के समूह में आए और बोले–

"तुमलोग सब मउगा मास्टर है। दिन-रात इंस्पेक्टर का चमचई में परनाम परनाम करते रहता है। अरे टीचर हो! अपना डिग्निटी समझो। शम्भु को देखते हो? कभी आता है? ई इंस्पेक्टर तिन्स्पेक्टर कोई चीज़ है जी! हमलोग राष्ट्र निर्माता हैं। देश का भविष्य बनाते हैं। वी आर द पिलर्स ऑफ..." मिलटन भगत ने गति पकड़ ली थी। बदरी बाबू ने धीरे से कहा–

"अब चलिए नहीं तो इनका भासन अउरे तेज़ होगा। अंगरेज़ी लिए हैं, मालूम पड़ता है।"

एक-एक कर मिलटन भगत से पिंड छुड़ाकर शिक्षकगण अपने-अपने घर की ओर रवाना हुए। इधर राष्ट्र-निर्माण में शिक्षकों की भूमिका पर मिलटन भगत का भाषण जारी था। थोड़ी देर में मिलटनजी का बेटा बाईक लेकर आया और उन्हें बिठाकर घर ले गया।

(4)

चार महीने पूर्व एक लम्बी-चौड़ी प्रिलिम्स और मेंस वाली प्रतियोगिता परीक्षा पास कर भारी संख्या में ग्रेजुएट, पोस्ट ग्रेजुएट शिक्षक नियुक्त हुए थे। शम्भु जी और चेतन जी भी उन्हीं में थे। शम्भु जी का घर विद्यालय से लगभग साठ किलोमीटर दूर जिला मुख्यालय राजापुरी में था। जिला मुख्यालय में घर होना उनकी अतिरिक्त योग्यता थी। हेडमास्टर साहब ने उन्हें एक दिन बुलाया और बोले–

"देखिये शम्भु जी! आपका एतना जोग्य सिच्छक और कोई है नहीं। ट्रेजरी से वेतन का बिल पास कराना और जिला आपिस का सारा काम जिला में जाकर हम ही को कराना पड़ता है। आप ई काम हाथ में ले लीजिए तो हफ्ता में दु तीन दिन घर का अनाज खाने का मौक़ा मिल जाएगा अउ हम भी आने-जाने से बचेंगे। आप बेकारे न हफ्ता भर एहाँ पड़े रहते हैं। खाना बनाना, बरतन माँजना ई सब लफड़ा झेलना पड़ता है आपको।"

शम्भु जी को पहले तो हेडमास्टर साहब का प्रस्ताव पसंद नहीं आया। उन्हें लगा कि ये सब ऑफिसिअल काम करना ठीक नहीं। उन्होंने हेडमास्टर साहब से कहा–

"सर! टीचर का काम पढ़ाना है। हम ऑफिसिअल काम करेंगे और राजापुरी आते-जाते रहेंगे तो बच्चा लोग का कोर्स पूरा नहीं होगा। ई तो ठीक नहीं होगा न सर!"

"का पूरा नहीं होगा?"

"कोर्स सर! पढ़ाई।"

"हाँ हाँ पढ़ाई कराके तो सबको कलट्टर बना दीजियेगा! अरे आप नहीं आये थे त का पढ़ाई नहीं होता था! आपको मौका दे रहे हैं कि अरे दु-चार दिन एहे बहाने घर में रहिएगा त आप समझ नहीं रहे हैं। विचार कर लीजिए

कल बताइएगा।"

शम्भु जी के बड़े घनिष्ठ मित्र कृष्णमोहन पाण्डेय भी उनके ही स्कूल के निकट वाले प्राथमिक विद्यालय गामड़ा में पोस्टेड थे। उनसे मुलाक़ात हुई तो शम्भु जी ने हेडमास्टर साहब वाला प्रस्ताव बतलाया। कृष्णमोहन बाबू बोले–

"ठीक तो कह रहा है। ले लीजिए ई काम। स्कूल में दबदबा भी बना रहेगा।"

कृष्णमोहन बाबू की बात शम्भु जी के लिए ब्रह्मवाक्य था। दोनों में स्कूल के जमाने से यारी थी। उनका घर भी राजापुरी शहर में ही था। ब्लॉक में मीटिंग हो, बाज़ार हो या शिक्षक संघ की बैठक हो दोनों साथ-साथ दीखते। शिक्षक समाज ने उन्हें 'दो जिस्म एक जान' वाली संज्ञा दे डाली थी। कृष्णमोहनजी का स्कूल मदरेचा से तीन किलोमीटर दूर गामड़ा गाँव में था। वे वहीं किराए का एक कमरा लेकर रहते थे। उनके मालिकमकान और उनका परिवार उनपर मेहरबान था। उन्हें खाना बनाने, बरतन या कपड़ा धोने की जहमत नहीं उठानी पड़ती थी। कृष्णमोहनजी ने सोचा शिक्षक की तो बड़ी कद्र है इस गाँव में। शनिवार को राजापुरी लौटते दोनों मित्र बस में बैठे थे। कृष्णमोहनजी बोले–

"जानते हैं बॉस! हमको तो बड़ा आराम है। आपके गाँव में गार्जियन लोग टीचर को इतना आदर नहीं देता होगा। हम तो पाठकजी के घर में रहते हैं। खाना बनाने नहीं देते हैं, अपने घर में खिलाते हैं। उनकी बच्ची लोग कपड़ा भी साफ़ कर देती है। रूम का झाड़-पोंछ सब। टीचर के प्रति कितना आदर है!"

शम्भु जी इन चार महीनों में गाँव की राजनीति कुछ-कुछ समझ चुके थे। गाँव के टीचरों से उन्हें गामड़ा के पाठकजी की असलियत भी मालूम हो चुकी थी। सुदर्शन जी ने एक दिन शम्भु जी से कहा–

"कहाँ रहते हैं आपके दोस्त? पाठक के यहाँ? उनको यहाँ बुलाइए नहीं तो एक दिन बुरे फँसेंगे। ठग लेगा पाठक।" फिर विस्तार से पाठकजी का चरित्र-चित्रण कर दिया था।

शम्भु जी को बस में बैठे ये बात याद आ गई। उन्होंने कृष्णमोहनजी को कहा–

"उ पाठकजी जो कपड़ा साफ़ करवा रहे हैं न, एक दिन आपको भी साफ़ कर देंगे। आ जाइए महराज! यहीं साथ रहेंगे।"

"काहे? हमरा सुख-सुविधा से जलन होने लगा? उ पाठक है त हम भी पाण्डेय हैं। उ भी टाउन का रहनेवाला। पाठक का बिगाड़ लेगा जी? अरे ढेर

होगा तो पैसा माँगेगा। दे देंगे पैसा।"

"अच्छा! सुविधा लीजिए। बाद में हमको मत बोलिएगा।"

"बोलेंगे कैसे नहीं? और किसको बोलने जाएँगे।" कहकर कृष्णमोहनजी ने आदतन जोरदार ठहाका लगाया। आगेवाली सीट पर बैठे पैसेंजर ने पीछे मुड़कर देखा।

सोमवार को शम्भु जी स्कूल पहुँचे तो हेडमास्टर साहब नहीं थे। उन्होंने शिक्षकों से पूछा तो पता चला कि ऑफिसियल काम से राजापुरी गए हैं। शाम को वे लौटे तो शम्भु जी ने उनके डेरे पर जाकर भेंट की और कहा–

"राजापुरी वाला काम हम कर दिया करेंगे। आप निश्चिन्त रहिए।"

हेडमास्टर साहब के चेहरे पर हर्ष की लहर दौड़ गई। बोले–

"हम आपका जोग्यता देख के ही ई बात बोले थे। अभी से ऑफिसियल काम कीजिएगा तब सीख जाइएगा। आगे पोरमोसन होने पर दिक्कत नइ होगा। कल वेतन का बिल बनाएँगे। एक बार में देख के सीख जाइएगा।"

अगले दिन स्कूल में गहमा-गहमी थी। मदरेचा स्कूल के हेडमास्टर अपने अधीन कई अन्य स्कूलों के वेतन निकासी पदाधिकारी थे। आज वेतन-बिल बनने से पहले वे सभी शिक्षक महीने भर की उपस्थिति का विवरण जमा करने आये थे। होती थी उपस्थिति की विवरणी और उसे कहा जाता था अनुपस्थिति विवरणी। अनुपस्थिति विवरणी दो मिनट में जमा हो जाती। आने-जाने में आधे एक घंटे का समय लगता लेकिन विवरणी जमा करने वाले शिक्षक को पूरे दिन की मोहलत दे दी जाती। कृष्णमोहनजी भी अनुपस्थिति विवरणी जमा करने आये थे। हेडमास्टर साहब ने परिसर में बिखरे गप्प में उलझे सभी शिक्षकों को आवाज़ लगाई–

"लाइए जी! सब अब्सेंटी जमा कीजिये।"

पलमो प्राथमिक विद्यालय के ज्योतिकुमार ने सबसे पहले उपस्थिति दर्ज की।

"परनाम सर!"

"परनाम परनाम। का जोती! सब ठीक है न?"

"जी सर!" कहते हुए ज्योतिकुमार ने अपने स्कूल के तीन शिक्षकों की अनुपस्थिति विवरणी बढ़ाई। हेडमास्टर साहब ने उसे एक नज़र देखने की भी जहमत न उठाई, लिया और टेबल पर किनारे रख दिया।

"ई सर तीन आदमी का बीस तिया साठ रुपया है।" कहते हुए एक पचास और दस का नोट ज्योतिकुमार ने बढ़ाया। प्रसन्नवदन हेडमास्टर साहब ने उसे

कुरते की जेब के हवाले किया और एक कापी उलट कर देखने लगे, फिर ज्योतिकुमार से मुखातिब हुए–

"पिछला बार चेंज नहीं था तो पचासे न दिया था जी? और दस निकालो।"

"देइए रहे हैं सर! आप तो हड़बड़ा जाते हैं।" कहकर मन मसोसते हुए ज्योतिकुमार ने दस का एक नोट टेबल पर रख दिया। कक्ष से उसके निकलते ही धीमे शब्दों में हेडमास्टर साहब ने टिप्पणी जड़ी–

"देइए रहे हैं! साला नहीं टोकिये त सब हज़म कर जाएगा।"

दरअसल यह बीस रूपए फी शिक्षक ट्रेजरी आने जाने की राहखर्च हुआ करता था। सरकार साल के अंत में टी.ए. देती थी अतः यह नज़राना वसूली का नियम बना हुआ था।

कृष्णमोहनजी को आया देख शम्भु जी क्लास से बाहर निकले–

"अब्सेंटी दे दिए जी?" शम्भु जी ने पूछा

"अब्सेंटी मत बोलिए, मेन तो पैसवा है। अस्सी रुपया होता है, सौ का नोट थमा दिए हैं। साला जिसको देखिये बुड़बक बनाने पर तुला है।"

"क्या हुआ? कुछ खास?"

"अरे! आप जो बोल रहे थे न, ठीके में पठकवा दूसरे फेर में है।"

"अरे हुआ क्या? साफ-साफ बोलिए न।" कुछ चिंतित स्वर में शम्भु जी ने पूछा। कृष्णमोहनजी कुछ हँसते हुए बोले–

"जानते हैं शम्भु जी! कल शाम में पाठक खाने के लिए बुलाया। बेटी लोग खाना परोस रही थी। चार-चार गो बेटी भी तो है। पाठक की वाइफ वहीं आके बैठ गई। खाना खा चुके तो बोलती है 'बाबू ई चारों में जे पसंद हो ओकरा ले जा'।"

"ले जा मतलब?" शम्भु जी ने प्रश्न किया।

"मतलब बियाह के ले जा।"

"तो आपको कौन पसंद आई?" शम्भु जी ने कृष्णमोहनजी को छेड़ा।

"पसंद आई! आप भी न! मज़ा ले रहे हैं। आपको बता रहे हैं कि अब यहीं आपके साथ डेरा रखेंगे।"

"काहे? सुविधा भोगिये। एतने बात पर डर गए?"

"अरे यार! मारपीट, पैसा कौड़ी का मामला होता न तो नहीं डरते। ई लड़की फड़की वाला मामला बड़ा खराब होता है। गाँव भी तो उसी का है न। कोई बात लेके फँसा देगा तो कोई उपाय भी नहीं।"

"उपाय क्या? हमलोग मदरेचा से बरात लेके चलेंगे। यहाँ एक ठो ढोल

वाला भी है। अच्छा बजाता है। आपका भी बजा देगा।" कहकर शम्भु जी ने ठहाका लगाया।

"सामान कितना है? आठवाँ का छात्र लोग को यहाँ से भेज देते हैं, साइकिल पर लाद के ले आयेगा!" शम्भु जी अब गंभीर होकर बोले।

"हाँ ठीक है।"

दो दिन बाद कृष्णमोहन शम्भु जी के साथ रहने मदरेचा आ गए। अब दोनों की शाम गुलज़ार रहती। साथ-साथ भोजन बनाते खाते। गाँव में आठ बजते-बजते मध्य रात्रि हो जाती है। दोनों मित्र रात दस-ग्यारह तक गप्प करते। पड़ोस में रहनेवाले हेडमास्टर साहब कहते-

"आपलोग का तो गप्प का अन्ते नहीं है। रात-रात भर जनी-मरद जैसा गप्प करते रहते हैं।"

"जनी-मरद रात में गप्प करता है सर?" कृष्णमोहनजी ने बड़ी मासूमियत के साथ प्रश्न किया।

"नहीं करता है?"

"वही पूछ रहे हैं सर। हमलोग को एक्सपीरियंस नहीं न है।"

हेडमास्टर साहब समझ गए कि कृष्णमोहन छेड़ रहा है। बोले-

"कृष्णमोहनजी! बूढ़ा समझ के छेड़ते हैं जी! देह बूढ़ा हो जाता है, मन कभी बूढ़ा नहीं होता।"

"तब तो बड़ा संकट है सर आपलोग को!" कृष्णमोहन ने फिर तीर मारा।

"हाँ हाँ। आप तो जैसे जिंदगी भर जवाने रहिएगा। सब संकट पता चल जाएगा।" हेडमास्टर साहब ने कहा। कृष्णमोहन और शम्भु जी ने जोरों का ठहाका लगाया।

(5)

इकतीस मार्च। ट्रेजरी में अपार भीड़ है। हर विभाग के बाबू लोग तरह-तरह के खर्च का बिल पास कराने ट्रेजरी आए हुए हैं। जिले भर के हेडमास्टर साहबों की जमात मौजूद है। अरें! सिंहजी! ओहो! रिजवान साहेब! का जी परमोद! के मिले-जुले स्वर सुनाई पड़ रहे हैं।

"आज एगारह-बारह बजे रात तक बिल पास होगा। बित्त बर्स का अंतिम दिन है न!" हेडमास्टर साहब शम्भु जी को बतला रहे थे।

"जी सर। इसीलिए इतना भीड़ है।"

"उ जोती और सिकंदर का बकाया बिल था उ बना के लाये हैं न?"

"जी सर।"

"अपना टी.ए. वाला भी बना लिए हैं न जी!"

"जी सर। सब लाये हैं।"

"हाँ। और जरूरत होगा तो झट से एहीं बना दीजिएगा और हम दस्खत मोहर कर देंगे। आज कोई बिल छूटना न चाही।"

शम्भु जी हेडमास्टर साहब के आदेशानुसार विभिन्न प्रकार के बिल बनाकर लाये थे। हेडमास्टर साहब उनसे बिल लेकर उनपर अपने दस्तखत और मुहर अंकित करने लगे। एक दो बिल में मुहर लगाने के बाद स्टाम्प पैड जवाब दे गया। वह पहले से ही सूखा था पर हेडमास्टर साहब उस पर इंक देने के बजाय पानी छिड़ककर काम चला रहे थे।

"अरे शम्भु जी! देखिये तो किसी के पास पैड है का? इ मोहरवा लेते जाइए, एक बार बढ़िया से घचक्का दबा के लाइएगा।" शम्भु जी को ये बात बड़ी नागवार लगी कि वे किसी से स्टाम्प पैड की याचना करें। उनकी अन्यमनस्कता देखकर वे भाँप गए और बोले–

"अच्छा आप यहाँ कागज़ पत्तर देखिये हम आते हैं।" स्टाम्प पैड के

अन्वेषण में हेडमास्टर साहब ट्रेजरी के प्रांगण में टहल ही रहे थे कि उन्हीं के नाम वाले एक शिक्षक उन्हें दिखलाई पड़े। वे उनकी ओर लपके-

"अरे! ए मीता! मीताऽऽऽह।"

"अर्रे! जगदीश!"

"का हालचाल?"

"सब चल रहा है। आज सात आठ गो बिल था ओही लेके आये हैं।"

"स्टाम्प पैड हउ का?"

"हाँ।"

"अच्छ आओ एने बैठके बतियायेल जाए।"

शम्भु जी ने पहली बार किसीको हेडमास्टर साहब का नाम लेकर पुकारते सुना था, अन्यथा जगदीश बाबू शिक्षक समाज में हेडमास्टर साहब की संज्ञा ही धारण करते थे। उन्हें साथ लेकर हेडमास्टर साहब सीमेंट के बने चबूतरे के पास आये जहाँ शम्भु जी बिलों का जखीरा लिए बैठे थे।

"इ हमरे स्कूल के शम्भु जी हैं! नाया जोआइन किये हैं।"

"प्रणाम।" शम्भु जी ने अभिवादन किया।

"शम्भु जी! हम अउ इ जगदीश दुनों साथे जोआइन किये थे। इ हमरा मीता है।"

शम्भु जी को रेणु की कहानी 'तीसरी कसम' का प्रसंग याद आ गया। अत: मीता का अर्थ समझते देर न लगी। हेडमास्टर साहब ने अपने मीता के स्टाम्प-पैड का भरपूर उपयोग किया। हेडमास्टर साहब के मीता के सौजन्य से पास की चाय दूकान से चाय आई और तीनों ने चाय पी। चाय पीकर जगदीशजी ने विदा ली और ट्रेजरी की उस भीड़ में गुम हो गए। शम्भु जी ने सभी बिलों को करीने से लगाया तो देखा कि दो जगह हेडमास्टर साहब के दस्तखत नहीं हैं। उन्होंने उनका ध्यान आकृष्ट कराया। हेडमास्टर साहब ने तुरंत जेब से कलम निकाली और अपेक्षित स्थानों पर अपने हस्ताक्षर अंकित कर दिए। अब मुहर कैसे पड़े। मीता भी जा चुके थे। हेडमास्टर साहब ने कुरते की जेब से मुहर निकाली और इधर-उधर देखा और कहा-

"मीता न दिख रहा है न?"

"नहीं सर उ तो चले गए।" शम्भु जी बोले।

"अच्छ!"

कहकर मुहर पर गहरी साँस छोड़ने लगे, मानो कपालभाति कर रहे हों। उनका यह तरीका देख शम्भु जी हैरान थे। मन ही मन बोले-

"हद है! दस रुपए का एक स्टाम्प पैड नहीं खरीद सकते।"

हेडमास्टर साहब की तरकीब रंग लाई। बिल में अपेक्षित जगहों पर मुहर लग चुकी थी। ग्यारह बज चुके थे। बिल को ट्रेजरी में जमा करना था। हेडमास्टर साहब शम्भु जी से बोले–

"आइए! बिल जामा कर दें। जेतनी जल्दी जामा होगा ओतना जल्दी पास होगा।"

शम्भु जी हेडमास्टर साहब के साथ ट्रेजरी के काउंटर की ओर चले। काउंटर पर अपार भीड़। काउंटर क्लर्क के लिए 'सर सर' की अनगिनत ध्वनियाँ वातावरण में गुंजायमान थीं और वह निर्विकार भाव से एक-एक कर बिल ले रहा था। बिलवाहक को न जाने कौन सी ध्वनिविहीन भाषा में वह सन्देश देता कि बिल की राशि के अनुरूप बिलवाहक उसे नज़ाना थमा देते। हेडमास्टर साहब ने भी किसी तरह भीड़ में जगह बनाई और बिल रिसीव करवा लिया। शम्भु जी ने देखा सौ-सौ के आठ नोट हेडमास्टर साहब ने ट्रेजरी के बाबू के हवाले किये। बाबू ने तिरछी नज़राना से कुछ कहने की चेष्टा की तो हेडमास्टर साहब ने कहा–

"अच्छ रखिये न। पास हो जाएगा तब पूरा कर देंगे।"

शम्भु जी केवल मासिक वेतन का बिल पास कराने आते थे। उसमें नज़राना नहीं लगता था। ऐसे उत्कोचधर्मी बिलों को पास कराने स्वयं हेडमास्टर साहब ट्रेजरी आते थे। कारण– शिक्षकों से अठारह सौ वसूलते और यहाँ आठ सौ में काम कराते।

बिल जमाकर बाहर निकले तो पास के स्कूल के सुरेन्द्र श्रीवास्तव मिल गए।

"प्रणाम सर!"

"परनाम परनाम। का सुरेंदर! कैसें कैसे?"

"अरे! आप ही को खोज रहे थे सर!"

"काहे के लिए?" हेडमास्टर साहब ने तनिक ऐंठन भरे स्वर में कहा।

"एक ठो बकाया बिल था सर! बना के लाए हैं। आपको बनाने का झंझट नहीं होगा। साइन मुहर कर देते तो जमा हो जाता।"

"मोहरवे घर में छूट गया सुरेंदर!" हेडमास्टर साहब ने टेढ़ा-सा जवाब दे दिया।

"मुहर कैसे छूट जाएगा सर! आज तो आप पुराने स्कूल का भी मुहर लाये होंगे। क्या जाने कहाँ जरूरत पड़ जाए। कौन-सा पुराना बिल पर साइन करना

पड़ जाए।" श्रीवास्तव जी ने व्यंग्य कसा।

"हाँ, हाँ। ट्रेजरी के खर्चा उर्चा देवे के त तोरा आदत है नहीं, अउ हम सगरो दस्खत मोहर करते चलें नऽऽ।"

"आपका खर्चवा दे रहे हैं सर! आप साइन कीजिये न।" कहकर श्रीवास्तव जी ने सौ के दो नोट निकाले।

"अउ ट्रेजरी के पास कराई के देगा?" हेडमास्टर साहब ने नज़रें तरेरते हुए कहा।

"उ हम करा लेंगे। आप खाली साइन कर दीजिए।" श्रीवास्तव जी बोले।

"हाँ त ट्रेजरी में तोरा कोई दिक्कत है! ट्रेजरी ऑफिसर तो तोर मौसा!" कहते हुए श्रीवास्तव जी से सौ के दोनों नोट हेडमास्टर साहब ने ले लिए और बिल साइन करने में जुट गए। श्रीवास्तव जी तेज-तर्रार टीचर थे। वे ट्रेजरी या शिक्षा विभाग के सारे खेल तमाशे से वाकिफ थे, लिहाजा बिल पास कराना उनके बाएँ हाथ का खेल था। ट्रेजरी में काम करनेवाले कई बाबुओं से उनका घनिष्ठ परिचय था। हेडमास्टर साहब की बेढब टिप्पणी इसी बात को संकेतित करती थी। उस समय तो श्रीवास्तव जी ने कुछ न कहा। बिल साइन कराकर काउंटर पर जमा करवाने चले तो शम्भु जी का हाथ पकड़कर बोले–

"चलिए न बॉस! बिलवा जमा करा के आते हैं।" शम्भु जी उनके साथ हो लिए। बिल जमा कराकर श्रीवास्तव जी शम्भु जी के साथ पास की पान दूकान पर आए। शम्भु जी के लिए पान का आर्डर देकर उन्होंने खुद एक गोल्ड फ्लेक सिगरेट ली। धुएँ के छल्ले उड़ाते हुए बोले–

"जानते हैं शम्भु जी! इ साला हेडमास्टर को सपना में भी बिल और ट्रेजरी ही दिखता होगा। पैसा का कीड़ा है। ट्रेजरी का बड़ा बाबू पाँच सौ लेगा तो इ हज़ार माँगेगा। हम जानते हैं न ट्रेजरी का रेट।"

"एक बार मुँह में खून लग जाता है न सुरेंदरजी! तो मांस खाने का आदत नहीं छूटता है। मास्टर लोग देते आया है तब न इसका मन इतना बढ़ गया है।"

"इसी का नहीं, करीब-करीब नाइंटी परसेंट हेडमास्टर का लच्छन ऐसा ही है।" श्रीवास्तव जी ने कहा।

"खाली हेडमास्टर का ही मत बोलिए, सुपरिंटेडेंट ऑफिस का बाबू सब कम घूसखोर है? कल एक बिल में काउंटरसाइन कराना था। लगभग पच्चीस हज़ार का बिल था। बड़ा बबुआ बोल दिया कि पाँच सौ से एक रुपया भी कम नहीं लेंगे। साहेब पूरा हिसाब लेते हैं।"

"हाँ तो दू परसेंट तो रेट ही है। ठीक ही बोला। सुपरिंटेडेंट तो हिसाब

करके लेता ही होगा। इ नयका सुपरिंटेडेंट तो और चोर अफसर है।" श्रीवास्तव जी ने कहा।

"कौन? परमेसरा न? कमीना है साला। मुर्दा टीचर का कफ़न खींचनेवाला।" शम्भु जी बोले।

ट्रेजरी में कुछ हलचल देख दोनों उस ओर बढ़े। दोपहर के ढाई बज चुके थे। बिल का पहला लॉट पास हो चुका था। ट्रेजरी का बाबू जोर-जोर से बिल पर अंकित स्कूल का नाम बोल रहा था–

"मध विद्यालय जमुनानगर, किसनपुर, मध विद्यालयऽऽ सिन्दुआरटोली, सकरौटा। सकरौटा, मध विद्यालय सकरौटा नहीं है जी?"

"हैं सर! हैं सर!" हाँफते हुए सकरौटा के हेडमास्टर साहब प्रकट हुए।

"हैं सर! पाँच दफे आवाज़ दीजिए तब इनको सुनाई पड़ता है। जान रहे हैं कि आज एकतीस मार्च है फिर भी बेहोस रहते हैं। एक बार पास बिल एने ओने घुसा न तो मिलबो नहीं करेगा।" बाबू ने एक कड़वा भाषण पिलाया और बिल हेडमास्टर को दे दिया।

"मदरेचा का बिल न हुआ है का सर!" हेडमास्टर साहब ने चिरौरी भरे स्वर में बाबू को पूछा।

"जिसका जिसका हुआ अभी नाम पुकारे न जी! सुनते नहीं हैं का?"

"उसमें तो न था।"

"न था तो काहेला हमरा माथा चाट रहे हैं? हो जाएगा तो मिल जाएगा।"

बाबू आज एकतीस मार्च वाले तेवर में था। ट्रेजरी का बाबू वैसे तो रोज़ ही इस तरह के तेवर में बातें करता है मानो बिल पास कर वह सरकार के खजाने से नहीं अपने बाप के घर से पैसा दे रहा हो। आज तो वैसे भी एकतीस मार्च था। सड़े-गले, झूठे कामों के नाम पर बिल बनाकर करोड़ों का वारा न्यारा होता। रोड बनाने वाले, सरकारी भवन बनानेवाले बड़े-बड़े बिल्डर, ठेकेदार आज ट्रेजरी की परिक्रमा कर रहे होते। उनका बिल करोड़ों का होता, लिहाजा बाबू का परसेंटेज भी अधिक होता। बाबू उन्हें आदर भरी निगाहों से देखता। उन्हें कुछ पूछने-कहने की जरूरत भी न पड़ती। एक झटके में उनका बिल पास होकर मिल जाता। शम्भु जी और हेडमास्टर साहब बिल पास होने की प्रतीक्षा में बैठे ही थे कि अचानक हेडमास्टर साहब चिहुँक कर बोले–

"ओ देखिए! सुपरिंटेडेंट साहब खुद्दे आ रहे हैं। कुम्भ के मेला में सब लोग नेहा लऽऽ। अब बताइए इसको खुद आने का का जरूरत था? किसी करमचारी को भेज देता। कमीसन में बात अटका होगा, एही ले आया होगा। अपने पूरा

परसेंटेज चाही अउ हिंया देवे में फट रहा है। स्साला चोर!" तब तक सुपरिंटेंडेंट नामक प्राणी ट्रेजरी के दरवाजे तक पहुँच चुका था। हेडमास्टर साहब ने झट आगे बढ़कर अभिवादन किया–

"परनाम सर!"

"प्रणाम, प्रणाम। कैसे हैं जगदीश जी?" कहते हुए साहब ट्रेजरी के गर्भगृह में प्रवेश कर गए।

"सीधे टी.ओ. से काम कराएगा। इ लोग के थोड़े कोई दिक्कत है!" हेडमास्टर साहब ने अपनी अनुभवी अभिव्यक्ति प्रकट की। पास बिलों का बण्डल लिए बाबू काउंटर पर आ चुका था। शिक्षक हम पहले, हम पहले की मुद्रा में ठेल धकेल कर रहे थे। बाबू अपनी चिर-परिचित शैली में आवाज़ लगा रहा था–

"बरसोता, चंडीपहाड़, बेलाहातू, गोंडाडीह..."

"शम्भु जी! थोड़ा ध्यान दीजिएगा। पार न हो जाए।" हेडमास्टर साहब ने शम्भु जी को आगाह किया।

"जी सर! सुन रहे हैं।"

"भीखनपुर, मदरेचा..."

"जी सर! मदरेचा दे दीजिए।" बाबू ने हेडमास्टर साहब को बिल दे दिया।

"बाकी पैसा नहीं माँगा?" शम्भु जी ने हेडमास्टर साहब से पूछा।

"बाँकी? उसी समय डेढ़ हज़ार दिए हैं। अब और केतना देंगे? चलिए निकलिए यहाँ से न तो ओकरा बोखार चढ़ेगा त और माँगेगा।" कहते हुए हेडमास्टर साहब बिल लेकर उसका बैंक ड्राफ्ट बनवाने के लिए शम्भु जी के साथ स्टेट बैंक में चले आए।

"ओहिजा से हर्रा फारम ले लाइए।"

हेडमास्टर साहब ने शम्भु जी को आदेश दिया। शम्भु जी समझ गए हर्रा फारम यानी ड्राफ्ट रिक्विजिशन फॉर्म। शम्भु जी ने फार्म भर कर पास बिल बैंक के काउंटर पर रिसीव करा दिया। हेडमास्टर साहब तब तक चहलकदमी करते हुए बैंक कर्मचारियों की गतिविधियाँ निहार रहे थे। तब नब्बे के दशक के पूर्वार्ध में बैंक में कम्प्यूटर से कार्य शुरू हुए कुछ ही महीने हुए थे। हेडमास्टर साहब ने शायद पहली बार कम्प्यूटर को गौर से देखा था। प्रिंटर से ड्राफ्ट प्रिंट होकर निकल रहे थे। हेडमास्टर साहब विज्ञान के इस चमत्कार से चमत्कृत थे। उनकी उत्कंठा ने शब्दों का रूप ले लिया। शम्भु जी से उन्होंने कहा–

"टी.भी. में ड्राफ बनाता है न? दुनिया काहाँ से काहाँ पहुँच गया! फट-

फट छप के ड्राफ निकल रहा है!" शम्भु जी चौंके– टी.वी. में ड्राफ्ट! लेकिन कंप्यूटर मॉनिटर पर ध्यान जाते ही उनको माजरा समझ में आ गया। हेडमास्टर साहब के चेहरे पर आश्चर्य और हर्ष की चमक थी। इसी तरह उनका ड्राफ्ट भी टी.वी. में से छप के निकलेगा।

(6)

रविवार की शाम शम्भु जी अपने घर पर चाय पी रहे थे। टेप रेकॉर्डर पर बजती शकील बदायूँनी की ग़ज़ल से कमरा गुलज़ार था– 'यूँ तो हर शाम उम्मीदों में गुजर जाती थी...।' बेगम अख्तर की लरजती आवाज़ उसे और खूबसूरत बना रही थी। इसी बीच फोन की घंटी बजी। शम्भु जी अपने कमरे से लपक कर ड्राइंग रूम में पहुँचे और फोन रिसीव किया–

"हैलो!"

"हैलो! शम्भु जी! हम रमेश सिंह बोल रहे हैं।"

"जी! प्रणाम सर! कैसे हैं सर?"

"सब ठीक। अपना कहिए।"

"जी सर ठीक-ठाक।"

"स्कूल में कोई प्रोब्लम नहीं है न?"

"नहीं सर आपके रहते दिक्कत होगा?"

"कल आपके यहाँ इंस्पेक्सन होगा।"

"आइए न सर!"

"हम तो आएँगे ही। सहेबवा भी रहेगा। कमाने के मूड में छापामारी कर रहा है। इसीलिए सोचे आपको कह दें। कल व्यवस्था थोड़ा ठीक-ठाक रखियेगा।"

"निश्चिन्त रहिये सर।" शम्भु जी ने आश्वस्त किया और फ़ोन का रिसीवर क्रेडिल पर रख दिया।

स्कूल इंस्पेक्टर से एक पायदान ऊपर एरिया एजुकेशन ऑफिसर का पद होता था। हिन्दी में क्षेत्र शिक्षा पदाधिकारी कहलाता। रमेश सिंह क्षेत्र शिक्षा पदाधिकारी थे। एम.एससी. एम.एड.। बड़े नामचीन संस्थान से पढ़े लिखे, व्यवहारकुशल, पढ़े लिखों को आदर देने वाले। पदाधिकारी होने के बावजूद

शम्भु जी को बहुत आदर देते। कहते– "एक ही तो डाक्टरेट हैं हमारे बीच में।" कामचोरों पर बरस पड़ते। कहते– "घर बैठ के वेतन उठाता है। न पढ़ा है ढंग से, न पढ़ाता है।"

दूसरे दिन सोमवार था। शम्भु जी ने कृष्णमोहनजी को यह सूचना दी और सोमवार को सुबह-सुबह राजापुरी से स्कूटर से मदरेचा के लिए चले। रास्ते में हेडमास्टर साहब को ख़बर दी और उन्हें भी साथ ले लिया। लगभग साठ किमी की दूरी थी। रास्ते में चेरो बाज़ार के पास गाँव से आनेवाली बस लगी हुई थी। शम्भु जी ने बस में झाँक कर देखा तो चेतन जी मिल गए। उन्हें मय सामान बस से उतार लिया और सारी बात कही और पूछा–

" घर जा रहे हैं क्या चेतन जी?"

"हाँ थोड़ा जरूरी काम था।"

"सी.एल. बचा हुआ है?"

"नहीं दिसंबर में कहाँ सी.एल. बचा रहेगा। सितम्बरे में सब खतम हो गया।"

"शम्भु जी ने कहा सामान गाड़ी में छोड़ दीजिये। शाम को गाड़ी लौटेगी तो आ जाएगा। आप मेरे साथ चलिए। महराज! रोज़ रहते हैं, पढ़ाते हैं। आज एक दिन नहीं रहिएगा तो साहब को मौक़ा मिल जाएगा। उ कमाने के फेर में ही घूम रहा है।"

शम्भु जी, हेडमास्टर साहब और चेतन जी तीनों एक ही स्कूटर से चल पड़े। गाँव जाने वाली सुनसान सड़क से तिरछे तीन किलोमीटर दूर सबीना मैडम का घर था। सड़क के मोड़ पर चाय दूकान पर तीनों चाय पीने के लिए रुके। शम्भु जी ने घड़ी देखी। आठ बजकर चालीस मिनट। उन्होंने हेडमास्टर साहब से कहा–

"आप दोनों यहीं रुकिए हम सबीना मैडम को ख़बर कर आते हैं आधा घंटा लगेगा।"

"न न ठीक है। जाइए।" चेतन जी ने हामी भरी।

"मोरम की सड़क पर स्कूटर की गति धीमी हो जाती है। तेज चलने पर गिरने का भय बना रहता है। मैडम को ख़बर भी देनी है और खुद भी समय से विद्यालय पहुँचना है। समय और स्कूटर की गति का संतुलन बिठाते शम्भु जी सबीना मैडम के घर के पहुँचे। उनके शौहर जमील भाई बाहर ही मिल गए। अपनी बाइक धो-पोंछ रहे थे। शम्भु जी को देखते ही बोले–

"अर्रे! आदाब शम्भु सर! आज सुबह-सुबह पंडीजी मोलवी साहब के घर

तशरीफ़ लाए! उपरवाला का करम है। आइए-आइए।"

कहकर उन्होंने शम्भु जी को अन्दर आमंत्रित किया और पत्नी को आवाज़ लगाई–

"सबीना! देखो कोन आए हैं!"

सबीना मैडम भीतर से आईं। अदबो आदाब का आदान-प्रदान हुआ फिर बोलीं–

"हम चाय लेके आते हैं।"

शम्भु जी बोले– "चाय पानी बकाया रहेगा मैडम, अभी तो आप दस बजे के पहले स्कूल आ जाइए। सुपरिंटेंडेंट साहब का दौरा है। हम ख़बर देने चले आये। टाइम नहीं है। हेडमास्टर साहब को मोड़ पर छोड़ कर आये हैं।" जमील भाई ने कृतज्ञता भरी नज़रों से शम्भु जी की ओर देखा और बोले–

"पहली बार आप आये उ भी ऐसा टाइम में। अच्छ चलिए हम सबीना को लेके आते हैं।"

शम्भु जी वापस आए। तब तक घड़ी सवा नौ बजा चुकी थी। चार किलोमीटर का रास्ता अभी तय करना बाक़ी था। चेतन जी और हेडमास्टर साहब के साथ ट्रिपल राइड स्कूटर चलाते आखिरकार नौ चालीस में विद्यालय परिसर में दाखिल हुए। कोई शिक्षक अभी नहीं पहुँचा था। दरअसल ग्यारह के पहले कोई आता भी नहीं था। बच्चे अपना-अपना थैला बरामदे में रखकर खेल रहे थे। हेडमास्टर और दोनों शिक्षकों को देखकर जैसे न्यूटन के पहले नियम की तामील हुई– "कोई गतिमान वस्तु तब तक गतिमान रहती है जब तक उस पर कोई बल आरोपित न किया जाए।"

हेडमास्टर साहब ने झट से कमरों के ताले खुलवाये और बच्चों को झाड़ू लगाने को कहा। परिसर जितना साफ़ सुथरा हो सकता था. हुआ। हालाँकि बरामदे की दीवार पर गेरु मिट्टी से अंकित 'शिक्षा ही जीवन है' के आदर्श वाक्य के ठीक आरम्भ में पान की पीक ऐसी खूबसूरती से पड़ी थी कि 'शिक्षा' के पहले अकार का भ्रम होता था। गाँव में रहनेवाले सभी शिक्षकों को दस के दस पहुँचने का फरमान जा चुका था। बिजली की गति से सारा काम हुआ। गाँव के एक व्यक्ति को ब्लॉक जानेवाली सड़क पर बिठा दिया गया था कि कोई चौपहिया आता दिखे तो तुरंत ख़बर करे। दस बजकर पाँच मिनट होते-होते सभी शिक्षक अपनी कक्षा में अध्यापन में तल्लीन दिख रहे थे सिवा सुदर्शन जी के। वे अपने घर गए हुए थे।

बदरी बाबू ने हेडमास्टर साहब से पूछा–

"ख़बर पक्का है सर?"

"पक्का है कि कच्चा चार बजे तक पता चलिए जाएगा बदरी जी। एक दिन दस बजे आना पड़ जाता है त आफत आ जाता है! है न?"

"नहीं सर। आफत का बात नहीं है। अभी खाना भी नहीं खाए थे। आपका आदेश सुने तो तुरंते चल दिए।"

"अभी आ रहा है, तब भरपेट खाना देगा।" हेडमास्टर साहब ने बदरी बाबू की बोलती बंद कर दी।

शम्भु जी आठवीं के बच्चों को केमेस्ट्री पढ़ा रहे थे। सोडियम का वैलेंसी प्लस वन, कैल्शियम का प्लस टू, सल्फेट का माइनस टू। बारह बजे इंस्पेक्टर साहब भी आ पहुँचे। उन्हें भी किसी सूत्र से ख़बर मिल गई थी। सुदर्शन जी के क्लासरूम में स्वयं हेडमास्टर साहब मोर्चा संभाले हुए थे। इंस्पेक्टर साहब ने उनसे पूछा–

"सब मास्टर उपस्थित है न?"

"हाँ।" हेडमास्टर साहब ने छोटा-सा उत्तर दे दिया।

सवा एक बजे सुदर्शन जी जैसे ही अपनी घर की यात्रा समाप्त कर गाँव के डेरे पर पहुँचे ही थे कि मकान मालिक ने प्रचलित ग्रामीण भाषा में कहा–

"पहिले स्कूल जाऊ मस्टर! साहेब मन आय हैं।"(पहले स्कूल जाइये मास्टर साहब। साहब लोग आये हैं) सुदर्शन जी ने बाइक खड़ी की। सामान भी अंदर न रखा और सीधे लपकते हुए विद्यालय पहुँचे तो पाया कि इंस्पेक्टर साहब बरामदे में चहलकदमी कर रहे हैं, और हेडमास्टर साहब पढ़ा रहे हैं। कोई शिक्षक इंस्पेक्टर साहब की सेवा में नहीं है। यह दृश्य उन्हें कुछ भयावह प्रतीत हुआ। वे समझ गए कि आज इंस्पेक्टर को भी भाव नहीं दिया जा रहा है इसका मतलब कोई और बड़े साहब आनेवाले हैं।

इंस्पेक्टर ने हाजिरी बही देख ली थी। सुदर्शन जी पिछले बुधवार से ही अनुपस्थित थे। सी.एल. भी समाप्त हो चुका था फिर भी हेडमास्टर को संबोधित सी.एल. का एप्लिकेशन रजिस्टर में पड़ा था। इंस्पेक्टर साहब के हाथ में हाजिरी बही देख सुदर्शन जी का खून सूख गया। इसलिए नहीं कि इंस्पेक्टर साहब ने उन्हें रंगे हाथों पकड़ा था बल्कि बड़ा अफसर कभी-भी आ सकता था। उसने पकड़ा तो हज़ारों के वारे न्यारे होंगे। वे घिघियाने की मुद्रा में इंस्पेक्टर को प्रणाम निवेदित करते हुए बोले–

"बहुत जरूरी पड़ गया था सर! नहीं तो हम तो बराबर यहीं रहते हैं।"

"आप यहाँ रहते हैं कि कहाँ रहते हैं सब पता है हमको!" इंस्पेक्टर ने

घुड़का।

"नहीं सर ई बार भर गलती हो गया। मानते हैं।"

"गलती हुआ न जी! हमलोग न देखें तो सोलह के जगह आपलोग बत्तीस गो सी.एल ले लीजिएगा नऽऽ।"

"नहीं सर! सोलह का नियम है तो..."

"इसका मतलब हाजिरी बनाइएगा। यही न। इ.एल. तो नहीं लीजिएगा?"

सुदर्शन जी चुप। तृषित नज़रों से कभी इंस्पेक्टर साहब के हाथों में कैद अटेंडेंस रजिस्टर को देखते कभी विद्यालय के गेट की ओर। हेडमास्टर साहब कक्षा से बाहर निकले तो यह नायाब दृश्य उन्होंने देखा। इंस्पेक्टर साहब ने हेडमास्टर साहब को लक्ष्य कर कहा–

"इ पाँच दिन से गायब हैं और आप बोले कि सब प्रेजेंट है। आप भी..।"

सुदर्शनजी ने याचक मुद्रा में हेडमास्टर साहब की ओर देखा। उनकी कातर दृष्टि से आँखों ही आँखों में जैसे बात हो गई। हेडमास्टर साहब ने इंस्पेक्टर साहब के हाथ से रजिस्टर लेते हुए कहा–

"अच्छ, लाइए हाजरिया तो बनाने दीजिए। आपका पान-फूल के इंतजाम हो जाएगा। कहीं इ खींचा तानी में सहेबवा आ गया न तो आपका भी हाथ खाली रह जाएगा, ई तो बेचारा मरबे करेगा।" हेडमास्टर साहब ने सुदर्शन जी को हाजिरी बही दे दी और कहा–

"छुट्टी वाला आवेदन रजिस्टर से निकाल के फाड़ दीजिएगा। अउ हाजिरी ध्यान से बनाइएगा। हड़बड़ी में एतवार को मत बना दीजिएगा।"

"जी सर।"

"जी सर!! अभी चलिए जाते तेलहंडा में। बच गए।"

अटेंडेंस रजिस्टर के साथ जैसे सुदर्शन जी के प्राण लौट आए। झट से पाँच दिनों की उपस्थिति दर्ज की और अपनी कक्षा में घुस गए। तब तक मध्यावकाश की घण्टी बज गई। बच्चे बन्दूक की गोली की तरह कक्षा से निकले लेकिन हेडमास्टर साहब को बरामदे में देखकर उनकी गति धीमी हो गई। हेडमास्टर साहब ने सामूहिक रूप से बच्चों को संबोधित कर कहा–

"सब बच्चा सब दू बजे तक आ जाना। आज देर नहीं करना। बड़ा साहेब आ रहा है। जो बच्चा का टाइम फेल होगा उसका नाम काट देगा। समझा कि नहीं?"

"जी..ईईई सऽऽऽर।" की समवेत ध्वनि हुई।

मध्यावकाश के बाद ठीक दो बजे कक्षाएँ प्रारम्भ हो गई। वैसे आम दिनों

में एक चौथाई बच्चे मध्यावकाश के बाद आते ही न थे। शेष बच्चे ढाई पौने तीन तक आते रहते। शिक्षक भी भोजन करके आते तो विश्राम की मुद्रा में होते। बदरी बाबू भरपेट दाल-भात खाकर आते और कक्षा के एक प्रबुद्ध छात्र को तीव्र स्वर में पाठ के वाचन का जिम्मा दे देते। स्वयं उदर पर हाथ फेरते हुए पाँचवें पुनरीक्षित वेतनमान की स्वीकृति के मीठे सपनों में खो जाते। शोरगुल से नींद में खलल पड़ती तो छड़ी फटकार देते। लेकिन आज का दृश्य एकदम बदला-बदला थे। देखते-देखते घड़ी ने साढ़े तीन बजाए। आम दिनों में साढ़े तीन बजे छुट्टी की घंटी बज चुकी होती थी। बदरी बाबू के सब्र का बाँध टूट रहा था। अपनी कक्षा से निकलकर शम्भु जी के पास आए और बोले-

"हेडमास्टर साहब को गलत सूचना मिला है। साढ़े तीन तो बज गया। अब साहेब नहीं आएँगे छुट्टी घंटी बजवाएँ का?"

"अरे सर! आज तो कम से कम चार बजने दीजिए।" शम्भु जी ने कहा।

बदरी बाबू कुछ बोलने को उद्यत ही थे कि परिसर में सफ़ेद रंग की मारुति एट हंड्रेड दाखिल हुई। पौने चार बज रहे थे। कार का दरवाजा खुला और सुपरिंटेडेंट साहब नमूदार हुए। बदरी बाबू को बरामदे में देख पहले उन्हें ही टोका-

"क्लास छोड़कर इधर उधर क्यों घूम रहे हैं?"

"नहीं सर, चोक लेने आये थे करयालय में।" बहाना बनाते हुए बदरी बाबू सिर पर पैर रखकर कक्षा की ओर भागे।

हेडमास्टर साहब ने सुपरिंटेडेंट साहब और एरिया अफसर की अगवानी की। इंस्पेक्टर साहब ने भी अभिवादन किया। साहब ने पहले क्लास देखने की इच्छा जताई। बमुश्किल दस मिनट में सात कक्षाओं के निरीक्षण का नाटक समाप्त कर लिया। इसी क्रम में आठवें दर्जे में उन्होंने प्रवेश किया। एरिया अफसर और हेडमास्टर साहब साथ-साथ चल रहे थे। वहाँ शम्भु जी ने ब्लैकबोर्ड पर $NaCl$, $CaCl_2$ $CaSO_4$ आदि बीसियों रासायनिक सूत्र लिख रखे थे। बच्चों को पिछले एक सप्ताह से वैलेंसी और रासायनिक सूत्र बता रहे थे। हफ्ते भर उन्होंने जद्दोजहद की थी-

"सोडियम का वैलेंसी प्लस वन है और क्लोरीन का माइनस वन तो सोडियम क्लोराइड का फार्मूला क्या होगा? $NaCl$। कैल्सियम का वैलेंसी प्लस टू है तो कैल्सियम क्लोराइड में दो ठो क्लोरीन होगा $CaCl_2$। समझ में आया जी।"

"दो ठो क्लोरीन कैसे हुआ सर? सोडियम के साथ तो खाली Cl लगा।"

अर्जुन महली ने प्रश्न किया। अर्जुन महली कक्षा का प्रबुद्ध छात्र।

"देखो! क्लोरीन के पास एक रुपया है, और कैल्सियम के पास दो रुपया। दोनों का बराबरी नहीं होगा तो दोनों का दोस्ती भी नहीं होगा। जब तक बराबरी नहीं होगा तो दोनों मिलेगा नहीं। इसलिए एक और रुपया लाना होगा क्लोरीन को। इसीलिए Cl^2 हुआ। सोडियम के पास भी एक रुपया और क्लोरीन के पास भी एक, इसलिए वहाँ दोनों का दोस्ती हो गया। बाहर से और सोडियम या क्लोरीन नहीं लाना पड़ा। इसलिए वहाँ NaC_l रह गया।"

"तो सर इसीलिए $NaCl_2$ नहीं होगा।"

"नहीं।"

"लेकिन सर! Na_2SO_4 में सोडियम दो ठो आ गया है।"

"हाँ, ठीक तो है। SO_4 यानी सल्फेट का वैलेंसी कितना है?"

"माइनस टू।" कई छात्र एक साथ बोले। सबने कंठस्थ कर लिया था।

"तो दो ठो सोडियम आयेगा तब न बराबरी होगा?"

"जी सर, जी सर। पूरा समझ गए सर।"

अर्जुन के चेहरे पर हर्ष और संतुष्टि के भाव थे। एक हफ्ते में तो आधे से अधिक छात्र इस वैलेंसी वाले पाठ से पूर्णतया परिचित हो चुके थे। सामान्य रासायनिक सूत्र बताने में उन्हें कोई दिक्कत न होती।

साहब ने ब्लैकबोर्ड देखा तो थोड़े चकित हुए। अपनी पढ़ाई के दिन याद आ गए। निरीक्षण करते हुए उन्होंने किसी विद्यालय में इस स्तर की पढ़ाई देखी न थी। उन्होंने सोचा– "सातवाँ आठवाँ पास का का मतलब हिन्दी अंग्रेजी पढ़ना लिखना और गणित में जोड़ घटाव गुणा भाग आना चाहिए। बस। ये सोडियम क्लोराइड और कैल्सियम सल्फेट कहाँ से आ गया?"

वे शम्भु जी की ओर मुखातिब हुए और बोले–

"इ सब तो शहर का स्टूडेंट भी नहीं जानता है। हमको दिखाने के लिए लिखे हैं क्या?" उनकी आवाज़ में तल्खी-सी थी। वे जानते थे कि ये नया बैच लेन-देन नहीं करता है, क़ानून का हवाला खूब देता है।

"शहर का स्टूडेंट नहीं जानता है तो गाँव का स्टूडेंट कैसे जान जाएगा। यह एक शिक्षा अधिकारी की सोच है।" शम्भु जी ने मन-ही मन कहा और फिर साहब से बोले–

"नहीं सर। हमारे छात्र जानते हैं। आप चाहें तो पूछ लें।"

साहब को अपनी सोच पर पूरा भरोसा था। उन्हें लगा कि गाँव का स्कूल, गाँव का विद्यार्थी, भला केमिकल फॉर्मूला और वैलेंसी कहाँ से जान पाएगा।

इतना सब जाने समझे तब तो हमलोग पब्लिक सर्विस कमिशन से अफसर हुए हैं। उन्होंने चॉक उठाया और बोर्ड पर लिखा-$NaSO_4$ और बच्चों से पूछा–

"बताओ जी इस कम्पाउंड का क्या नाम है?"

बच्चे चुप। शिक्षक ने तो बताया था कि सल्फेट के पास दो रुपया है और सोडियम के पास एक। तो दोनों कैसे मिलेगा? सोडियम तो दो होना चाहिए-Na_2SO_4। पता नहीं ये कौन-सा फॉर्मूला है? बच्चे थोड़े सहमे-से थे। अपने शिक्षक पर उन्हें भरोसा तो था लेकिन बड़े साहब से कौन कहे कि यह फार्मूला गलत है। कहीं नाम काटकर चले गए तब!

सुपरिंटेंडेंट साहब शम्भु जी की ओर घूमे–

"हम क्या बोले थे? शहर का बच्चा तो आठवाँ में जान ही नहीं पाता है आप यहाँ...। अरे! इ हाई लेवल हमको देखाने का जरूरत नहीं है।" शम्भु जी को क्रोध भी आया और हँसी भी। बोले–

"नहीं सर! इसमें हाई लेवल की क्या बात है। ये तो आठवीं के सिलेबस में है।"

"है तो आपका बच्चा काहे नहीं बता रहा है?" साहब की तल्खी और बढ़ गई थी।

उन्हें 'जी सर', 'हाँ सर' के अलावा और कुछ सुनने की आदत ही न थी और शम्भु जी पूर्णवाक्य में उन्हें सिलेबस बता रहे थे। तीखी नज़रें किये साहब को शम्भु जी ने कहा–

"सर! ये $NaSO_4$ तो कोई कंपाउंड है ही नहीं। सल्फेट तो सोडियम का दो ऐटम लेगा न।" कहते हुए उन्होंने बोर्ड पर Na_2SO_4 लिख दिया तो बच्चे एक स्वर में बोल उठे–

"सोडियम सल्फेट है सर!"

साहब तमतमाते हुए 'बड़े बेआबरू होकर तेरी कक्षा से हम निकले' की तर्ज़ पर बाहर निकल गए। पर अभी और बेआबरू होना था। एरिया अफसर ने शम्भु जी की ओर संकेत कर उनसे कहा–

"सर! इनका विषय संस्कृत रहा है, लेकिन विज्ञान भी अच्छा पढ़ा लेते हैं।"

साहब कुछ न बोले। सीधे कार्यालय में आए और वेतन पंजी की माँग की। सोचा होगा सोडियम की वैलेंसी को यहाँ बैलेंस कर लिया जाए। वेतन का सारा काम शम्भु जी ही अंजाम देते थे लिहाजा एक्विटेंस रौल भी साफ सुथरा बना था। भुगतान प्राप्त शिक्षकों के रेवेन्यू स्टैम्प के साथ दस्तखत भी थे। पच्चीस

पैसे के चार स्टैम्प एक के ऊपर एक चढ़े हुए-से लगे रहते। कृष्णमोहन जी अभी पिछले सप्ताह रेवेन्यू लगाने आये तो उनके पास पच्चीस पैसे वाले चार स्टैम्प थे और जरूरत आठ की थी। वहाँ गाँव में रेवेन्यू मिलने की गुंजाइश भी न थी। शम्भु जी ने उनसे कहा–

"पिछला महीना का वेतन में चिपका दीजिये। एक महीना का फिर कभी।"

"न न। उपाय लगाते हैं न!।"

"उपाय का लगाइयेगा? नया पैदा होगा क्या?"

"हाँ जी। अकल लगाइएगा तब न। टी.वी. में ड्राफ्ट बनवाइएगा तो बुद्धि कुंद नहीं होगी।" कहकर कृष्णमोहनजी जोर से हँसे।

"उसी टी.वी. वाले ड्राफ्ट का प्रभाव है कि इतना दूर से रेवेन्यू लगाने आये हैं।" शम्भु जी बोले।

"कैंची मिलेगा बॉस!" कृष्णमोहनजी ने पूछा। शम्भु जी ने एक छात्र के घर से कैंची मंगवाई।

"देखिये कैसे पैदा होता है।" कहकर कृष्णमोहनजी ने एक रेवेन्यू के तीन बराबर टुकड़े कर दिए। फिर एक के ऊपर एक को रखकर तीनों टुकड़ों को चिपका दिया। अंत में एक साबुत रेवेन्यू टिकट लगा दिया। अब किसी को पता ही नहीं लग सकता था कि बाकी तीन टिकट कटे हुए हैं। इस प्रकार दो टिकट से चार का काम हो गया। शेष बचे दो टिकटों का उपयोग भी उसी शैली में किया गया। सुपरिंटेडेंट साहब को एक्विटेंस रौल में कोई खामी नज़र न आई। कैश-बुक लाइए। उन्होंने आदेश दिया।

"शम्भु जी! लाइए।" हेडमास्टर साहब ने कहा।

कैश-बुक साहब के सामने प्रस्तुत था। कैश-बुक में चार-पाँच महीने की प्रविष्टियाँ नहीं थीं। अमूमन छह महीने साल भर में एक ही बार कैश-बुक लिखा जाता था। कैश-बुक भर चुका था, दो चार पृष्ठ खाली बचे थे। हेडमास्टर साहब ने नया कैश-बुक खरीदने की जहमत न उठाई और मितव्ययिता के मार्ग पर चलते हुए परीक्षा की उत्तर पुस्तिकाओं में बचे सादे पृष्ठों को निकाल कर उस कैश बुक में सूई धागे से सिल दिया था। कैश बुक का यह अनिन्द्य सौन्दर्य किसी भी दर्शक को आकृष्ट कर लेता था। साहब का आकृष्ट होना स्वाभाविक था– एक तो कैश-बुक अधूरा और उस पर इतनी सुन्दर कारीगरी। साहब जो चाहते थे उन्हें मिल चुका था–

"ये आपका कैश-बुक है? कैश-बुक का मतलब समझते हैं कि नहीं?

आपका तो ड्राईंग डिसबर्सिंग पावर सीज होना चाहिए। मजाक बना रखे हैं! हेडमास्टर साहब की बोलती बंद। मन-ही-मन सोच रहे थे– "क्या पता था कि साहब कैश-बुक भी देखेंगे? ऐसा जानते तो नया ही खरीद लिए होते।" इधर साहब अपनी रौ में थे–

"बिल-बुक दिखाइए!" हेडमास्टर साहब ने सुना तो भौंचक्के रह गए। सोचने लगे– "अरे! वेतन-भुगतान का रजिस्टर दिखा ही दिए, कैश-बुक दिखा ही दिए तो अब इ बिल-बुक क्या है?" हेडमास्टर साहब ने बिल-बुक का नाम भी न सुना था।

"अरे! बिल-बुक माँग रहे है न जी! सुने नहीं क्या?"

"बिल-बुक तो नहीं है सर!"

"नहीं है? कैसा हेडमास्टर हैं जी! बिल-बुक नहीं रखते हैं और ट्रेजरी से बिल ड्रॉ करते हैं!"

पौने पाँच बज चुके थे। साहब के तेवर से लगता था कि अभी आधे पौन घंटे और क्लास लेंगे। शम्भु जी और कृष्णमोहनजी को आज ही राजापुरी लौटना था। जाड़े में सवा पाँच होते-होते अंधेरा पसरने लगता है। साठ किलोमीटर की दूरी स्कूटर से तय करनी थी। पंद्रह किलोमीटर सुनसान रास्ता पार करने के बाद एन.एच की सड़क मिलती थी। चिंतित मुद्रा में शम्भु जी ने बाहर निकलकर देखा कि कृष्णमोहनजी विद्यालय परिसर के बाहर चहलकदमी कर रहे हैं। उन्होंने बाहर जाकर कृष्णमोहनजी को कहा– "स्साला अभी बैठा ही हुआ है। निकले तब न चलें!"

शम्भु जी ने सोचा ये साहब स्वयं तो टलने वाले नहीं हैं। उन्होंने एक उपाय सोचा। कार्यालय में आए और निवेदन के विनम्र स्वर में सुपरिंटेंडेंट साहब और एरिया अफसर को संयुक्त रूप से कहा–

"सर! अंधेरा हो रहा है। इधर का रास्ता उतना सुरक्षित नहीं है। थोड़ी सावधानी..."

शम्भु जी और कुछ कहते इससे पहले ही साहब उठ खड़े हुए और एरिया अफसर रमेश सिंह से बोले– "सिंह साहब! चला जाए। इनका कैशबुक रख लीजिए। कल इनको निर्देश भिजवाइये।"

शम्भु जी का तीर निशाने पर लगा था। सुरक्षा पहली प्राथमिकता है। सुपरिंटेंडेंट साहब ने सोचा कि कहीं दिन भर की कमाई असुरक्षित रास्ते के निरीक्षकों की भेंट चढ़ गई तो सारा निरीक्षण निष्फल हो जाएगा। वे लपकते हुए कार पर सवार हुए और कार विद्यालय परिसर से निकल पड़ी। कृष्णमोहनजी

ने शम्भु जी से कहा–

"अभी तो आप बोले कि कम-से-कम आधा घंटा लगेगा। इ तो पाँचे मिनट में फुर्र हो गया।"

धुंधलका हो चला था। शम्भु जी ने स्कूटर निकाला और कृष्णमोहनजी को कहा–

"बैठिये, रास्ते में बात होगी। आज बहुत देर हो चुकी है।"

स्कूटर ने गति पकड़ी और पाँच-सात मिनट में वे साहब की कार के पीछे पहुँच गए।"

"आराम से चलिए, इसके पीछे-पीछे। एन. एच पर ओवरटेक कर लीजिएगा।" कृष्णमोहनजी बोले।

"काहे? यहाँ पर साहब को ओवरटेक नहीं किया जाता है?"

"यहाँ पर साहेब कौन है?"

"कौन?" शम्भु जी ने पूछा।

"साहेब हमलोग हैं। हमलोगों को सुपरिंटेंडेंट एस्कॉट कर रहा है। देखे नहीं हैं? मंत्री-उन्त्री की गाड़ी के आगे-आगे एस्कॉट वाहन चलता है।"

कहकर कृष्णमोहनजी ने जोरों का ठहाका लगाया। ठहाके की गूँज उस वन्य प्रांतर में विलीन हो गई। दोनों ओर घने वृक्ष और बीच में पगडंडी-सी टूटी-फूटी सड़क। ऐसा लगता था जैसे बीसियों वर्षों से सड़क की मरम्मत न हुई हो। लेकिन गाँव के लोग तो बता रहे थे कि तीन साल पहले ही सड़क की मरम्मती का टेंडर हुआ था। संभव है निरीक्षण शुल्क अधिक लग गया हो इसलिए सड़क का स्वास्थ्य जल्द गिर गया। शम्भु जी इन्हीं विचारों में डूबते उतराते एक्सेलेरेटर धीमा किए कार से एक सुरक्षित दूरी बनाए चल रहे थे ताकि कार सवार साहबों को कोई शंका न हो। कृष्णमोहनजी ने चुप्पी भंग की–

"आखिर हुआ क्या जो इ एतना जल्दी भागा?"

"वही। हम साहब को बतलाए कि ज्यादा देर करना उचित नहीं है। अंधेरा होने पर रोड वाले साहब लोग का निरीक्षण शुरू हो जाता है।"

"वाह! क्या बुद्धि लगाए बॉस। टी.वी. में ड्राफ्ट बनवाते-बनवाते आपको भी गजब का एक्सपीरियंस हो गया है!" कहकर कृष्णमोहनजी ने हँसी बिखेर दी।

(7)

यू.पी.एस.सी. प्रिलिम्स का रिजल्ट आ गया था। कृष्णमोहनजी ने बाजी मार ली थी। तीन महीने में मेंस होने वाला था। उन्हें तैयारी के लिए समय चाहिए था, लिहाजा लम्बी छुट्टी के लिए परेशान थे। वहाँ निकट में अफसर के नाम पर हेडमास्टर साहब ही थे। वेतन निकासी पदाधिकारी थे। कृष्णमोहनजी ने उनके सामने यह बात रखी–

"सर! हमको एक्जाम देना है तो लम्बी छुट्टी की जरूरत है। क्या करना होगा?"

"लम्बा छुट्टी? केतना दिन?"

"दिन नहीं सर, दो महीना।"

"पगलाए का जी! आठ महीना नौकरिये का हुआ है और इनको दू महीना छुट्टी चाही! नौकरी से खेलवाड़ मत कीजिये।"

"सर कुछ रूल तो होगा न? अगर किसी को जरूरते पड़ जाए तो?"

"कोई रूल सूल नहीं है। चुपचाप नौकरी कीजिए, न तो इ जमाना में एगो जो लगा है उहो हाथ से निकल जाएगा।"

हेडमास्टर साहब ने कुछ ऐसी प्रतिक्रिया दी कि कृष्णमोहनजी निराश हो गए। शम्भु जी ने ढाढ़स बँधाया– "अरे! इसको कुछ पता है जी! छुट्टी कैसे नहीं मिलेगा? मेडिकल, इ.एल और क्या-क्या मिलता है। राजापुरी में ही जो हेडमास्टर उपाध्यायजी हैं उन्हीं से पूछ लेंगे। उ तो दिन-रात ऑफिसे में घुसल रहते हैं।"

"नहीं, क्या जरूरत है बात फैलाने की। ऐसा करते हैं ब्लॉक चलते हैं। वहीं इन्स्पेक्टर से पूछ लेंगे। प्राइमरी का नियंत्री पदाधिकारी तो वही है।"

"ठीक है। चलिए चलते हैं।"

"आप मत जाइए बॉस! आपसे तो उखड़ल रहता है। मेरा काम अटक

जाएगा।"

"ठीक है। जाइए बात करके आइए।"

कृष्णमोहनजी ब्लॉक रवाना हो गए और शम्भु जी अपने स्कूल। शाम को कृष्णमोहनजी लौट के आये तो उनके चेहरे पर चमक साफ़ झलक रही थी। शम्भु जी ने कहा–

"लगता है काम हो गया!"

"हाँ। होना ही था। चोर-घूसखोर के रहते कोई काम रुका है जी!"

"अच्छा! मतलब ..।"

"अब मतलब बाद में बताएँगे।"

कहकर कृष्णमोहनजी ने आँख दबाते हुए से पड़ोस के दरवाजे से निकलते हेडमास्टर साहब की ओर इशारा किया। वे अपने कमरे का ताला बंद कर अपने शाम के अड्डे पर जा रहे थे। जब दोनों मित्र आश्वस्त हो गए कि हेडमास्टर साहब दो बाँस दूर जा चुके हैं तो कृष्णमोहनजी ने बात शुरू की–

"काम तो गया बॉस! लेकिन इंस्पेक्टरवा का मुँह बहुत बड़ा है।"

"मतलब?"

"मतलब छुट्टी लेने का जरूरत नहीं है। बोला कि जाइए आराम से एक्जाम दीजिये हम यहाँ संभाल लेंगे आपका। केवल अब्सेंटी जमा करने के लिए एक दिन आकर पूरा महीना का हाजिरी किलियर कर दीजिएगा।"

"मतलब दू नंबर का छुट्टी?"

"हाँ जो समझिए। बोला और कोई उपाय नहीं है।"

"उपाय कैसे नहीं होगा जी! कोई बीमार पड़ जाएगा तो इलाज कराने जाएगा कि यहाँ नौकरी करते रहेगा?"

"अब कानून खोजने से क्या फायदा? अंधेर नगरी चौपट राजा नहीं पढ़े हैं?"

"इसके एवज़ में तो इंस्पेक्टरवा क्या लेगा?"

"मत पूछिए। कहता है आधा वेतन देना पड़ेगा। अब साढ़े चार हज़ार में कम से कम दो हज़ार तो लेगा ही।"

"कौन दू हज़ार ले रहा है जी?" हेडमास्टर साहब न जाने क्यों तुरंत वापस आ गए थे।

"उ कुछ नहीं सर। कोचिंग वाला का बात हो रहा है।"

"कृष्णमोहनजी! दाई से कोख छिपाते हैं? धूप में बाल उज्जर न किये हैं! बलौक गए थे न जी। इंस्पेक्टर से मिले होंगे।"

"नहीं सर। इंस्पेक्टर से काहे के लिए मिलेंगे?"

"ओही छुट्टी के लिए।"

"नहीं हम तो स्कूल गए थे।"

"जादा बनिए मत। पलमो स्कूल का जोती आपको इंस्पेक्टर का क्वाटर में घुसते देखा था। वही हमको बताया।"

'जादा बनिए मत' सुनकर कृष्णमोहनजी का पारा गरम हो गया। बोले–

"हाँ, ब्लॉक गए थे, इंस्पेक्टर से मिले थे। तो कुछ कर लीजिएगा? हमको छुट्टी लेना है तो बात न करें?"

"का बात किए?"

"कुछ भी। आपको इससे मतलब?" कृष्णमोहनजी बड़े तल्ख अंदाज़ में थे।

"मतलब? ए देखिए शम्भु जी अपना दोस्त को समझा दीजिए।"

"सर! इनको एक्जाम देना है। छुट्टी चाहिए। तो उपाय करेंगे न सर!"

"वही तो पूछ रहे हैं। का उपाय बताया इंस्पेक्टर?"

"उ तो महीना का दू हज़ार माँग रहा है।"

"अउ स्कूल से गायब!"

"तो दू हज़ार दें और स्कूल भी आवें। कैसा भकचोन्हर जैसा बात करते हैं?"

"हमको भी एक हज़ार महीना का देना पड़ेगा।"

"आजे तो आपको पूछे कि छुट्टी का कोई रास्ता बताइए तो आप महात्मा बन गए। क़ानून बताने लगे-छुट्टी मिलबे नहीं करेगा, नौकरी चल जाएगा। आप रास्ता बताते तो हम काहे के लिए चौदह किलोमीटर ब्लॉक जाते?"

"जैसे उ नियंत्री पदाधिकारी है न वैसा ही हम वेतन निकासी पदाधिकारी हैं! हम ज़िंदा मक्खी निगल लें नऽऽ, अउ उ हज़ार के बज़ार लगावे। हमको एक हज़ार दीजिएगा तो बिल बनेगा नहीं तो नहीं।" कहकर हेडमास्टर साहब चले गए।

"मोहनजी! कल आप घर निकलिए। जाकर निश्चिन्त होकर तैयारी कीजिए। इ लोग का हिसाब किताब बाद में होगा। हेडमास्टर से हम सलट लेंगे। वेतन का बिल तो हम ही न बनाएँगे।"

"ठीक है बॉस! थोड़ा सम्हालियेगा। का बोलें? कैसा भ्रष्ट लोग से पाला पड़ा है।"

हेडमास्टर साहब को सन्तोष न हुआ। वे अपने कमरे से निकलकर फिर आये। शम्भु जी ने उन्हें आश्वस्त किया– "आपका हिस्सा आपको मिल जाएगा सर, निश्चिन्त रहिये।"

शम्भु जी के एक-एक शब्द जैसे हेडमास्टर साहब की जलती छाती पर पानी की ठंडी बूंदों की तरह प्रतीत हुए। हिस्सा मिल जाने की आश्वस्ति के बाद उनके आत्मीयता भरे स्वर छलके-

" जाइए न भाई, उ.पी.सी, इ.पी.सी जे परीक्षा देना है दीजिए। खाली हाजिरी बही सुद्ध कर दीजिएगा। जौन दिन परीक्षा रहेगा उ दिन के आकस्मिक अवकास ले लीजिएगा। बाक़ी के जिम्मा त ले ही रहे हैं। ई तो भाग मनाइए कि इ बलौक एतना परगति कर गया है तब आपलोग यहाँ नौकरी करने आए हैं। हमलोग जब आये थे अठारह बरिस पहिले त इहाँ भूत रोता था। एक-एक दू-दू गो मास्टर पर स्कूल चलता था। लंबा छुट्टी के तो सवाले न था।"

हेडमास्टर साहब की बात सुनकर कृष्णमोहनजी को हँसी आ गई। बोले-

"फिर आपलोग आए न सर! तो आपलोग को देख के सब भूत भी भाग खड़ा हुआ।"

"ए देखिए शम्भु जी! क्रिस्नमोहन के भासा! मने कुच्छो बोल दीजिएगा जी!"

हेडमास्टर साहब को कृष्णमोहन पाण्डेय में भविष्य की आमदनी दिख रही थी इसलिए उन्होंने उनके इस मजाकिया लहजे का कोई कड़ा प्रतिरोध नहीं किया।

(8)

यू.पी.एस.सी. का मेंस देकर लौटे तो कृष्णमोहनजी को एक नया भूत सवार हो गया। एक दिन शम्भु जी से बोले–

"जानते हैं शम्भु जी! इ छुट्टी लेने में जो झगड़ा झंझट हुआ न उसका मुख्य कारण है यहाँ गाँव में रहना। यहाँ आपके कमरे के दरवाजे पर लटका हुआ ताला आपके अनुपस्थित होने की सूचना देता है। आप स्कूल में पढ़ाइए या फाँकी मारिये गाँव को उससे मतलब नहीं है। उसको मतलब है कि आप गाँव में मौजूद हैं कि नहीं। यहाँ गाँव में रहिए, गाँव वालों के साथ ताश खेलिए, प्रत्येक बुधवार को बज़ार में घूमिए तब आप सही टीचर समझे जाएँगे। इससे तो कैरियर पर ताला लग जाएगा! जिंदगी इसी मास्टरी में बिताइए। कोई पी.एस. सी का ख्वाब मत देखिए।"

" लगता है बहुत रिसर्च किए हैं!" शम्भु जी ने मुस्कुराते हुए कहा।

"हाँ, तो रिसर्च का ठेका एक ठो आप ही ले रखे हैं क्या? डॉक्टरेट कर लेने से क्या पीछे भी आँख हो जाता है?" कहकर कृष्णमोहनजी ने आदतन जोरदार ठहाका लगाया।

"ठीक है माना कि आप भी रिसर्चर हैं, तो इस रिसर्च का निष्कर्ष क्या निकला?" शम्भु जी ने प्रश्न किया।

"निष्कर्ष यह है कि यहाँ रहना नहीं है। रोज़ राजापुरी से आना-जाना करना है। हम एक रास्ता भी तलाश कर चुके हैं। एन.एच पर जहाँ बस छोड़ेगी वहाँ से मेरा स्कूल तीन किलोमीटर और आपका साढ़े पाँच। आधा घंटा का साइक्लिंग है। हम तो यहाँ डेरा-डंडा छोड़ देंगे अगला हफ्ता।"

कृष्णमोहनजी ने अपना निर्णय सुना दिया था। अब शम्भु जी को तय करना था कि वे क्या करें। एक ओर रोज़ घर जाने का सुख तो दूसरी ओर रोज़ एक घंटे की साइक्लिंग और एक घंटे की बस यात्रा का कष्ट। कृष्णमोहनजी ने

अपने निर्णय पर अमल किया। शम्भु जी एक दो हफ्ते पसोपेश में रहे। कृष्णमोहनजी का साहचर्य छूट गया था। आखिरकार वे भी कृष्णमोहनजी के मार्ग पर चल पड़े। कृष्णमोहनजी उनके इस निर्णय से प्रसन्न हुए और एक मजाकिया टिप्पणी भी कर डाली–

"पीएच.डी. कर लीजिएगा फिर भी आइएगा हमारे ही पीछे-पीछे।"

"हाँ तो, हम ही तो आपके पहले और अंतिम अनुयायी हैं।" कहकर शम्भु जी ने हँसी बिखेर दी।

लम्बी छुट्टी से लौटने के बाद एक ही बार महीने भर की हाजिरी बनी। कृष्णमोहनजी के सहयोगी विद्यालय के प्रधान शिक्षक सिमरा जी ने बहुत सहयोग किया था, पर उन्होंने इसके एवज में कोई सौदा नहीं किया। सिमरा जी बड़े सीधे-सादे शिक्षक थे। कोई लोभ-लालसा नहीं। विद्यार्थियों को समर्पित भाव से पढ़ाते। लेकिन ऐसे सीधे-सादे शिक्षक ही घूसखोर पदाधिकारियों का शिकार बनते। जब कृष्णमोहनजी ने बताया कि छुट्टी को लेकर इंस्पेक्टर साहब से 'बात हो गई है' तो उन्होंने कोई प्रतिवाद नहीं किया। ऐसे फरेबी, रिश्वतखोर अफसरों से उलझना शांतिप्रिय सिमराजी की फितरत न थी। विद्यालय से लौटकर शाम को गांववालों के साथ ही अपना गम गलत करते और मस्ती में डूब जाते। सोमरस की पवित्रता ऐसी होती है कि उसे ग्रहण करने वाला जीवन के सारे सत्य सामने रख देता है। जिन सत्यों को व्यक्ति सामान्य अवस्था में प्रकट नहीं कर पाता; सोमरस के सेवन के उपरान्त बिना किसी भय या पक्षपात के वह किसी से कोई भी सच कह सकता है। एक बार ब्लॉक में इंस्पेक्टर साहब के साथ सारे शिक्षकों की बैठक थी। न जाने कैसे उस दिन मध्याह्न में ही सिमराजी ऐसी ही सोम-समाधि की अवस्था में आ गए थे। शायद ब्लॉक के बाजार में सोम-द्रव बिकता देख खुद को रोक न सके होंगे। बैठक में जब उनके विचार रखने का समय आया तो इंस्पेक्टर साहब पर उबल पड़े–

"स्साला! घूस खाता है, मास्टर लोग को तंग करता है और अभी पूछ रहा है कि केया दिक्कत है स्कूल में? चोर पदाधिकारी! दस मिनट का देरी भी हो जाएगा अउर इसको मालूम चल जाएगा तो दू सौ तीन सौ माँगेगा। नहीं दीजिए तो डरुआता है कि सुपरिंटेडेंट साहब को खभर कर देंगे।" शम्भु जी और कृष्णमोहनजी सिमराजी के अगल-बगल ही बैठे थे लेकिन उन्होंने उन्हें रोका नहीं। कृष्णमोहन जी ने शम्भु जी को फुसफुसा कर कहा–

"थोड़ा लतियाने दीजिए। इतना सम्मान तो साहब का होना ही चाहिए।"

साहब खूब समझ रहे थे कि यह परा ज्ञान की अवस्था है, अभी उलझना

अपनी किरकिरी कराना है। उन्हें रोष इस बात पर हुआ कि आस-पास बैठे शिक्षकों ने उनके सम्मान की रक्षा क्यों न की। साहब की मनःस्थिति को भाँपने वाले कुछ चमचानुमा शिक्षक अपने स्थान से उठे और सिमराजी को खींचकर सभा से बाहर ले जाने लगे। लगे हाथों सिमराजी ने उनका भी सत्य उजागर कर दिया–

"तुम लोग स्साला चमचा लोग! स्कूल जाता नहीं है। यहीं इंस्पेक्टर का आपिस में बैठ के दलाली करता है। पढ़ाने का काम छोड़ के इसका दलाली करने से का मिलेगा तुमलोग को?"

तीन चार शिक्षक उन्हें लेकर बाहर निकल गए। मीटिंग थोड़ी ही देर चली और अपने निर्धारित समय से पहले समाप्त हो गई क्योंकि साहब निस्तेज हो चुके थे।

एक बार सिमराजी सख्त बीमार हो गए और लगभग महीने भर बीमार रहे। कृष्णमोहनजी ने कानों कान किसी को ख़बर न होने दी कि सिमराजी स्कूल नहीं आ रहे हैं। उनके डेरे पर जाकर प्रतिदिन हाजिरी बनवा लाते। हालाँकि सिमराजी भीतर-ही-भीतर डरे हुए थे कि यदि इंस्पेक्टर को ख़बर लग गई तो वह कहीं का नहीं छोड़ेगा। लेकिन कृष्णमोहनजी की चतुराई से ऐसी कोई दुर्घटना नहीं घटी।

कृष्णमोहनजी आज महीने भर की हाजिरी बना रहे थे तो जैसे लगा सिमराजी अपनी चुप्पी से अपना क़र्ज़ उतार रहे हों; फिर भी उनकी एकमात्र कमजोरी को जाननेवाले कृष्णमोहनजी ने सात सौ पचास एम.एल. वाली रॉयल स्टैग की एक बोतल उन्हें भेंट की। उनकी आँखें चमक उठीं। उनका हृदय तो जैसे बल्लियों उछल रहा था लेकिन बनावटी संकोच के साथ नायाब उपहार स्वीकार करते हुए बोले–

"इसका का जउरत था! अंगरेज़ी है न? काहे एतना खर्चा में पड़े!"

सिमराजी बात कृष्णमोहनजी से कर रहे थे लेकिन ब्रह्मानंद छलकाती उनकी दृष्टि उस रंगबिरंगे अंग्रेजी डिब्बे पर थी, जिसके भीतर निस्सार संसार की एकमात्र सारवस्तु थी। प्राइमरी के बच्चों को बताने लायक अंग्रेज़ी तो जानते ही थे। डिब्बे पर लिखे कलात्मक अक्षरों को पढ़ते हुए उन्होंने हर्षित स्वर में उच्चरित किया– "रोयाल स्टेज। हहहऽऽऽ।" सिमराजी का मनोमृग रॉयल स्टैग की तरह कुलाँचे मारता हुआ अपनी शाम की महफ़िल में पहुँच गया–

"आइज अंग्रेज़ी का पाटी देंगे। देसी वाला में दू-दू ढक्कन मिला के। चार-पाँच रोज़ चलेगा।"

सिमराजी की मितव्ययिता पर कृष्णमोहनजी को हँसी आ गई लेकिन चुप रहे कि सिमराजी को बुरा लगेगा। शाम को स्कूल से छुट्टी के बाद गाँव में सिमराजी के आवास पर रोज़ की तरह उनके हालावादी समर्थक जुटे। उन्होंने प्रसन्न मुद्रा में कहा–

"आइज तोहरे मन के अंगरेज़ी पियाब!"(आज तुमलोगों को अंगरेज़ी शराब पिलाऊँगा)

"कहाँ पाली मस्टर अंगरेज़ी?"(अंगरेज़ी शराब कहाँ मिल गई मास्टरजी?)

"उ मोहन मस्टर स्कूल से एक महीना भाग रहे नी; ओहे दे हे।"(मोहन मास्टर एक महीने तक स्कूल से गायब रहा। उसी ने दिया है।)

देसी सुरा में विदेशी सोम-सवन किया गया। मधु-मित्रों की 'और थोड़ा, और थोड़ा' के आग्रहपूर्ण वचन से रॉयल स्टैग की पूरी बोतल उसी दिन समाप्त हो गई। उस दिन तो सब के सब ब्रह्मानंद में मग्न थे लेकिन दूसरे दिन शाम को सिमराजी थोड़े मायूस थे कि जिस आनंद को थोड़ा-थोड़ा करके चार-पाँच दिन तक संजोना था उसे मधु-लोभियों ने एक ही दिन में समाप्त कर दिया। आज फिर सुरा-सखाओं की जमात जुट गई थी। सिमराजी ने देसी का ढक्कन खोला ही था कि एक और निराश मन वाले ने अंग्रेजी के न होने के शोक में सिमराजी से पूछ ही डाला–

"मस्टर फिर कहिया भागी?" (मास्टर स्कूल से फिर कब भागेगा?)

अगले दिन कृष्णमोहनजी स्कूल आये तो सिमराजी ने उन्हें बताया–

"आप जो अंगरेज़ी दिए थे न उ हमलोग एक्के दिन में पी के खतम कर दिए। बहुते क्वाल्टी वाला था। गाँव का चार-पाँच आदमी भी था। सबको बहुत पसिंद लगा। सब बहुत तारीफ किया आपका। बुधवा तो पूछ रहा था कि मस्टर फिर कब देंगे?"

कृष्णमोहनजी ने सुना तो सर पीट लिया। बात तो सारे गाँव में फैलेगी कि मास्टर स्कूल से गायब रहने के एवज में शराब पिलाता है। सिमराजी दिल के साफ़ आदमी थे अतः झूठ गढ़ना उन्हें नहीं आता था। उन्होंने सबसे यथार्थ बयान कर दिया था। हालाँकि इस ख़बर का कोई प्रतिकूल असर नहीं देखने को मिला। कृष्णमोहनजी के मद्योपहार से गाँव में उनकी छवि एक दयालु और दानी शिक्षक के रूप में हो गई। उनकी ख्याति फैलाने वालों को यह आशा थी कि मास्टर के गुणगान से शायद फिर अंग्रेज़ी का उपहार मिले, लेकिन ऐसा हुआ नहीं। हाँ, कृष्णमोहनजी रोज़ ग्रामवासियों के मनोविज्ञान पर रिसर्च करते रहते। एक दिन उन्होंने दो सौ रुपये में एक फुटबॉल खरीदा। शम्भु जी ने पूछा–

"खुद के खेलने के लिए ले रहे हैं?"

"हाँ, ऐसा ही समझिए।"

"समझिए मतलब?"

"मतलब फुटबॉल में फुट कोई और मारेगा लेकिन गेम हम खेलेंगे।"

"ये यू.पी.एस.सी का एक्जाम देके पगला गए हैं? जवाब भी उसी टाइप से देते हैं!"

"पीएच.डी. होल्डर्स को नहीं समझ में आएगा। ये बहुत गम्भीर विषय है।" कहकर कृष्णमोहन जी ने जोरों का ठहाका लगाया।

उस दिन बुधवार था। अब दोनों मित्र हमेशा की तरह स्कूल के मोड़ पर बस से उतरे और अपनी-अपनी साइकिल पर सवार हो चल पड़े। रास्ते में कृष्णमोहनजी ने अपने विद्यालय के मोड़ पर मुड़ते हुए शम्भु जी से ताकीद की-

"लौटते हुए मेरे स्कूल से होकर जाइएगा।"

"क्यों?"

"यू.पी.एस.सी. वाले क्वेश्चन का जवाब मिल जाएगा।"

"मतलब?"

"आप आइये तो!"

लौटते हुए शम्भु जी प्राथमिक विद्यालय गामड़ा पहुँचे तो देखा कि कृष्णमोहनजी एक कुर्सी पर बैठे हैं और दोनों पाँव सामने एक कुर्सी पर रखकर आराम की मुद्रा में हैं। शम्भु जी के आने की आहट से उनका ध्यान भंग हुआ तो बोले-

"आइए आइए! वो सामने देखिये आपके सवाल का जवाब।"

शम्भु जी ने देखा स्कूल के सारे छात्र कृष्णमोहनजी द्वारा प्रदत्त फुटबॉल का लुत्फ़ उठा रहे हैं। शम्भु जी ने पूछा-

"तो, ये छात्रों को भेंट दी आपने।"

"छात्रों को नहीं उनके माँ-बाप को।"

"क्या मतलब?"

"मतलब ये कि अभिभावकों की नज़र में मोहन मास्टर छात्रों की सुख सुविधा का खयाल रखनेवाला मास्टर है। पूरे ब्लॉक में कोई टीचर है जिसने अपने पैसे से बच्चों को फुटबॉल खरीद कर दी हो?"

"मतलब आदर्श स्थापित कर रहे हैं?"

"नहीं छुट्टी का उपाय कर रहे हैं। दो सौ के फुटबॉल में एक सप्ताह की

छुट्टी। इस फुटबॉल का नशा तो एक सप्ताह चलेगा ही। एक एक्जाम देने इलाहाबाद जाना है, तो पिछली बार की तरह झंझट में न पड़कर मैंने ये रास्ता निकाला है।"

"मान गए बॉस! बड़ी दूर की नज़र रखते हैं! अब चलिए, छुट्टी की घण्टी बजवाइए।"

"घण्टी! घण्टी नहीं बजती है हमारे स्कूल में।"

"क्यों? अब उसमें भी कोई गंभीर दर्शन है क्या?"

"बिलकुल है। घंटी एक इंस्पेक्टर है। घंटी आपके आने-जाने की सूचना पूरे गाँव को देती है। अगर आप तीन बजे छुट्टी की घण्टी बजायेंगे तो सभी को ज्ञात हो जाएगा कि मास्टर तीन बजे जा रहा है। ग्यारह बजे आने पर घंटी बजाएँगे तो यह घण्टी की ध्वनि आपके देर से आने की सूचना घर-घर पहुँचा देगी। विद्यालय घण्टीविहीन रखिये। अपने समय से आइए-जाइए।"

"अच्छा! घंटीदर्शन समाप्त हुआ हो तो अब चलें? कल गुरुवार को ईद की छुट्टी है और परसों शुक्रवार को गुड फ्राइडे की।"

"अरे! तब अब सीधे सोमवार को स्कूल आवेंगे।" कृष्णमोहनजी ने कहा पाँच।

"क्यों? शनिवार को?"

"ईद और गुडफ्राइडे का आनंद शनिवार तक नहीं रहेगा? उस दिन इंडिया-पाकिस्तान वन डे मैच भी है। कल के मैच को तो वेंकटेश प्रसाद ने गज़ब टर्न किया। चार विकेट लगातार।" कहते हुए कृष्णमोहनजी ने बच्चों को आवाज़ लगाई। बच्चे दौड़कर आए। एक बच्चा फुटबॉल की धूल को अपनी शर्ट से पोंछता हुआ आ रहा था। कृष्णमोहनजी ने बच्चों से पूछा–

"फुटबॉल खेलने में अच्छा लगा?"

"जी सर। बहुते मज़ा आया।"

"ठीक है। देखो कल से ईद और गुड फ्राइडे परब का छुट्टी है। अब सोमवार को स्कूल आना। ठीक है?"

"जीईई...सऽऽऽर।" की समवेत ध्वनि हुई।

कृष्णमोहनजी ने साइकिल निकाली और शम्भु जी के साथ निकल पड़े। स्कूल के गेट के बाहर निकले ही थे कि एक ग्रामीण ने कृष्णमोहनजी से पूछ दिया–

"तीन दिन छुट्टी है मस्टर?"

"हाँ। ईद और गुडफ्राइडे का।"

"अउर शनिचर को का चीज का छुट्टी है?"

मोहन मास्टर इस आकस्मिक प्रश्न के लिए तैयार न थे लेकिन चुप रह जाना ठीक न था। उन्होंने उस ग्रामीण को गौर से देखा, मानो उसका आई क्यू जाँच रहे हों। क्षण भर में बिना समय गँवाए बड़े आत्मविश्वास के साथ बोले–

"शनिचर को वेंकटेश प्रसाद जयन्ती है।"

"ओ अच्छा!" कहकर ग्रामीण ने सन्तोष प्रकट किया और इधर कृष्णमोहनजी ने चैन की साँस ली। शम्भु जी को जोरों की हँसी आ रही थी। दोनों साईकिल पर सवार गाँव से कुछ दूर आ निकले तो शम्भु जी ठठा कर हँसे। कृष्णमोहनजी ने पूछा–

"क्या हुआ जी?"

"वही, वेंकटेश प्रसाद जयन्ती!"

"अरे बॉस! अचानक कोई जवाब ही नहीं सूझा। अवचेतन में वेंकटेश प्रसाद था सो बाहर आ गया। देखिए! उसको न वेंकटेश प्रसाद समझ में आया और न जयन्ती।"

"हाँ, वैसे भी मास्टर का कहा ब्रह्मवाक्य कौन काट सकता है, वो भी गामड़ा गाँव में?"

"सो तो है। तीन दिन छुट्टी है। आइए न एक दिन घर पर। मार्केट साथ चलेंगे। जगजीत सिंह का नया एलबम आया है 'मिराज'। खरीद लिया जाए।"

"कौन-कौन सी ग़ज़ल है उसमें?"

"ज़िन्दगी से बड़ी सजा ही नहीं...। और भी है। पैसा वसूल है।"

"किस दिन आएँ।" शम्भु जी ने पूछा।

"वेंकटेश प्रसाद जयन्ती के दिन।" कहकर हँसते हुए कृष्णमोहनजी ने साइकिल की गति बढ़ा दी।

(९)

कटहल, बरगद, इमली के दरख्तों के बीच कुछ पाँच-सात सौ मीटर की परिधि में फैला गामड़ा गाँव। दीपावली पर रँगे-पुते मिट्टी के छोटे-छोटे घर बड़े आकर्षक लग रहे थे। सफ़ेद पुती दीवारों पर नीले रंग से बनाई गई कलाकृतियाँ उस आकर्षण को और भी बढ़ा रही थीं। घर क्या, एक बड़ा-सा कमरा। वही ड्राइंग, डाइनिंग और बेडरूम भी होता। उस घर के चारों ओर दीवार से सटा दो फीट ऊँचा चबूतरा-सा बना होता था जो अक्सर घर के बाहर बैठने के उपयोग में आता था। आस-पड़ोस के भाई-बन्धु उसी चबूतरे पर बैठकर ज़िन्दगी की सारी समस्याएँ सुलझाया करते।

दीपावली बीत चुकी थी। दिसंबर का दूसरा सप्ताह था। गाँव के खेतों में चहुँओर हरियाली बिखरी थी। कहीं मटर की हरी-हरी फलियाँ झूम रही थीं तो कहीं सरसों पीली साड़ी पहने इतरा रही थी। खेतों के मध्य पगडंडी थी जो गाँव को शहर जानेवाली सड़क से जोड़ती थी। और कोई मौसम होता तो पगडंडी पर साइकिल से चलते हुए थकान हो जाती थी। लेकिन पगडंडी के दोनों ओर इतना सुहावना दृश्य हो और गुलाबी जाड़े में सूरज की किरणें गर्माहट का उपहार दे रही हों तो थकान भी मस्ती में तब्दील हो जाती है। कृष्णमोहनजी और शम्भुजी दोनों अपने-अपने घर लौट रहे थे। दोपहर के चार बज रहे थे। खेतों की हरियाली के बीच पगडंडी पर मंथर गति से साइकिल पर पैडल मारते चले आ रहे थे। चलते-चलते कृष्णमोहनजी ने शम्भु जी से प्रश्न किया–

"बॉस! छीमी क्या भाव है अपने शहर में?"

"यही कोई सत्तर-अस्सी रुपए किलो।"

"मतलब मास्टर की औकात से बाहर है।" कृष्णमोहनजी ने कहा।

"हाँ यही समझिए।"

चलते-चलते कृष्णमोहनजी ने साइकिल रोक दी और नीचे उतर आए।

“क्या हुआ?” शम्भुजी ने पूछा–

“कुछ नहीं।”

“तो रुक क्यों गए?”

“सोचा शहर में मटर खाने की औकात तो है नहीं तो गाँव में ही खा लें।”

“सो कैसे?”

“पहले साइकिल से अवतरण तो कीजिए प्रभु!” कृष्णमोहनजी ने कहा।

“हुक्म की तामील हुई ज़नाब, अब बोलिए।” साइकिल से उतरकर शम्भुजी ने कहा।

“बोलिए नहीं, आइए खेत में बैठिए।” कहकर शम्भुजी का हाथ पकड़े कृष्णमोहनजी छीमियों से भरे एक खेत में उतर गए। दोनों दस-बीस फलियाँ तोड़ लाए और खेत की मेड़ पर बैठकर मटर छीलकर खाने लगे। गप्प का पिटारा खुल गया। मटर खाना गौण हो गया। बीस मिनट यूँ ही गुजरे। कृष्णमोहनजी उठ खड़े हुए और बोले–

“अब चला जाए।”

“क्यों पेट भर गया?”

“अरे नहीं यार! ये पेट भरने की चीज़ है भी नहीं।”

“तो फिर?”

“ताज़ी छीमियाँ देखकर रहा नहीं गया। सीधे खेत से तोड़कर खाने का मज़ा और कहाँ?”

“हाँ, सो तो है। जब शहर में दाम आसमान पर हो तब मुफ्त की छीमियों का स्वाद कुछ और ही होता है।”

“ह ह ह ह ह...”

कृष्णमोहनजी ने आदतन जोरदार ठहाका लगाया और फिर दोनों अपनी-अपनी साइकिल से चल पड़े। रास्ते में साइकिल पर छीमियों से भरा बोरा लादे गामड़ा गाँव के ही महरू महतो चले जा रहे थे। निर्जन रास्ते पर हँसी की ध्वनि ने ध्यान आकर्षित किया तो उन्होंने पीछे मुड़कर देखा। बोरे के वजन के कारण उनकी गति धीमी थी। दोनों शिक्षक निकट पहुँचे तो उन्होंने अभिवादन के शब्द कहे–

“परनाम मास्टर!”

“क्या महरू भाई! बाज़ार चले क्या?”

“हाँ, मटर बेचने जा रहे हैं।”

“वाह! मटर क्या भाव चल रहा है आजकल?”

"आइज कल तो थोड़ा दाम मिल जाता है मास्टर! अभी तीस चालीस का रेट है।"

"कृष्णमोहनजी महरू से बातचीत में मशगूल हो गए और उसी की गति से चलने लगे। कृष्णमोहनजी की यह मंथर गति शम्भुजी को नहीं भा रही थी। छीमियों का स्वाद चखने के चक्कर में पहले ही देर हो चुकी थी। उन्हें चिंता थी कि साढ़े चार वाली बस कहीं छूट न जाए। उन्होंने कृष्णमोहनजी को कई बार आगे बढ़ने का संकेत किया पर उन दोनों की बातचीत ऐसे मुकाम पर थी ही नहीं जहाँ उसे विराम दिया जाता। शम्भुजी ने तनिक खिन्न होकर अपनी गति तेज की और आगे बढ़ गए। तब तक रास्ते में चढ़ान आ गया था। महरू साइकिल से उतर गए और पैदल ही साइकिल को धकेलते हुए चलने लगे। कृष्णमोहनजी ने उनसे विदा ली और आगे बढ़ चुके शम्भुजी को पकड़ा। शम्भुजी ने कृष्णमोहनजी से कहा–

"आ गए? मुझे लगा मटर की खेती की सारी विधि पूछकर ही आप आएँगे।"

"अरे भई! गाँव घर का आदमी है। तनिक हालचाल नहीं पूछिएगा तो आपको अशिष्ट समझा जाएगा। उसे लगेगा कि मास्टर अहंकारी है।"

"सो तो मुझे भी मालूम है कि जान-पहचान के व्यक्ति को देखकर मुँह मोड़ लेना, उसका कुशल-क्षेम न पूछना अच्छी बात नहीं है, लेकिन अहंकार की गठरी उतार फेंकने और विनम्रता की चादर ओढ़ने में कहीं बस छूट गई तो यहीं मटर के खेत में रात गुजारनी पड़ेगी। आस-पास कोई ठौर-ठिकाना भी नहीं है।"

"अरे बॉस! चिंता किस बात की? सवा पाँच बजे वाली लास्ट बस है न!" कृष्णमोहनजी ने कहा।

"कौन? अमर ट्रेवल्स?"

"हाँ, अमर ट्रेवल्स मत बोलिए।"

"अमर नाम ही तो है!"

"नहीं ग़ज़ल ट्रेवल्स। कितनी सुन्दर गज़लें और पुराने-पुराने गाने सुनाता है!"

"ये बात तो है। मुझे लगा बस का नाम बदल गया है।"

"कुछ भी कहिए किराए का पैसा वसूल हो जाता है।" कृष्णमोहन ने कहा।

साइकिल अब ढलान पर आ गई थी। कुछ पाँच-छह सौ मीटर सामने पेड़ों के बीच राष्ट्रीय राजमार्ग पर आती-जाती गाड़ियाँ नज़र आ रही थीं। शम्भुजी ने घड़ी देखी– चार बजकर पैंतीस मिनट। वे चिहुँक पड़े–

"आज तो बस छूट गई! चार पैंतीस हो गया।"

"अरे नहीं, हमेशा तो पाँच-दस मिनट लेट ही रहती है।"

"हाँ पर अभी भी तीन चार मिनट और लगेंगे।"

दरअसल दोनों जने सड़क के किनारे बने घर में अपनी साइकिल रख देते थे और बस पकड़ कर राजापुरी लौटते थे। दो मिनट गुजरे ही होंगे कि यादव ट्रेवल्स अपना चिर-परिचित हॉर्न बजाती नज़रों के सामने से निकल गई।

"अरे! बस तो निकल गई कृष्णमोहन जी!"

"अच्छा ही हुआ। आज ग़ज़ल की प्यास बहुत सता रही है।"

"कृष्णमोहनजी! अब पैंतालीस मिनट यहीं बैठकर ग़ज़ल गुनगुनाइए तभी ग़ज़ल ट्रेवल्स मिलेगी। मिलेगी भी या नहीं! वही लास्ट बस है इस रूट की।"

"आप तो व्यर्थ चिंतित हो जाते हैं। जब तक समस्या सामने न आए चिंता करने से क्या फायदा? दस-बीस ग्राम खून ही जलेगा। बैठिए। करना क्या है, नहीं आएगी तो नहीं आए। देखा जाएगा। हम हैं आप हैं– 'जहाँ कहीं मिल बैठे हम तुम वहीं हो गई मधुशाला'।"

कहकर कृष्णमोहनजी ने हँसी बिखेर दी। सड़क के किनारे फैले खेत में हवा से हिलते सरसों के पीले फूल उनकी हँसी में शामिल होकर हँसते हुए-से प्रतीत हुए।

"दिले नादाँ तुझे हुआ क्या है, आखिर इस दर्द की दवा क्या है? हमको उनसे वफ़ा की है उम्मीद, जो नहीं जानते वफ़ा क्या है? क्या अल्फ़ाज़ हैं शम्भुजी! ग़ालिब ने चाहे रुपए न कमाए हों, पर शोहरत इतनी कमाई है कि शायरी और ग़ालिब एक दूसरे के पर्याय हो गए हैं। अब देखिए इस सुनसान में भी हम उनकी चर्चा लिए बैठे हैं।"

"ग़ालिब की बात ही और है। उन्होंने तो खुद ही कहा है-ग़ालिब का है अंदाज़े बयाँ और। वैसे जितनी आसानी से जिगर, साहिर और शकील बदायूँनी समझ आ जाते हैं उतने आसान ग़ालिब नहीं हैं।"

"दरअसल ग़ालिब की शायरी में फ़ारसी का पुट अधिक है।"

"ग़ालिब की इस ग़ज़ल पर मुझे कविवर गोपालसिंह नेपाली का एक गीत याद आ रहा है। गीत तो क्या ग़ज़ल के ही फॉर्म में है अभी दो चार महीने पहले पढ़ा था। पूरी ग़ज़ल तो याद नहीं उसकी पंक्तियाँ कुछ यों हैं–

बदनाम रहे बटमार मगर घर तो रखवालों ने लूटा मेरी दुल्हन-सी रातों को नौ लाख सितारों ने लूटा, गलियों से नैन चुरा लाए तस्वीर किसी के मुखड़े की, रह गए खुले भर रात नयन, दिल तो दिलदारों ने लूटा, मेरी दुल्हन-सी रातों को नौ लाख सितारों ने लूटा।"

“क्या ग़ज़ब! आपकी पसंद भी लाजवाब है। ‘दर्द ए दिल’ की शायरी कर ग़ालिब ने भी तो विरह की ही शायरी की है।” कृष्णमोहन ने टिप्पणी जड़ी।

“देखिए विरह की तपिश से तपे दिल से ही ऐसे तराने फूट सकते हैं। वो कहा न– वियोगी होगा पहला कवि आह से उपजा होगा गान...।”

“बिलकुल सही कहा है ज़िन्दगी की आग में जो जितना अधिक तपा है, जला है उसकी कविता में उतना ही निखार होता है। दर्द बयान करने के लिए दर्द से गुजरना होता है।”

“लीजिए ग़ज़ल आ गई!” शम्भुजी बोल उठे।

“कौन-सी? साहिर की?”

“नहीं, पहियोंवाली-आपकी ‘ग़ज़ल ट्रेवल्स’।

कंडक्टर ने दोनों को बैठे देखा तो बस रुकवाई। दोनों मित्र अमर ट्रेवल्स में दाखिल हो गए। कंडक्टर ने सीट दे दी। दोनों बैठ गए। घंटे भर का सफ़र था।

“आप तो ग़ज़ल में यूँ डूबते हैं जैसे बाक़ी दुनिया नज़र ही नहीं आती।” शम्भुजी ने कृष्णमोहनजी से कहा।

“हाँ, अब तो बस– ला पिला दे जाम ऐ साक़ी...”

“हाँ हाँ, ‘इतनी कि होश न रहे बाक़ी’...” कहकर शम्भुजी ने जोरदार ठहाका लगाया।

“आपके मिसरे ने तो ग़ज़ल का मूड किरकिरा कर दिया।” हँसते हुए कृष्णमोहनजी बोले।

दो मिनट बाद ही उन्होंने कंडक्टर को इशारे से पास बुलाया। अपने बैग से एक कैसेट निकालकर दिया। कंडक्टर समझ गया। उसने बस के कैसेट प्लेयर में कैसेट लगा दिया। धुन शुरू हो गई थी। ग़ज़ल के बोल शुरू होते-होते दो तीन मिनट हो ही जाते हैं पर ग़ज़ल सुनने के अभ्यासी जनों को धुन से ही सुगन्ध मिलनी शुरू हो जाती है। ग़ज़ल का मुखड़ा सुनाई पड़ा–

‘मेरे हमनफस मेरे हमनवा मुझे दोस्त बनके दगा न दे मैं हूँ दर्दे इश्क़ से जाँ-ब-लब मुझे ज़िन्दगी की दुआ न दे’

कैसेट अपनी गति से बजता रहा। कुछ तीस मिनट में चार या पाँच ग़ज़लें आईं। दोनों मित्र खामोश बैठे थे जैसे दो शराबनोश नशे में हों। कैसेट बंद हुआ तो जैसे दोनों का नशा टूटा।

“शकील बदायूँनी का है न?” शम्भुजी ने कृष्णमोहनजी से पूछा।

“हाँ।”

“आपने भी कुछ लिखा है?”

"हाँ, पर शकील बदायूँनी सुनने के बाद जायका खराब हो जाएगा।" कृष्णमोहनजी ने टाल दिया।

बस तीव्र गति से गंतव्य की ओर बढ़ रही थी। थकान से लदे दोनों मित्र आँखें बंद किए बैठे थे तभी बस को लगातार स्पीड ब्रेकर के तीन झटके लगे। आँखें बंद किए हुए ही कृष्णमोहनजी ने शम्भुजी से कहा–

"लीजिए शाही बगीचा आ गया। आठ किलोमीटर और।"

कृष्णमोहनजी की बात खत्म भी नहीं हुई कि कंडक्टर ने आवाज़ लगाई–

"शाही बगीचा आ गया भई! कोई हैं?"

बगल की सीट पर बैठे पैसेंजर ने विस्मय भारी दृष्टि से कृष्णमोहनजी को देखा। वह सोच रहा होगा कि आँखें बंद किए इन्होंने कैसे ठीक-ठीक बतला दिया? कंडक्टर ने तो बाद में आवाज़ लगाई। दरअसल बरसों से आते-जाते दोनों मित्र रास्ते की एक-एक ठोकर पहचानते थे।

(10)

आज मदरेचा के विद्यालय में बड़ी गहमा-गहमी थी। दरअसल आज विद्यार्थियों को सरकार की ओर से मध्याह्न भोजन के लिए दिया जानेवाला चावल बँटने वाला था; वो भी तीन महीने का बकाया। आज स्कूल के सारे विद्यार्थी उपस्थित हैं। विद्यालय प्रांगण में मौजूद चार-पाँच ग्रामीण हेडमास्टर साहब की तारीफ़ करते नहीं थक रहे हैं–

"हेड सर बोलोक नहीं जाते तो एतना चावल मिलबो नहीं करता।" एक ने कहा।

"ई तो बात सही है। हेड सर बी.डी.ओ. से खुदे मिले हैं, का सर!" कहकर दूसरे ने हेडमास्टर साहब की कृपादृष्टि चाही।

"हाँ ठीक है ठीक है। जाओ तराजू ले लाओ। सबको हिसाब से बाँटना है।"

"ले लाने हैं सर! दू-दू ठो तराजू और बटखरा है।" वहाँ खड़े ग्रामीणों ने हेडमास्टर साहब को आश्वस्त किया।

"एक दू तीन चार...बीस... उनतीस तीस...सैंतीस। सैंतीस कुंटल आया है सर?" कन्हैयाजी ने प्रांगण में चावल के बोरों को गिनकर कहा।

"तुम पूरा गुना भाग अभिये कर लो! पाँच के.जी से एक दाना फालतू नहीं मिलेगा। चावल का बोरा देखे, बस नेतागिरी चालू। सैंतीस कुंटल! बोरा जहाँ से चल के इ स्कूल तक पहुँचता है न कन्हैया! उसका बीच में तोरा जैसन बहुते नेता अफसर है। यहाँ बलौक में एक कुंटल पर दस्खत कराएगा और रहेगा नब्बे-बानवे किलो। इंस्पेक्टरवा अभिये होली का छुट्टी में गाड़ी में भर के बारह बोरा चावल ले गया था। सब मास्टर होली का खुमारी में था। किसी का नज़र पड़ा नहीं। उ तो बरसोता का लालदेव कुछ काम से बलौक गया था ओही देखा कि डेरा पर गाड़ी लगा है और चावल लदा रहा है।"

झाड़ू से बुहारे गए बरामदे में कुर्सियाँ लग गई थीं। हेडमास्टर साहब बीच

में छात्रों की सूची के साथ विराजमान थे। अन्य शिक्षक उनकी सहायता के लिए तत्पर थे। चार बोरों को खोलकर चावल फर्श पर फैला दिया गया था। श्वेताभ चावल के हिमालय को देख विद्यार्थियों और ग्रामीणों की तृषित आँखें चमक उठीं। फ्री में मिलने वाला चावल। चावल ले जाने के लिए कोई छात्र बड़ा-सा थैला लेकर आया था तो किसी के लिए प्रतिदिन आसन के रूप में उपयोग आनेवाला बोरा ही सार्थक प्रतीत हो रहा था। कोई चादर लेकर आ गया था। दूर से आने वाले बच्चे अपने पड़ोसी साइकिल वाले छात्र की चिरौरी कर रहे थे। कोई बड़े भाई की कमीज़ पहनकर आ गया था, उसमें भी दो बटन टूटे हुए। छोटे बच्चों के साथ उनके अभिभावक भी थे क्योंकि किसी-किसी को तो उसके खुद के वजन से अधिक चावल मिलने वाला था, तीन महीने की बकाया खुराक एक साथ। एरियर मिलने पर शिक्षकों को जो आनंद आता है आज चावल का एरियर मिलने पर बच्चे और उनके अभिभावक उसी तरह आनंद में सराबोर थे। भूखे पेट का कोई धर्म नहीं होता, सिवा रोटी के। भूखे छात्र का मस्तिष्क अध्ययन के लिए कैसे तत्पर होगा? अफसरों ने यह सोचने की भी जहमत न उठाई कि तीन महीने तक अन्न नहीं मिलने पर छात्र किस अनाज के भरोसे रहेंगे? जो चावल उन्हें प्रतिदिन विद्यालय आने के लिए प्रोत्साहित करता है उसे भी तीन-तीन महीने तक बकाया रखा जाए! वेतन का कुछ हिस्सा बकाया हो तो वेतनभोगी का काम चल सकता है लेकिन भोजन ही बकाया रहे तो जीवन में गति कैसे आए?

बालकिशुन भगत, ठेपड़े उराँव, बालदेव चौधरी, चन्दन महतो चावल की ढेर के निकट तराजू लेकर बैठ गए। हेडमास्टर साहब ने छात्रों की लिस्ट सुदर्शन जी को थमा दी। सुदर्शन जी ने बारी-बारी से छात्रों का नाम पुकारना शुरू किया। उनकी उपस्थिति के दिनों का हिसाब करते और हेडमास्टर साहब एक अंदाज़ से पन्द्रह किलो, बाईस किलो, या किसी-किसी को चौबीस किलो चावल तौल कर देने को कहते जो उसके हिस्से से एक दो किलो कम ही होता। बच्चे या उनके अभिभावक कोई प्रतिरोध न करते; यह सोचकर कि मुफ्त में जो मिल जाए वही बहुत है या फिर उन्हें हिसाब करना नहीं आता था हेडमास्टर साहब का गणित कुछ ऐसा था कि सारे छात्रों को बाँटने के बाद भी चावल बचा रहता था। आज भी लगभग साढ़े चार बोरा चावल बचा हुआ था। कन्हैयाजी ने टोका–

"मास्टर साहब! सबको दे देने के बाद भी अभी लगभग साढ़े चार कुंटल बच गया?"

"हेडमास्टर को उनकी तहकीकात पसंद न आई। बिफर कर बोले–

सब छात्र को मिल गया न जी? तो अब तुमको काहेला पेट दरद हो रहा है? अपना पाँच के.जी लो और खिसको यहाँ से! जादे नेतागिरी मत करो। ए बालकिसुन! इ नेता को पाँच किलो दे दो।"

कन्हैयाजी इंटर पास थे और ब्लॉक स्तर की नेतागिरी करते थे। ब्लॉक के बाबुओं या थाना के चंगुल में फँसे भोले-भाले ग्रामीणों के 'काम कराने' का काम करते थे। जरूरत पड़ने पर कभी जिला में जाकर भी अपनी योग्यता से यथासंभव 'काम करा लाते'। यही उनकी आय का मुख्य जरिया था। विद्यालय से पाँच किलो चावल वसूल कर निकल ही रहे थे की गेट पर शम्भु जी मिल गए–

"क्या शम्भु जी! सब समाचार ठीक?"

"हाँ बिलकुल ठीक।" कहकर शम्भुजी निकलना चाहते थे पर कन्हैयाजी ने बातों में उलझा दिया और बोले–

"आपका तो लगभग साठ किलोमीटर पड़ जाता होगा?"

"हाँ।"

"ट्रांसफर काहे नहीं करा लेते हैं?"

"हाँ समय आने पर करा लेंगे।"

"अगर कोई दिक्कत है तो बोलिए न! इ नया डी.डी.सी. मेरा दोस्त है। नीचे का बाबू लोग को पाँच-सात हज़ार में सलट लेंगे। आप एक ठो ट्रांसफर का आवेदन लिख के दे दीजिए। बाक़ी हम देख लेंगे।"

"ठीक है।"

शम्भु जी ने उन्हें आश्वस्त किया और उनकी संगति का त्याग कर विद्यालय परिसर में प्रवेश कर गए। उन्हें भली-भाँति मालूम था कि डी.डी.सी. की दोस्ती किन-किन से हुआ करती है, और कन्हैया भगत की शख्सियत क्या है। सभी छात्र चावल लेकर अपने-अपने घर रवाना हो चुके थे। चावल तौलने का काम करने वाले चारों जने बालकिशुन, ठेपड़े, बालदेव और चन्दन बैठे थे। हेडमास्टर साहब उन सबको आठ-आठ किलो चावल मेहनताना दे रहे थे–

"तुमलोग अपना-अपना आठ-आठ किलो तौल लो।"

बालकिशुन ने बालदेव की ओर देखा और ठेपड़े ने चन्दन को। आँखों-आँखों में जैसे बात हो गई। चन्दन बोला–

"एतना मेहनत किये हैं सर! आठ किलो तो बहुते कम पड़ेगा।"

"तो का एक-एक बोरा दे दें? अजबे बोलता है तुमलोग!" हेडमास्टर साहब ने झिड़का।

"एक बोरा कोन माँग रहा है सर! कम से कम बीस किलो तो दीजिए।" ठेपड़े ने निवेदन के स्वर में कहा।

"तुम लोग पहिले काहे नहीं बोला कि बीस-बीस किलो लेंगे? इसमें तौलनेवाला का हिस्सा नहीं न दिया है सरकार! हम कैसे मैनेज करते हैं उ तो हम ही जानते हैं। हमको तो गाँव से लेके सरकार तक को हिसाब देना है।"

चारों की नज़रें बाकी बचे साढ़े चार बोरों पर थी। वे उसी हिसाब से अपना हिस्सा तय कर रहे थे। इधर हेडमास्टर साहब उन्हें कम-से-कम में निबटाना चाहते थे। बहुत हील-हुज्जत के बाद बारह किलो पर सहमति बनी। साढ़े चार बोरा अब बचकर चार हो गया। अब शिक्षकों की बारी थी। हेडमास्टर ने कहा कि सभी शिक्षक पच्चीस-पच्चीस किलो ले लें। चेतन जी ने प्रतिवाद किया–

"चार क्विंटल चावल सात शिक्षक में बँटेगा तो पच्चीस किलो हिस्सा आयेगा सर?" पहली बार किसी शिक्षक ने हेडमास्टर को चुनौती भरे स्वर में ललकारा था।

"का कहना चाहते हैं? नया-नया आए हैं नया जैसा रहिए। पच्चीस लेना है तो लीजिए न तो राम-राम!"

"हमको बच्चों के हिस्सा का एक दाना भी नहीं लेना है।" चेतन जी बोले।

"सर! इतना चावल कैसे बच गया? इसका मतलब बच्चों को उनका पूरा-पूरा हिस्सा नहीं मिला? सर कभी गौर से उन छात्रों का मुँह देखे हैं? उनके मुँह का कौर छीनने से क्या मिलेगा?" शम्भु जी भी चेतन जी के स्वर में स्वर मिलाते हुए बोले।

"देखिए शम्भु जी! आप भी चेतन जी के जैसा बोल रहे हैं। आपलोग नया-नया आए हैं आपलोग को अभी कुछ समझ में नहीं आ रहा है।"

"तो समझाइए न सर!" तुनककर चेतन जी बोले।

"देखिये चेतन जी! आपलोग को लगता है कि हम बच्चा का चावल मार के रख लिए हैं, मगर बात ऐसा नहीं है।"

"तो कैसा बात है सर?"

"बात इ है कि बलौक से चावल रिसीभ कीजिएगा तो हर बोरा में तौल में कम-कम देता है। देगा बानवे किलो और दस्खत कराता है एक कुंटल पर। बलौक से यहाँ स्कूल तक जो टेक्टर में लाद के लाए उसका भाड़ा कहाँ से निकलेगा? तौलनेवाला को कहाँ से दीजिएगा, इ माँगो-चाँगो नेता लोग को पाँच-दस किलो कहाँ से दीजिएगा? इसीलिए हम हर बार चालीस-पचास ठो फर्जी विद्यार्थी का नाम लिस्ट में दे देते हैं। इ सब उसी का चावल है।" चेतन

और शम्भु भौंचक थे हेडमास्टर साहब की इस कारस्तानी पर।

"तो सबको देने के बाद भी तो इतना बच गया है सर! विद्यार्थी लोग को पूरा पूरा नहीं मिला है सर! हम भी बैठ के हिसाब देख रहे थे।" चेतन जी का प्रतिरोध थमने का नाम नहीं ले रहा था। विन्सेंट जी, सुदर्शन जी, बदरी बाबू हेडमास्टर साहब के तर्कों के समर्थन में थे।

'हम भी बैठ के हिसाब देख रहे थे' सुनकर हेडमास्टर साहब तमतमा गए और बोले–

"चेतन जी! हमको जादा हिसाब देने का आदत नहीं है। आप और शम्भु जी ईमानदारी का ढोल बजाते रहिए। नेता, अफसर, मुखिया, पंचायत, जिसको कहना है कह दीजिए हमको किसी का डर नहीं है। स्साला नौकरी करते बुढ़ा गए। इ कल आए हैं सो हमको नियम सिखा रहे हैं!"

चेतन जी ने देखा कि प्रतिकार के इस युद्ध में उनके साथ सिवा शम्भु जी के और कोई नहीं है लिहाजा क्रोध को अपने भीतर समेटे अपने डेरे की ओर बढ़ गए। वैसे भी आज पढ़ाई स्थगित थी। विद्यार्थी चावल लेकर अपने घर जा चुके थे। शम्भु जी भी राजापुरी लौटने के लिए निकल पड़े।

चेतन जी उस दिन तो अपमान का घूँट पीकर रह गए, लेकिन दिल में कसक बनी रही। चूँकि चावल के बोरे स्कूल में रखे थे अतः हेडमास्टर पर कोई आरोप लगाने का आधार न था। चेतन जी ने तो कसम खा ली थी कि इस चोर और सीनाजोर हेडमास्टर को सबक तो सिखा के रहूँगा। विद्यालय के पड़ोस में ही रहते थे अतः चौबीसों घंटे निगरानी कर रहे थे। हेडमास्टर साहब भी बड़े अनुभवी थे। मामला गरम हो जाने के बाद उन्होंने जान-बूझकर चावल स्कूल में रख छोड़ा था। कोई बीस-पच्चीस दिन बाद उन्हें ऐसा प्रतीत हुआ कि अब मामला ठंडा पड़ चुका है।

एक रविवार की अलस्सुबह लगभग पाँच बजे चेतन जी रोज़ की तरह मॉर्निंग वाक पर निकले हुए थे। इतनी सुबह स्कूल का गेट खुला देखा तो उन्हें संशय हुआ। विद्यालय प्रांगण में झाँका तो पाया कि वहाँ एक मालवाहक ऑटो लगा है। उनका संशय विश्वास में बदल गया। लपक कर भीतर घुसे तो हेडमास्टर साहब सामने पड़ गए–

"प्रणाम सर!"

चेतन जी ने प्रातःस्मरणीय हेडमास्टर साहब को अभिवादन के स्वर कहे। इस मुँह-अँधेरे अभिवादन के लिए हेडमास्टर साहब तैयार न थे। दबे हुए स्वर में बोले–

"का चेतन जी! कैसे-कैसे एतना सुबह?"

"एही सवाल तो हमको आपसे पूछना है। कैसे-कैसे एतना सुबह? माल गाड़ी के साथ स्कूल में? अफसर, नेता, पंचायत किसी से डर नहीं लगता तो एतना भोर में रविवार के दिन? बुलावें गाँव वाला को?"

हेडमास्टर साहब को काटो तो खून नहीं। बात फैलेगी तो फजीहत तो होगी ही विभाग सस्पेंड किये बिना नहीं छोड़ेगा। उन्होंने चेतन जी को हाथ जोड़े और कहा–

"आपस का बात गाँव में काहे ले जाते हैं। आप भी इसमें एक बोरा ले जाइए।"

"चोरी का माल नहीं खाते हैं हम। हमको अपना कमाई से पेट भर जाता है। उस दिन का बोला था बे 'हमको हिसाब देने का आदत नहीं है' 'ईमानदारी का ढोल बजाते रहिए'। स्साला चोरी और सीनाजोरी! अभी तुमरा पोल खोलते हैं।" चेतन जी उबल पड़े थे। उन्होंने हेडमास्टर साहब का कॉलर पकड़ लिया था।

"नहीं चेतन जी! माफ़ कीजिए। हम आपका बाप के उमर के हैं। अइसा मत कीजिए।"

"चोप्प साला! हमरा बाप से तुलना मत करो नहीं तो पटककर मारेंगे।"

सूर्यदेव की किरणें उजास बिखेर रही थीं। जैसे-जैसे उजाला फैल रहा था हेडमास्टर साहब की आँखों के आगे अँधेरा छा रहा था। उनकी धड़कन बढ़ती जा रही थी, क्योंकि उन्हें तो अँधेरे से इश्क़ था। उन्होंने ब्रह्मास्त्र चलाया। स्वयं से उम्र में बीस-बाईस साल छोटे चेतन पाहन के पैर पकड़ लिए–

"चेतन जी! बूढ़ा आदमी हैं। दू साल नोकरी बचा है। हमरा इज्ज़त आपके हाथ है। हम आपका हेडमास्टर हैं। हम बदनाम होंगे तो कीचड़ तो सब शिक्षक को पड़ेगा। बात फैलेगा तो अफसर का इंसपेक्सन होगा। आपलोग को भी पूछ-ताछ होगा। जानते ही हैं सब चोर लोग है। सबसे पैसा वसूलेगा।"

हेडमास्टर साहब का तीर निशाने पर लगा था। चेतन जी इस अफसर के इन्स्पेक्शन वाली बात से थोड़े चिंतित हो गए क्योंकि घूसखोर अफसरों का कारनामा अपनी आँखों से देख चुके थे। उन्होंने हेडमास्टर साहब को कहा–

"आपका बुढ़ापा पर तरस आ रहा है इसीलिए छोड़ दे रहे हैं। बोरा वापस अनलोड करवाइए और इ ऑटो वाला को यहाँ से भगाइए।" अभी पंद्रह ही मिनट बीते थे लेकिन हेडमास्टर साहब के लिए एक-एक मिनट एक-एक युग-सा प्रतीत हुआ था।

"न न ठीक है। अभी रखवा देते हैं।" हेडमास्टर साहब आश्वस्ति की साँस लेते हुए बोले।

चेतनजी मॉर्निंग वाक के रास्ते पर बढ़ गए।

(11)

शम्भु जी को नौकरी करते हुई दो तीन वर्ष बीत चुके थे। शिक्षा विभाग के दाँव-पेंच से वे बहुत कुछ वाकिफ हो चुके थे, फिर भी विभाग के शातिर खिलाड़ियों को अभी बहुत कुछ जानना पहचानना शेष था। राज्य में लेक्चरर की वेकेंसी आई थी। योग्य उम्मीदवार तो थे ही वे। तैयारी में जुट गए। हेडमास्टर के नाम चार दिन सी.एल का आवेदन दिया और घर चले आए। बारिश का समय था अतः रोज़ आना-जाना भी नागवार लगता था। दस बारह दिन हुए तो हेडमास्टर ने ख़बर भेजकर बुलवाया और बोले–

"बारह दिन से अधिक होने पर अर्जितावकाश हो जाता है। इस बीच कोई अफसर आ जाएगा तो हम का करेंगे? हाजिरी दुरुस्त रहना चाही।" कहकर सारी हाजिरी बनवा ली।

शम्भु जी को तो प्रोफेसरी का भूत सवार था। 'कैसे इस नौकरी के नागपाश से मुक्त होकर सुकून वाली नौकरी पाएँ' वे बराबर कृष्णमोहनजी से चर्चा करते। दोनों मित्र जी-जान से लगे भी थे कि इस जंजाल से छूटें। हेडमास्टर साहब का रुख देखकर शम्भु जी मन-ही-मन बोले–

"यहाँ हाजिरी दुरुस्त करता रहा तब तो हो गई तैयारी!"

उन्होंने उसी दिन ई.एल. का आवेदन दे दिया और उसकी कॉपी एरिया अफसर को भी भिजवा दी। हेडमास्टर साहब बोले–

"बिना अर्जितावाकाश स्वीकृत हुए वेतन नहीं बनेगा शम्भु जी! सोंच लीजिए फिर से।"

"वेतन जाये भाँड़ में। खूब सोच के ही एप्लीकेशन दिए हैं। एरिया अफसर को भी कॉपी भिजवा दिए हैं।"

"पगला गए का जी! आप तो हमरा हाथे काट दिए!"

"क्या हाथ काट दिए?"

"अरे! एरिया अफसर को काहे ख़बर भेजवा दिए? आपको छुट्टी में रहना था रहते। बात हमरे आपके बीच रहता। आप छुट्टी से लौट के आते तो आपस में सलट लेते।"

"आप ही न बोले कि कोई अफसर आ जाएगा तो हम क्या करेंगे, हाजिरी दुरुस्त रखिये।"

"अरे! उ तो ऐसे ही बोले थे। अब जाइए जो किए सो किए।"

शम्भु जी प्रसन्नवदन घर लौट आए और तैयारी में लग गए। एक दिन राजापुरी में मेन रोड में एरिया अफसर रमेश सिंह से मुलाक़ात हो गई। सिंहजी ने पूछा–

"का शम्भु जी! सब समाचार ठीक है न?"

"जी सर। सब बढ़िया है।"

"आपका ई.एल. का एप्लीकेशन आया तो हमको लगा कि कुछ परेशानी तो नहीं है?"

"नहीं सर! यूनिवर्सिटी सर्विस कमिशन का वेकेंसी आया हुआ है। उसी में लगे हुए हैं।"

"अच्छाऽऽ! ठीक ही तो है। लगे रहिये महराज! आपलोग का नहीं होगा तो किसका होगा! इधर से निश्चिन्त रहिये। हम हैं न।"

शम्भु जी को बल मिला। वे जी-जान से तैयारी में जुट गए। इंटरव्यू भी शानदार हुआ। लेकिन अंततः उनका सेलेक्शन नहीं हुआ। बड़े पैमाने पर पदों की खरीद-बिक्री हुई। एक से एक नालायक उम्मीदवार लेक्चरर बन गए। घोटाले का पर्दाफाश भी हुआ, कमीशन के चेयरमैन और कई सदस्य सीखचों के भीतर किये गए। पर यह सब दिखावा था। सत्तारूढ़ दल के नेता मंत्री खुद उसमें शामिल थे लिहाजा रिश्वतप्रदाता उम्मीदवारों पर कोई संकट नहीं आया। इंटरव्यू देकर कोई पैंसठ-सरसठ दिनों बाद शम्भु जी विद्यालय आए। हेडमास्टर साहब बोले–

"साठ दिन से नीचे का छुट्टी तो एरिया अफसर स्वीकृत कर देता मगर अब तो जिला में जाएगा। सुपरिंटेडेंट साहब स्वीकृत करेंगे। आप तो अपने पैर पर खुदे टाँगी मार लिए।"

"आप परेशान मत होइए सर। हम उपाय करते हैं।"

"उपाय का कीजिएगा। वहाँ चौधरी, जो डीलिंग है उसका स्साला का मुँह बहुत बड़ा है। पाँच सौ से नीचे उसका कोई कामे नहीं होता है।" शम्भु जी निर्विकार भाव से सुनते रहे।

अगले ही दिन एरिया अफसर रमेश सिंह के पास पहुँचे। सारी समस्या कही–

"सर! इंटरव्यू देकर आ तो गए लेकिन सरसठ दिन छुट्टी हो गई है। हेडमास्टर बोल रहा है कि सुपरिंटेडेंट ग्रांट करेंगे।"

"आपका हेडमास्टर बहुत बड़का खिलाड़ी है। आपको सुपरिंटेडेंट ऑफिस भेज देगा और डीलिंग से कमीशन लेगा। आप स्कूल का इतना ऑफिसियल वर्क देखते हैं उसको शर्म नहीं आती! आपको उलझा रहा है! स्साला डायन भी एक घर छोड़ती है!"

"तो इसका समाधान कैसे होगा सर?"

"सब होगा। आपको एक बात बताते हैं। देखिए इस विभाग में तिल का ताड़ बनाया जाता है और ताड़ का तिल भी। आपका हेडमास्टर जो तिल का ताड़ बना रहा है न उसको हम सिखाते हैं। आप सत्तावन दिन की छुट्टी का आवेदन हमको एड्रेस कर लिखिए, हम ग्रांट कर देते हैं। बाकी दस दिन की हाजिरी बना लीजिए। हेडमास्टर कुछ आँय-बाँय करे तो मेरे पास भेज दीजियेगा।"

सिंह साहब ने तुरंत 'कुल सत्तावन दिन का अर्जितावाकाश स्वीकृत किया जाता...' लेटर बनाकर शम्भु जी को दे दिया था। शम्भु जी चकित थे। हेडमास्टर साहब ने जिस मामले को उलझा दिया था उसे सिंह साहब ने क्षण भर में सुलझा दिया था। वे एरिया अफसर को बोले–

"आइ एम सो मच थैंकफुल..."

शम्भु जी की बात पूरी भी न हुई थि कि रमेश सिंह बोले–

"शम्भु जी! इ सब विभाग में रोज़ का तमाशा है। आपका हेडमास्टर तिल को ताड़ बनाया, हम उस ताड़ को तिल बना दिए, बस। आपलोग टैलेंटेड लोग हैं। निकलिए इस सड़े-गले विभाग से।"

शम्भु जी लेटर लेकर विद्यालय आए। हेडमास्टर साहब ने लेटर पढ़ा तो जैसे उनके सपने बिखर गए। किसी दूसरे बहाने से एरिया अफसर को गरियाने लगे। शम्भु जी ने दस दिन की हाजिरी दुरुस्त की और ई.एल की अवधि का वेतन-बिल बनाने लगे। बिल पर साइन करने की बारी आई तो हेडमास्टर साहब के दिल की बात होठों पर आ गई–

"शम्भु जी! आप तो राजापुरी में रहते ही हैं। मेरे लिए एक ठो प्रेसर कूकर ला दीजिएगा, पैसा हम आपको दे देंगे।"

शम्भु जी जानते थे कि हेडमास्टर साहब केवल लेना जानते हैं, देना शब्द उनके कोष में है ही नहीं। 'दे देंगे' का मतलब वह भविष्यत् काल जो हमेशा भविष्यत् ही बना रहता है। वे समझ गए कि यह रिश्वत माँगने का दूसरा तरीका है।

(12)

आज महीने की तीस तारीख थी। आज ट्रेजरी से वेतन का पास बिल लेना था। शम्भु जी साढ़े दस बजे ट्रेजरी के बाबू के पास पहुँचे और उससे कहा–

"वर्माजी! मदरेचा का बिल दे दीजिए। पास तो हो ही गया होगा।"

"अभी रुकिए जरा।"

कहकर बाबू ने अगरबत्ती जलाई और कुछ मन्त्रनुमा फुसफुसाते हुए अगरबत्ती को स्टैंड पर लगा दिया। कुर्सी खींच कर बैठा और शम्भु जी से मुखातिब हुआ–

"हाँ! बोलिए।"

शम्भु जी ने फिर दुहराया– "मदरेचा का बिल पास हो गया है तो दे दीजिए।"

"दो-चार लोग को आने दीजिए न!" बाबू ने जवाब दिया और खैनी निकालकर मलने लगा।

"मेरे स्कूल का बिल पास हो गया है न?"

"हाँ हो तो सबका गया है। किसी में ओब्जेक्सन नहीं है।"

"तो देते काहे नहीं हैं? किसका इंतज़ार कर रहे हैं?"

"आपलोग का जो नयका बैच आया है न, बहस बहुत करता है। देखिए हमको आज का बोहनी नहीं हुआ है और आपलोग तो लेने-देने से रहे! इसीलिए बोल रहे हैं कोई एक आदमी भी बोहनी कर देगा तो आपको भी बिल दे देंगे।"

शम्भु जी ट्रेजरी के बाबू की बात सुनकर चकित थे। उन्होंने उससे कहा–

"बोहनी तो बाज़ार में, दूकान में होता है। इ सरकार के ऑफिस में कब से बोहनी का सिस्टम हो गया बड़ा बाबू?"

"देखिए मास्टर साहब! बेकार का बहस करने से कोई फायदा है? आपको

क्या लगता है कि हम इ सिस्टम चलाए है? हम क्या जबरदस्ती लेते हैं? अरे! हमको भी ऊपर हिसाब देना पड़ता है। एरियर के बिल में जो दू परसेंट का नियम है उसमें हमलोग को आधा परसेंट भी बड़ी मुश्किल से मिलता है। हमरे टेबल से बड़ा बाबू के टेबल पर। फिर वहाँ से साहेब के पास। सोचिए न! लेने का रिस्क हम उठाएँ और माल खाएँ साहब।"

शम्भु जी समझ गए कि इस पुराने सिस्टम से लड़ने की अपेक्षा यहाँ से चुपचाप बिल लेकर खिसकने में ही भलाई है। इसी बीच एक बोहनी करनेवाले आ भी गए। बोहनी करने के बाद बाबू ने निर्विकार भाव से बिल निकालकर शम्भु जी को दे दिया। शम्भु जी ने बिल लेकर बैंक में जमा किया और फिर उसका ड्राफ्ट लेकर अगले दिन स्कूल के लिए निकल पड़े।

बस से एन.एच पर उतरकर स्कूल के मोड़ पर स्थित चाय दूकान में चाय पीने बैठे तो गाँव के ही एक संदिग्ध चरित्र वाले युवक से मुलाक़ात हो गई। शम्भु जी ने उसे भी चाय ऑफर किया। चाय पीते हुए वार्तालाप के क्रम में उस युवक ने शम्भु जी से पूछा–

"सर! सब टीचर का वेतन आप ही लाते हैं?"

"हाँ, लाते तो हैं। क्यों क्या बात है?"

"नहीं ऐसे ही पूछे।"

शम्भु जी का माथा ठनका। आज एक तारीख है और ये प्रश्न! उन्होंने कुछ विचार किया और अपने बैग से वेतन का ड्राफ्ट निकाला और उससे कहा–

"ये देखिए यही है सब टीचर का वेतन।"

उसने गौर से देखा और पूछा– "इ का है?"

"दो लाख का बैंक ड्राफ्ट है जी! यही बैंक में जमा होता है तो सबका वेतन मिलता है।"

"मतलब रुपया नहीं लाते हैं?"

"नहीं जी। नकद रुपया लेके इ जंगल के रास्ते जाने का है?"-

शम्भु जी का शक सही निकला। वह समझ रहा था कि सबके वेतन की नकद राशि शम्भु जी के बैग में है। उन्होंने सोचा आज तो विद्यालय के इस सुनसान रास्ते पर कोई दुर्घटना घटती जरूर। वह चाय पी कर जाने को हुआ तो शम्भु जी ने फिर कहा–

"इ ड्राफ्ट जो है न, हेडमास्टर साहब के साइन से जमा होता है। ऐसे कोई भी जमा नहीं कर सकता है।" शम्भु जी ने सुरक्षा के अतिरिक्त कदम उठा लिए थे; नहीं तो क्या मालूम यह ड्राफ्ट ही रास्ते में लुट जाए।

पच्चीस-से तीस तारीख के बीच में विद्यालय से हेडमास्टर के द्वारा हस्ताक्षरित बिल लेकर ट्रेजरी में पास कराना और उस राशि का बैंक ड्राफ्ट बनवाकर लाना; यह प्रत्येक महीने का कार्यक्रम था जिसे शम्भु जी अंजाम देते थे। अपने विद्यालय और अधीनस्थ विद्यालयों के लगभग बीस शिक्षकों के बिल पर जब हेडमास्टर साहब अपना हस्ताक्षर ज.कुमार अंकित कर देते तो वे स्वर्णाक्षर मानो उपनिषद् के दर्शन की उद्घोषणा कर रहे हों– 'बिलं वै ब्रह्म। बिलेनैव भूतानि जीवन्ति...' अर्थात् इस क्षणभंगुर संसार के सारे कार्य-व्यापार, सारी नाटक-नौटंकी इसी बिल रूपी ब्रह्म को प्राप्त करने के लिए हैं। हेडमास्टर साहब के हस्ताक्षर से सुशोभित बिल मानो यज्ञ के स्वर्णकलश की तरह होता जिसे उठानेवाले शम्भु जी की जयजयकार होती। शम्भु जी जब हरे-नीले रंग में छपे ड्राफ्ट को लेकर लौटते तो जैसे बिल में समाहित निराकार ब्रह्म ड्राफ्ट में साकार हो उठता। महीने की पहली दूसरी तारीख को यह यज्ञ सम्पन्न होता था अतः रास्ते में मिलनेवाले शिक्षक शम्भु जी को आते देख अपनी साईकिल थाम कर खड़े हो जाते और पूछते–

"ड्राफ लाए का सर?"

"हाँ ले आए।"

"आपका काम एकदम फिट-फाट। एको रोज़ का देरी नहीं होता है। ठीक तब। परनाम।"

चापलूसी के वचन कहते हुए भीतर-ही-भीतर आनंद से भर उठते। जेब से खैनी की डिबिया निकालकर एक चुटकी होठों के नीचे दबाते और ब्रह्मानंद में डूबते उतराते दुगुने उत्साह से पैडल मारते निकल पड़ते।

शम्भु जी के विद्यालय पहुँचने पर सारे शिक्षक एकत्र हो जाते क्योंकि 'ड्राफ-आगमन' का मासिक पर्व जो होता। अब ड्राफ्ट को बैंक में जमा कराने की कवायद शुरू होती। हेडमास्टर साहब का निर्देशात्मक स्वर बुलंद होता–

"शम्भु जी! बैंक बिबरनी बनाइए।"

जब तक बैंक स्टेटमेंट तैयार होता रहता शिक्षक उचक-उचक कर देखते कि उनका नाम और वेतन ठीक-ठीक दर्ज हुआ या नहीं। इसी बीच हेडमास्टर साहब की एक घुड़की उन्हें तितर-बितर कर देती। हेडमास्टर साहब स्टेटमेंट पर दस्तखत कर चुकते तो कहते–

"शम्भु जी पीला फारम भरिए।"

शुरू में तो शम्भु जी को पीला और 'हर्रा फारम' समझ में नहीं आया था। लेकिन जब उन्हें उन फारमों से रु-ब-रु कराया गया तो फिर दिक्कत नहीं हुई।

'पीला फारम' अर्थात् ड्राफ्ट के साथ भरा जानेवाला 'पे इन स्लिप' होता। इन सारी प्रक्रियाओं के पूरा हो जाने के बाद हेडमास्टर साहब का प्लुत स्वर मुखरित होता–

"अरे ए! भिन्सेंट जी...ईईई! कने गए जी?"

"जी सर!"

"इ लीजिए और बैंक में जामा करा के आइए।"

पे इन स्लिप के साथ बैंक स्टेटमेंट और ड्राफ्ट नत्थी कर विन्सेंट जी को दे दिया जाता और वे साइकिल से निकल पड़ते– चौदह किलोमीटर दूर ब्लॉक में स्थित बैंक में जमा करने। बैंक में जमा कर उसकी पावती लेकर वे शाम तक लौट पाते। कदाचित् शुक्रवार या शनिवार को यह ड्राफ्ट कार्य संपन्न होता तो उसे बैंक में जमा कर वहाँ से और आगे तीस किलोमीटर दूर अपने गाँव को रवाना हो जाते और सोमवार को लौटते। इस बार भी बैंक स्टेटमेंट के साथ पे इन स्लिप नत्थी कर विन्सेंट जी को दे दिया गया। उन्होंने भी निर्विकार भाव से उसे ग्रहण किया और देखने की जहमत भी न उठाई कि सारे कागजात ठीक-ठाक हैं। दुर्भाग्यवश हेडमास्टर साहब ने ड्राफ्ट नत्थी किया ही नहीं। ड्राफ्ट टेबल पर ही छूट गया और विन्सेंट जी ड्राफ्टविहीन स्टेटमेंट लेकर बैंक में जमा करने जा पहुँचे। बैंक के बाबू ने देखा तो ग़ालिब के शेर– 'वो आए हैं मेरे बैंक में बिना ड्राफ्ट के, कभी हम उनको कभी बैंक को देखते हैं' की तर्ज़ पर उन्हें घूरते हुए बोला–

"यह क्या लेकर आये हैं? ले जाइए।"

विन्सेंट जी को ध्यान ही न था कि ड्राफ्ट छूट गया है। वे कुछ समझ न पाए, हाँ बैंक के बाबू की मुखमुद्रा और ध्वन्यात्मक प्रतिक्रिया से इतना अवश्य समझ गए कि जो कुछ लेकर आये हैं वह बैंक को स्वीकार्य नहीं है। उन्होंने पुलिंदा जेब में रखा और फिर चल पड़े साइकिल से चौदह किलोमीटर की राह तय करने के लिए। इधर हेडमास्टर साहब की नज़र टेबल पर पड़ी तो अपनी गलती स्वीकारना तो दूर, विन्सेंट जी का नाम लेकर चिल्लाने लगे–

"भकलोल! खाली पीला फारम लेके चला गया! ड्राफ तो हिंये छोड़ दिया।"

हेडमास्टर साहब का उदात्त स्वर सुन सभी शिक्षक कार्यालय में दौड़े आये। देखा कि बेचारा 'ड्राफ' टेबल पर निढाल पड़ा है। हरे नीले रंग के कागज़ पर सुन्दर अक्षरों में प्रिंटेड– 'पे ऑन डिमांड, हेडमास्टर गवर्नमेंट मिडिल स्कूल मदरेचा, 'टू लैक सेवेन थाउजेंड...' का मजमून समेटे वह ड्राफ्ट किसी बारात के सजे-धजे दूल्हे से कम न होता क्योंकि बिना उसके तमाम 'पीले फारम'

महत्त्वहीन हो जाते। आज वैसा ही हुआ था। विन्सेंट जी बिना दूल्हे को लिए चले गए थे लिहाजा बैंक से बारात बैरंग वापस चली आई। तीन बजते- बजते विन्सेंट जी निर्विकार भाव से हेडमास्टर के सामने उपस्थित हुए। बैंक ड्राफ्ट किसी और की गलती से छूटा था लेकिन चौदह-चौदह अट्ठाईस किलोमीटर व्यर्थ साइक्लिंग कर थके-माँदे लौट आनेवाले विन्सेंट जी के चेहरे पर शिकायत के कोई भाव न थे। बुद्ध की-सी शांति चेहरे पर लिए विन्सेंट जी हेडमास्टर से मुखातिब हुए तो झिड़की मिली–

"बिना ड्राफे लिए चल गए जी! आप भी गजबे हैं! कुछ देखते सुनते नहीं हैं।"

विन्सेंट जी सारी बात समझ रहे थे कि किसकी गलती है, लेकिन मौन साधे खड़े रहे। यही उनका स्वभाव था। शम्भु जी खड़े-खड़े सारा तमाशा देख रहे थे। उन्हें हैरानी थी अट्ठाईस किलोमीटर साइक्लिंग का व्यर्थ श्रम करनेवाले विन्सेंट जी के मौन पर। उन्हें हैरानी थी हेडमास्टर साहब के व्यवहार पर; अपनी गलती दूसरे के मत्थे मढ़कर भी लज्जा के भाव जिनके चेहरे से कोसों दूर थे। शम्भु जी भावसागर में डूब उतरा रहे ही थे कि 'टिफिन' की घण्टी बज गई। दस बजे से डेढ़ बजे तक गहन सारस्वत साधना में तल्लीन शिक्षक और छात्र तो जैसे जेल की सीखचों से बाहर निकले थे। जिनका छात्रों का घर निकट था वे मध्याह्नकालीन भोजन की रस परिकल्पना में डूबे अपने घर की राह लेते। कुछ विद्यार्थी जो दूर से आते स्कूल के चापाकल के जल से गला तर कर लेते। विद्यार्थियों की वह बेतरतीब भीड़ समाज की आर्थिक विषमता को प्रतिबिम्बित कर रही होती। मुखियाजी का पोता कुलदीप साफ़-सुथरे स्कूल ड्रेस में, पैरों में जूता डाले होता। निम्न आय वाले गाँव के भगतजी का बेटा धनेश अपने नाम को मुँह चिढ़ाता प्रतीत होता– देह की नाप से बड़ी शर्ट, शायद बड़े भाई की उतरन-दो बटन टूटे हुए। टूटे बटन के कारण उसका श्यामल वक्ष दिखलाई पड़ता, जिस पर मांसपेशियों का झीना-सा पर्दा था लिहाजा अस्थियों की पंक्तियाँ बच्चों के स्वास्थ्य का ध्यान रखनेवाले विभाग के अधिकारियों का चरित्र बयान कर रही होतीं।

(13)

राज्य सरकार ने शिक्षकों के लिए बोनस की घोषणा कर दी थी। लगभग ढाई हज़ार रुपये बोनस प्रत्येक शिक्षक को मिलना था सिवा हेडमास्टर साहब के। कारण-उनका वेतनमान बोनस पाने की सीमा को पार कर चुका था। वे सरकार की नज़रों में अमीर थे। बोनस भुगतान की अधिसूचना राज्य सरकार ने जारी कर दी थी। हेडमास्टर साहब की कलम से वेतन पानेवाले उनके अधीनस्थ विद्यालयों के सारे शिक्षक आज विद्यालय में उपस्थित थे क्योंकि बोनस के बिल पर चर्चा होनी थी, जैसे लोकसभा विधानसभा में बिलों पर चर्चाएँ हुआ करती हैं। हेडमास्टर साहब ने बोनस बिल पर अपने विचार रखते हुए कहा–

"देखिए बोनस का बिल शम्भु जी बना दिए हैं, लेकिन ई वेतन का बिल तो है नहीं। इसमें पासकराई देना होता है। आपलोग जानते ही हैं। इसी के लिए आज ई मीटिंग किए हैं।"

"सर केतना पासकराई लगेगा?" पलमो प्राथमिक विद्यालय के ज्योतिकुमार ने प्रश्न रखा।

"देखो जोती! केतना लगेगा ई तो कुछ फिक्स नहीं है। ट्रेजरी का बाबू का मुँह तो हमेशा बड़े खुलता है, लेकिन हम देख लेंगे।" हेडमास्टर साहब ने भूमिका बाँधी।

"फिर भी कुछ तो तय होगा ना सर!" गामड़ा विद्यालय के सिमराजी ने कहा।

"हाँ, तय तो करना पड़ेगा। कल्ह तो चेरो वाले हेडमास्टर बोल रहे थे कि एक आदमी पर दू सौ माँग रहा है। लेकिन हम भी सोच लिए हैं कि दू सौ तो नहीं देंगे। बहुत हुआ तो डेढ़ सौ देंगे उससे जादा नहीं। का शम्भु जी!"

"इस तरह के बिल को लेकर तो ट्रेजरी में आप ही बात करते हैं!" शम्भु जी ने अपना रुख स्पष्ट कर दिया।

बोनस बिल पर ट्रेजरी में जो वसूली हो रही थी शम्भु जी उससे

भली-भाँति वाकिफ थे लिहाजा डेढ़ सौ वाली बात उन्हें पच नहीं रही थी। श्रीवास्तव जी ने दो दिन पहले ही बताया था कि ट्रेजरी का रेट पूरे बिल पर अधिकतम पाँच सौ रुपये है। प्रति शिक्षक जैसी कोई बात ही न थी। शिक्षकों ने हाँ-ना कुछ कहा नहीं और चले गए। 'मौनं स्वीकारलक्षणम्' सोचकर हेडमास्टर साहब प्रसन्न थे। उन्होंने मन-ही-मन हिसाब लगाया बीस डेढ़े तीस-मतलब तीन हज़ार। फिर ध्यान आया कि शम्भु जी तो पैसा देते नहीं हैं। उनका प्रफुल्लित मन थोड़ा कुम्हला गया। सोचने लगे कि अगर शम्भु जी भी देते तो तीन हज़ार पूरा हो जाता। बिहारीलाल के दोहे में प्रतिपादित 'बढ़त बढ़त सम्पति सलिलु मन सरोजु बढ़ जाई' की तरह उनका मन सरोज़ भी बढ़ता जा रहा था। उन्होंने विचार किया कि डेढ़ सौ न सही सौ तो देना ही चाहिए शम्भु जी को। उन्होंने शम्भु जी को अकेले में बुलाकर कहा-

"शम्भु जी! और मास्टर के लिए तो डेढ़ सौ है, आप सौ ही दे दीजिएगा। बोनस वगैरह का बिल में बिना लिए मानबे नहीं करता है।"

"देखते हैं सर!" शम्भु जी ने गोलमोल उत्तर दे दिया। अब उनका पारा चढ़ गया था। उन्होंने मन-ही-मन कहा-

"स्साला! ई तो हमको भी मूर्ख समझता है! जिसने ट्रेजरी का मुँह नहीं देखा है उसे तो ठग ही रहा है। इसका इलाज तो करना पड़ेगा।"

शम्भु जी सीधे चेतन जी की कक्षा में जा पहुँचे। चेतन जी उन्हें आया देख कक्षा से बाहर निकल आए।

"कोई बात है क्या शम्भु जी!"

"चेतन जी! आप डेढ़ सौ देने को तैयार हैं?"

"नहीं सर! एक नंबर का कमाई में से देने के लिए कौन तैयार होगा, लेकिन यहाँ तो सब टीचर तैयार हो जाता है तो मजबूरी में हम भी दे देते हैं। क्या करें? आप ही बताइए।"

"आप सब मिलकर हमको पाँच सौ दे दीजिए। बोनस का बिल पास हो जाएगा।"

"मतलब एक टीचर का पच्चीस रुपया।"

"हाँ, जी।"

"क्या बात कर रहे हैं! कहाँ डेढ़ सौ और कहाँ पच्चीस! पास हो जाएगा?"

"हाँ जी।"

"पक्का?"

"पक्का। पर इसके लिए बिल आपको पास करवाना पड़ेगा।"

"हम कैसे करवाएँगे? हम कभी ट्रेजरी गए भी नहीं हैं।"

शम्भु जी ने चेतन जी के कान में कुछ कहा। चेतन जी की आँखें चमक उठीं। वे बोले–

"ई तो मेरा बायाँ हाथ का खेल है। इसका इलाज बहुत जरूरी है शम्भु सर!"

तीन हज़ार के सपने में खोये हेडमास्टर साहब ने तीन दिन तक सभी शिक्षकों का इन्तज़ार किया लेकिन कोई आया ही नहीं। उन्होंने शम्भु जी को कहा–

"देख रहे हैं सब मास्टर के बदमासी! बोनस का पासकराई कोई नहीं दिया अभी तक।"

"तो बुला के पूछिए सब को, काहे नहीं दे रहा है।"

अगले दिन फिर सारे बोनस के लाभार्थी शिक्षक जमा हुए। चेतन जी पहले से ही तैयार थे। हेडमास्टर ने गामड़ा के सिमराजी को टोका–

"का सिमराजी बोनस लेने का विचार न है?"

"कैसे नहीं लेंगे सर!"

"तो का ट्रेजरी अफसर आके पहुँचा देगा? ट्रेजरी का खर्चा दीजिएगा न जी।"

सिमरा जी चुप रहे। सीधे-सादे सिमरा जी किसी से उलझना नहीं चाहते थे। उन्हें चुप देख पलमो विद्यालय के ज्योतिकुमार ने कहा–

"सर! पासकराई देना तो हइए है लेकिन डेढ़ सौ बहुत जादा है।"

"अरे! जादा है तो का करें? हम ले रहे हैं? ट्रेजरी का बड़ा बाबू से मिलो न जाके। सब पता चल जाएगा जादे है कि कम है। क्या सुदर्शन जी!"

"सर! इतना तो मोसकिल है देना।"

अपने निकटतम सहयोगी का भी रुख नकारात्मक देख हेडमास्टर साहब क्रुद्ध हो गए। उन्होंने सभी शिक्षकों को लक्ष्य कर कहा–

"जिसको-जिसको जमा करना है कर दीजिए।"

रुपए देना तो दूर किसी ने कुछ उत्तर भी नहीं दिया। यह देख हेडमास्टर साहब पारा सातवें आसमान पर चढ़ गया। बोनस का बिल टेबल पर से उठाकर फ़ेंक दिया और बोले–

"जाइए सब लोग। हम नहीं पास कराएँगे बिल।"

चेतन जी उठे और बोले–

"आप मत पास कराइए। बिल हमको दे दीजिए, हम पास करा लेंगे।"

"ले जाइए। पास करा लीजिए। जरा ट्रेजरी का हवा आप भी खा ही लीजिए।"

हेडमास्टर साहब को आशा ही नहीं पूर्ण विश्वास था कि जिसने ट्रेजरी का

मुँह ही नहीं देखा है वो चेतन बिल तो कतई पास नहीं करा सकता।

चेतन जी ने बिल उठाया और कार्यालय से बाहर चले गए। सारे शिक्षक भी उनके पीछे-पीछे निकल गए। शम्भु जी वहीं हेडमास्टर साहब के साथ बैठे रहे। इस विपदा में हेडमास्टर साहब को केवल शम्भु जी साथ खड़े दिखाई पड़े। रोष से भरे स्वर में वे शम्भु जी से बोले–

"देख रहे हैं न! चेतनवा बिल पास कराएगा! भकलोल! ट्रेजरी के मुँह कने होता है पते नहीं और बिले पास कराएँगे।"

"आप ठीक बोल रहे हैं सर! चेतन जी जोश में आके बिल तो ले लिए हैं लेकिन इ पास नहीं करवा पाएँगे। नया आदमी देख के ट्रेजरी का बाबू उलटा उस्तरा से मूँड़ देगा।" शम्भु जी की बात से हेडमास्टर साहब को तनिक और बल मिला। उन्होंने पाया कि न केवल शम्भु जी उनके साथ हैं बल्कि चेतन के विरुद्ध बोल भी रहे हैं। वे शम्भु जी से अत्यधिक प्रसन्न हुए और बोले–

यही अन्तर है बिदवान अउ मुरुख में। आप ट्रेजरी का सब उलटा-सीधा जानते हैं, सो एक्को बार न बोले कि हम पास कराएँगे। अउ इ चेतन को देखिए!"

"जाने दीजिए न सर! खुद पता चलेगा।"

"पता तो चलना ही है। लेकिन अबकी जो मास्टर सब लौट के फिर मेरे पास आया ; कि सर बिल पास नहीं हो रहा है, आप ही पास करा दीजिए। तब बताएँगे। अब डेढ़ सौ नहीं दू-दू-सौ रखवाएँगे तब बात करेंगे।"

मन ही मन अपनी रणनीति तय करते हुए हेडमास्टर साहब मध्यावकाश में विद्यालय परिसर से बाहर निकल गए। सारे शिक्षकों से चेतनजी ने पच्चीस के रेट पर बात कर ली थी। सबने सहर्ष जमा भी कर दिया था। हेडमास्टर के निकलते ही चेतन जी ने सबसे छुप-छुपा कर बिल और पाँच सौ रुपए शम्भु जी को थमा दिए और मुस्कुराते हुए बोले–

"पहला ही इंजेक्सन में छटपटाने लगा।"

"पहला में ही ज्यादा दर्द होता है चेतन जी! दूसरा लगने के बाद तो सब छटपटाहट खत्म हो जाएगा।"

"अब तो दूसरा वाला आपको लगाना है।"

"हाँ कल ट्रेजरी में बिल देंगे। पैसा देने के बाद तो दो घंटा में पास हो जाता है। एक दिन बाद ड्राफ्ट लाकर आपको दे देंगे।"

"ठीक है सर!"

"ठीक तो है, लेकिन कल आप विद्यालय मत आइएगा।"

"क्यों सर?"

"कल तो आप ट्रेजरी में बिल पास कराएँगे न!"

"ओहो! हाँ हाँ! कल हम स्कूल नहीं आएँगे। आराम करेंगे।"

"आप तो ट्रेजरी जा नहीं रहे हैं तो आपको तो स्कूल आना पड़ेगा? तब काम कैसे होगा?"

"हम दो दिन सी.एल. लेकर शहर से बाहर जा रहे हैं। एप्लिकेशन दे भी दिए। शक का कोई गुंजाइश ही नहीं छोड़ना है।"

"मान गए सर! लेकिन आपका दो ठो सी.एल. बरबाद हो जाएगा।"

"अरे! सी.एल. तो यहाँ खर्च ही नहीं होता है। सी.एल. बचा के करना भी क्या है।"

दो दिन के बाद बैंक ड्राफ्ट लहराते हुए चेतन जी स्कूल पहुँचे। हेडमास्टर साहब को ले जा कर ड्राफ्ट दे दिया और बोले–

"ये लीजिए बोनस का ड्राफ्ट। अब सबका पेमेंट कर दीजिए।"

हेडमास्टर साहब तो आसमान से गिरे। दो सौ के रेट से चार हज़ार वसूली का उनका सपना एक झटके में बिखर गया। काँपते हाथों से ड्राफ्ट लिया जैसे ड्राफ्ट नहीं कोई विषधर हो। चेतन जी की आँखों में झाँकने की कोशिश की ताकि उनको अपनी पराजय का कुछ सुराग मिल सके। तत्काल बैंक स्टेटमेंट बनवाकर सभी को बोनस का भुगतान कर दिया गया। हेडमास्टर साहब को लगा जैसे चेतन ने उनके हिस्से का बोनस छीन लिया है। उन्होंने बहुत सिर मारा कि आखिर चेतन ने बिल कैसे पास करा लिया, लेकिन उन्हें अंदाजा भी न हो सका। शम्भु जी छुट्टी से लौटे तो उन्होंने उनसे कहा–

"शम्भु जी! इ तो नया खेलाड़ी आ गया है!"

"कौन सर!"

"चेतन। और कौन? बोनस का बिल पास करा लिया!"

"किसी को कम नहीं आँकना चाहिए सर! चेतन जी भी कमीशन से नियुक्त होकर आए हैं।"

"हाँ, लेकिन ट्रेजरी का खेला...।" शम्भु जी के बदले हुए सुर से हेडमास्टर साहब को प्रसन्नता नहीं हुई।

एक दिन झल्लू की दूकान पर ज्योतिकुमार के साथ हेडमास्टर साहब चाय पी रहे थे। उन्होंने उससे कहा–

"जोती! इ तो नौवां आश्चरज हो गया!:"

"क्या सर?"

"चेतन बिल पास करा के ले आया!"

"हाँ सर। काहे नहीं पास करा सकते हैं। पढ़े-लिखे हैं। कमीशन का परीक्षा पास करके आए हैं।"

एक बार फिर से 'कमीशन से नियुक्ति' वाली बात सुनकर हेडमास्टर साहब थोड़े रोष-भरे शब्दों में बोले–

"बिल भी कमीसन से पास होता है जोती! कमीसन का परीक्षा पास करने से नहीं।"

" काम होने से न मतलब है सर! काम हो गया अब उस पर बहस करने से का फायदा?"

"तुमको तो बोनस मिल गया। तुमको का मतलब कैसे हुआ?"

" तो आप पता लगा रहे हैं कि कैसे हुआ?"

"जो समझो।"

"देखिए सर! बुरा मत मानिएगा, आपसे एक बात कहते हैं। कहावत है न कि डाईन भी एक घर छोड़ती है।"

"हाँ, कहावत तो हइए है।" हेडमास्टर साहब निर्विकार भाव से बोले।

"तो आप शम्भु जी से कमीसन काहे माँग लिए? उ ट्रेजरी का सारा काम करते हैं ओपिस का काम करते हैं फिर भी आप...।"

हेडमास्टर साहब का चंचल चित्त-समुद्र एकाएक शांत हो गया था। उन्हें सारे प्रश्नों के उत्तर मिल गए थे। उन्हें अनुभव हुआ कि अकेले वे ही खिलाड़ी नहीं हैं। वे कुछ न बोले। चाय खत्म की और उठकर अपने डेरे की ओर चल दिए।

(14)

"चेतन जी! सुदर्शन मास्टर हफ्ता भर से घर गए हैं और आज भी नहीं आए हैं। बच्चा लोग को छात्रवृत्ति दिलवाने बलौक जाना था। आप ही चले जाइए, नहीं तो पैसा वापस लौट जाएगा। शम्भु जी को भी साथ ले लीजिए सुविधा होगा।" हेडमास्टर साहब ने विद्यालय आते-आते चेतन जी को फरमान सुनाया।

"ठीक है सर!"

बैंक के माध्यम से छात्रवृत्ति देने की प्रथा बाद में शुरू हुई। उन दिनों बच्चों को स्वयं उपस्थित होकर छात्रवृत्ति लेनी होती थी और उनके विद्यालय के शिक्षक उनके पहचानकर्ता के तौर पर दस्तखत करते। विद्यालय के बच्चों को पहले ही बतला दिया गया था अतः वे अपने किसी अभिभावक के साथ घर से नौ बजे ही ब्लॉक की ओर चल पड़े थे। ब्लॉक जाने का मतलब दिन भर की यात्रा। चौदह किलोमीटर जाना और चौदह किलोमीटर आना, वह भी साइकिल या पैदल। बच्चों के लिए तो जैसे पिकनिक हो जाता। पॉकेट में कुछ चना चबेना लिए उनकी टोलियाँ निकल पड़तीं। कितने उत्साह से भरे होते। अठाईस किलोमीटर की पदयात्रा भी उनका उत्साह कम न कर पातीं। चबेना चबाते चले जा रहे हैं। प्यास लगी तो रास्ते में पड़नेवाले गाँव के चापाकल पर पानी पी लेते। ब्लॉक जानेवाली सड़क के किनारे खेतों में मटर की फसल लहलहा रही है। बच्चों का मन कैसे न ललचाए? वसुधैव कुटुम्बकम् की भावना रखते हुए दूसरे के खेत को भी अपना ही समझते। प्रेम, नकुल, हरख, बालदेव, कृष्णा और कुलदीप खेत में घुसकर मटर की फलियाँ तोड़ रहे हैं। कविता, कुसुम, प्रतिमा और लालमुनी खड़ी देख रही हैं

नकुल ने उन्हें भी आवाज़ दी–

"ए परतिमा! लालमुनी...ईई आओ नी। केऊ नई बोलबैं। मोर चचा कर खेत है।" (ए प्रतिमा! लालमुनी! आओ न। कोई कुछ नहीं बोलेगा। मेरे चाचा का

खेत है।) 'मोर चचा कर खेत है' सुनकर कृष्णा और बालदेव मुस्कुराए बिना नहीं रह सके।

कविता ने कुसुम को और लालमुनी ने प्रतिमा को देखा और जैसे नज़रों में ही सबकी हाँ हो गई। वे भी मटर की फलियाँ तोड़ने लगीं। शम्भु जी और चेतन जी अपनी-अपनी साइकिल पर चले आ रहे थे। उन्होंने देखा तो उनको टोका-

"दूसरे के खेत में क्यों घुस रहे हो?"

"थोड़ा-सा लिए हैं सर! कुछ नईं बोलेगा।" हरख ने धीमे स्वर में कहा

सबकी जेबें भर गईं तो वे फिर आगे निकल पड़े- मटर छील कर खाते हुए।

कुछ आगे खेत का मालिक वहीं कुएँ से पानी खींच कर सिंचाई कर रहा था। उसने बच्चों को मटर तोड़ते देखा पर कुछ न बोला। शम्भु जी निकट से पार हुए तो मुस्कुराते हुए बोला-

"कोनो बात नखे मास्टर! छउवा मन हैं। खाए देऊ।" (कोई बात नहीं सर! बच्चे हैं। खाने दीजिए।)

नौ किलोमीटर का रास्ता तय हो चुका था। अभी पाँच किलोमीटर और शेष था। एक गाँव में बड़े से कटहल की छाया में साइकिल खड़ी कर शम्भु जी और चेतनजी ने यात्रा को विराम दिया। जाड़े की धूप में भी पसीना आ गया था। शिक्षकों को थका देखकर उनका छात्र अर्जुन पास के एक घर से एक लोटा पानी ले आया। पानी पीकर दोनों शिक्षक फिर अपने लक्ष्य की ओर चल पड़े। ब्लॉक पहुँचे तो साढ़े ग्यारह बज चुके थे। पूरे डेढ़ घंटे में यात्रा संपन्न हुई। ब्लॉक ऑफिस में काफी चहल-पहल थी। और भी कई स्कूलों के बच्चे अपने-अपने शिक्षकों के साथ आए थे। बच्चे पंक्तिबद्ध होकर अपनी बारी का इन्तज़ार करने लगे। ब्लॉक का बाबू रजिस्टर पर एक-एक छात्र का नाम लिखता। एक दूसरा बाबू बच्चे के हाथ में रुपये थमाता और हिदायत देता- 'गिन लो।'

सभी बच्चों को छात्रवृत्ति का भुगतान हो गया तो चेतन जी ने रजिस्टर पर उन छात्रों के पहचानकर्ता के तौर पर दस्तखत किए। सभी बच्चे ब्लॉक परिसर के बाहर मैदान में खड़े हैं। सबके मुख पर एक अनिर्वचनीय प्रसन्नता की लहर है। प्रतिमा, लालमुनी, कविता और कुसुम आपस में मुँह सटाकर बातें कर रही हैं। लड़कों की टोली दूसरी ओर बातचीत में मशगूल है। सभी को प्रति माह तीस रुपए की दर से एक साल के तीन सौ साठ रुपए मिले हैं। तीन सौ साठ रुपए का बजट बन रहा है। प्रतिमा ने लालमुनी से पूछा-

"तोंय का किनबे लालमुनी?"(तुम क्या खरीदोगी लालमुनी?)

"तोंय का किनबे?" (तुम क्या खरीदोगी?) लालमुनी ने प्रतिमा से वही प्रश्न दुहरा दिया।

"कुसुम! कविता! तोहरे मन का किनबा।"(कुसुम! कविता! तुमलोग क्या खरीदोगी?)

"मोर दादा कर कोलेज कर किताब नई है। उखे दे देब।" (मेरे बड़े भैया के पास कॉलेज की किताब नहीं है। मै उसे ही पैसे दे दूँगी।) कुसुम ने कहा।

"मोर बाबा बिहाने बिहान केतना ठंडा में खेत जायला। उकर सुएटर फाट जाए हे। मोंय तो बुध बजार दिन सुएटर किन के लेगब। (मेरे पिताजी सुबह-सुबह कितनी ठंड में खेत पर जाते हैं! उनका स्वेटर फट गया है। मैं तो बुधवार बाजार से स्वेटर खरीद कर ले जाऊँगी।)" लालमुनी ने कहा। शम्भु जी पास खड़े ब्लॉक के एक शिक्षक से बातें कर रहे थे और बच्चों की बातें उनके कानों में पड़ रही थीं। चेतन जी ब्लॉक ऑफिस की औपचारिकताएँ पूरी कर बाहर आए और बच्चों को कहा–

"सब बच्चा सब जैसे साथ-साथ आया था वैसे ही साथ-साथ जाएगा। सब लोग अपना-अपना पैसा ठीक से रख लो। ठीक है, तुमलोग आगे बढ़ो हम और शम्भु सर पीछे से आते हैं।"

कुछ बच्चे अपने अभिभावकों के साथ साइकिल पर भी आये थे। चेतन जी के आदेश के बाद भी कोई बच्चा टस से मस नहीं हुआ, न उनके अभिभावक ही गए। शम्भु जी ने सबको खड़े देखा तो कहा–

"चेतन सर क्या बोले? नहीं सुना? तुमलोग आगे चलो हमलोग आ रहे हैं।"

बच्चे अब भी किंकर्तव्यविमूढ़ से खड़े थे। शम्भु जी और चेतन जी समझ नहीं पा रहे थे कि आखिर बच्चों को हुआ क्या। इतने में प्रतिमा और रुकमिन उनके निकट आई। प्रतिमा ने बीस का नोट चेतन जी की ओर और रुकमिन ने शम्भु जी की ओर बढ़ाया।

"ये क्या है?" दोनों शिक्षकों का समवेत स्वर था।

"इ आपलोग का होता है सर!"

"हमलोग का?"

"इ तुम्हारा पैसा है रुकमिन! हमलोग का नहीं है।" शम्भु जी बोले।

"हर साल हमलोग मास्टर लोग को देते हैं सर! इ बीस रुपिया आपलोग का होता है।"

"धत्त! चलो रखो। मास्टर लोग को विद्यार्थी पैसा देता है जी?" चेतनजी और शम्भु जी हँसने लगे।

रुकमिन के पिता धनेसर भी वहीं थे। उन्होंने कहा–

"रउरे मन कर बाते जुदा है मास्टर! पहिले जे मास्टर बोलोक आवत रहें उखे छउवा मन बी-बीस रुपिया खुसी से देवत रहें।" (आपलोगों की बात ही कुछ अलग है सर! पहले जो टीचर ब्लॉक आते थे, बच्चे उन्हें बीस-बीस रुपए खुशी से देते थे।)

पुरना रिवाज खतम करू धनेसर! इ सब गलत बात है। मास्टर मन के तनखा नई मिलेला जे छउवा मनक छात्रवृत्ति कर पैसा लेबयँ?" (ये सब पुराना रिवाज खत्म कीजिए धनेसर! यह गलत बात है। शिक्षकों को तनख्वाह नहीं मिलती जो बच्चों की छात्रवृत्ति का पैसा लेंगे?) चेतन जी ने कहा। धनेसर ने दोनों शिक्षकों को हाथ जोड़े और वापस जाने की अनुमति माँगी। इसके बाद सभी बच्चे वापस जाने लगे। चेतनजी ने शम्भु जी से कहा–

"देख रहे हैं शम्भु सर! कैसी-कैसी परम्परा है!"

"चेतनजी! आप बच्चों की बात सुनते तो कलेजा मुँह को आ जाता। तीन सौ साठ रुपये में अपनी दुनिया सँवार लेने की उनकी कैसी-कैसी ख्वाहिशें हैं! कॉलेज में पढ़नेवाले कुसुम के बड़े भाई के पास किताब नहीं है, वह उसे किताब के लिए पैसे दे देगी। लालमुनी के पिता के पास स्वेटर नहीं है। उस बच्ची को पिता के लिए स्वेटर खरीदना है।"

"दुःख होता है सर! यह सब देख-सुनकर। कितना भी पैसा मिले आदमी लूट-खसोट से बाज नहीं आता। बतलाइए इन बच्चों के बीस रुपए न लेने से कौन सी जायदाद लुटी जाती है?" चेतन जी ने कहा।

"चेतन जी! आपकी नज़र में वे बीस रुपए बच्चों के हैं और उन शिक्षकों की नज़र में वे रुपए उनके अपने हैं। नज़रिए का फर्क है। एक बार जो प्रवृत्ति बन जाती है वह छूटती नहीं।" शम्भु जी बोले।

"ईश्वर न करे हमलोगों की कभी ऐसी प्रवृत्ति हो। कभी आपने ही उपनिषद् का एक मन्त्र बताया था वो मुझे अभी तक याद है– 'मा गृधः कस्यस्विद् धनम्'।" चेतन जी बोले।

"बिलकुल, ईशावास्योपनिषद् का पहला ही मन्त्र है। पर चेतन जी! आजकल उपनिषद् की बातें बस सभा में सप्लाई करने के लिए हैं। उन्हें जीवन में कोई अप्लाई नहीं करता है?"

चेतनजी ने घड़ी पर नजर डाली और बोले– "दो बज चुके। अब चला जाए।"

शम्भु जी ने हाँ में सिर हिलाया और फिर दोनों ने अपनी-अपनी साइकिल संभाली और निकल पड़े।

(15)

बुधवार को दोपहर बाद मदरेचा गाँव गुलजार रहता। गाँव के एक किनारे पर साप्ताहिक हाट लगता। उस दिन विद्यालय में मध्याह्न भोजन के बाद दो बजे छुट्टी कर दी जाती क्योंकि अधिकांश विद्यार्थी बाजार में व्यापार के लिए आनेवाले अपने माता-पिता का सहयोग करते।

शम्भु जी चेतन जी के साथ बाजार में घूम रहे हैं। कहीं कोई छात्र सब्जी लिए बेचने को बैठा है, कोई चाय की दूकान पर अपने अभिभावक का सहयोग कर रहा है, तो कोई अपने पिता के साथ श्रृंगार सामग्री की दूकान लगाए बैठा है।

"अरे रुकमिन! टमाटर बेच रही है! एक किलो का कितना दाम रखी हो?" शम्भु जी ने अपने विद्यालय की छात्रा को टोका।

ग्यारह साल की रुकमिन चौथी कक्षा की छात्रा थी। चंचल और तीव्र बुद्धि वाली। उसने टमाटर का दाम नहीं बताया। संकोच से सिर झुका लिया। शम्भु जी ने उसके संकोच को दूर करने के लिए उसे पुचकारा-

"हमको आधा किलो लेना है बेटी!"

"तो लीजिए न सर! आप दाम काहे पूछते हैं?" रुकमिन मुखर हो आई। उसने अपने शम्भु सर के हाथ से थैला लिया और उसमें बिना तौले एक किलो से भी ज्यादा टमाटर डाल कर थैला उन्हें थमा दिया। शम्भु जी अपने पॉकेट से पैसा निकालकर उसे देने लगे तो वह बोली-

"नहीं सर! आपसे पैसा नहीं लेंगे। मेरा पिताजी मना किए हैं।"

"क्या बोले हैं तुम्हारे पिताजी?"

"बोले कि सिच्छक लोग गुरु होते हैं, उनसे पैसा नहीं लेना है।"

"हम टमाटर का पैसा नहीं दे रहे हैं रुकमिन! तुमको मिठाई खाने के लिए दे रहे हैं।"

"नहीं सर! पैसा मत दीजिए सर! हमको हमरा पिताजी डाँटेंगे।"

“गुरु का कहना नहीं मानोगी?”

“नहीं सर!” रुकमिन ने नज़रें झुका लीं।

अपनी उस भोली-भाली शिष्या की बातों से शम्भु जी और चेतन जी का हृदय द्रवित हो उठा। उतने में ही रुकमिन के पिताजी वहाँ आ गए। दोनों शिक्षकों को देख उन्होंने प्रणाम किया–

“परनाम सर!”

“अरे धनेसर जी! कहू कइसन समाचार?” (अरे धनेसर जी कहिए क्या हालचाल है?)

“सउब बेसे बेस मास्टर! आपन कहू।” (सब ठीक है सर! अपना कहें।)

“सब बेस।”(सब ठीक है)

“रुकमिन पढ़ाई में धेयान देवत है कि नई मास्टर?”(रुकमिन का ध्यान पढ़ाई पर है कि नहीं?)

“कलास में तो खउभ धेयान है। ई छउवा बहुत आगे बढ़ी। पढ़ाई ना छोड़ुआब।”(क्लास में बहुत ध्यान देती है। यह बच्ची बहुत प्रगति करेगी पढ़ाई मत छुड़वाइएगा) चेतन जी ने धनेसर को आश्वस्त किया।

“ई बेटी छउवा पढ़े में तो खऊभे धेयान देवेला मुदा हमर बात नई माने।” (यह बच्ची पढ़ाई में तो खूब ध्यान देती है पर हमारी बात नहीं मानती।) शम्भु जी ने मुस्कुराते हुए कहा।

“रुकमिन! मास्टर का कहत हैं? गुरु कर अगया...।”

“टमाटर लेय हैं उकर पैसा देवत हैं। हाम पैसा नई लेली, उखे कहत हैं बाबा!” (इन्होंने मुझसे टमाटर लिया है। उसी का पैसा दे रहे थे। मैंने नहीं लिया पिताजी! उसी के बारे में कह रहे हैं।)

धनेसर मुस्कुराने लगे। उन्हें अपनी बेटी पर गर्व हो आया। वे शम्भु जी से मुखातिब हुए–

“का मास्टर! इ तो आपन घर कर है। काले रउरे पैसा देवत रही। रउरे कर अधिकार नखे का?”(क्या सर! ये तो घर का है। आप क्यों पैसा देने लगे? क्या आपका अधिकार नहीं है?)

“सेहे अधिकार से जुन पैसा देवत ही। ई हमर बेटी नखे का?” (उसी अधिकार से ही पैसा दे रहा था। क्या यह हमारी बेटी नहीं है?)

“कइसे नईं? बाप से जादा अधिकार है गुरु कर!”(कैसे नहीं? पिता से अधिक अधिकार गुरु का है।)

“रुकमिन! ये लो। मिठाई खाना।” कहकर शम्भु जी ने दस का नोट उसे

थमा दिया। रुकमिन की प्रश्नवाचक दृष्टि अपने पिता की ओर थी।

"राइख ले। गुरु मन कर असीरबाद है।"(ले लो। गुरुजनों का आशीर्वाद है।)

रुकमिन ने पैसा ले लिया और दोनों शिक्षकों के पाँव छुए। धनेसर ने दोनों को हाथ जोड़े। शम्भु जी और चेतन जी वहाँ से चले तो झल्लू भगत की चाय दूकान पर जा बैठे। आज बाजार के दिन झल्लू भगत अपनी चाय दूकान हाट में ही ले आते। चेतन जी ने कहा–

"भगत जी स्पेशल चाय बनाइए।"

"जी सर! अभी बनाते हैं। तब तक आपलोग इडली खाइए।" झल्लू भगत ने दो प्लेट में दो-दो इडली और आलू टमाटर की सब्जी दोनों शिक्षकों को दी।

"इडली भी बनाने लगे भगत जी? अच्छा बना है।" इडली खाकर प्लेट रखते हुए चेतन जी बोले।

"आप ही लोग का किरपा है सर!" कहकर झल्लू भगत ने चाय का ग्लास थमाया।

चाय पीकर चेतन जी ने पूछा–

"कितना हुआ भगत जी?"

"चार रुपया।"

"चार रुपया तो चाय का हुआ न?"

"हाँ।"

"और इडली का?" शम्भु जी ने पूछा

"उ तो सर आप ही लोग का चीज है। उसका पैसा कैसे लेंगे!"

"हमलोग का चीज?" चेतन जी ने आश्चर्य के स्वर में पूछा।

"सब मास्टर अउर हेडमास्टर तो आते हैं रोज़। उनको खिलाते हैं तो पैसा लेते हैं सर? तो आपलोग से कैसे लेंगे?"

"तो उनलोगों को मुफ्त में क्यों खिलाते हैं?"

"मुफत में कहाँ खिलाते हैं सर?"

"पैसा नहीं लेते तो मुफ्त ही हुआ न जी?"

"आपलोग को नई मालूम है सर?"

"क्या?" चेतन जी ने सशंकित स्वर में पूछा।

"हेडमास्टर साहब चुपेचाप हमको एक बोरा चावल दिए हैं। उसमें आधा चावल का इडली बना के टिफिन के समय सब मास्टर को खिलाना है अउर आधा मेरा।"

"आप ये बीस रुपया रखिए भगत जी! हमलोग को मुफ्त वाला मत

खिलाइए।" चेतन जी ने बीस का नोट झल्लू भगत को थमाया और शम्भु जी के साथ अपने डेरे की ओर बढ़ गए। रास्ते में चलते हुए उन्होंने शम्भु जी से कहा–

"शम्भु सर! एक कहावत है न! चोर चोरी से जाए हेराफेरी से न जाए। वही इ हेडमास्टर का हाल है। इसको रँगे हाथ पकड़े थे तो चावल का बोरा स्कूल में वापस रख दिया था। अब देखिए घर नहीं ले जा सका तो यहाँ इडली बनवाकर खा रहा है।"

"अकेले कितना टेंशन लीजिएगा चेतन जी! पूरे विभाग में ही सड़ांध है।"

"आप ठीक ही कहते हैं। सूरदास की पंक्ति याद आ रही है– कूपही में यहाँ भांग परी है।"

"बिलकुल। सब उसी भांग के नशे में हैं। ठीक है चेतन जी! हम भी निकलते हैं, कृष्णमोहन जी इंतजार कर रहे होंगे। कल मुलाकात होगी।" शम्भु जी ने चेतन जी से विदा ली और गामड़ा की ओर चल पड़े।

(16)

राज्य सरकार ने नए वेतन पुनरीक्षण की अधिसूचना जारी कर दी थी। शिक्षक-समाज में हलचल थी कि किसके वेतन में कितनी वृद्धि होगी। वेतन पुनरीक्षण के नियमों के अनुसार नए वेतन की गणना सबके वश की बात न थी। राज्य लोक सेवा आयोग से दो वर्ष पहले बहाल होकर आए इक्के दुक्के शिक्षक हर विद्यालय में थे। सरकार के परिनियमों का अध्ययन कर नया वेतन फिक्स करना उनके लिए कोई बड़ी बात न थी। मदरेचा में शम्भु जी और चेतन जी थे और गामड़ा में कृष्णमोहनजी। अपना नया वेतन जानने के लिए आस-पास के शिक्षक इनकी चिरौरी करते रहते। राज्य सरकार की अधिसूचना के आलोक में विभाग ने सभी निकासी व्ययन पदाधिकारियों को आदेश जारी किया था कि अपने मातहत शिक्षकों का वेतन फिक्स करके विभाग में जमा करें ताकि सरकार के हुक्म की तामील हो सके। हेडमास्टर साहब को लगभग बीस शिक्षकों का वेतन निर्धारण कर विभाग को भेजना था। शम्भु जी युद्ध-स्तर पर काम कर रहे थे। कागज़ी कार्यवाही पूरी हो गई तो एक दिन हेडमास्टर साहब ने सभी अधीनस्थ शिक्षकों की मीटिंग बुलाई और बोले–

"सुन लीजिए भाई सब मास्टर! सबका वेतन शम्भु जी फिक्स कर दिए हैं। हम दस्खत भी कर दिए हैं। अब इ जाएगा बड़का साहेब के दस्खत होने के लिए।"

"कौन बड़का साहेब?" बरसोता प्राथमिक स्कूल के लालदेव राय ने पूछा।

"ओही, जिसका बड़का मुँह है। जिला वाला सुपरिंटेडेंट साहब। उसका दस्खत होगा। फिर लेखा पदाधिकारी के पास जाएगा।"

"लेखा-पदाधिकारी! ई कोन पदाधिकारी है?" सिमराजी चिहुँक कर बोले।

उनका आश्चर्य जताना स्वाभाविक था क्योंकि दस-दस साल में वेतन पुनरीक्षण होता है तो किसे पूरी प्रक्रिया याद रहती है।

"लेखा न समझे सिमराजी! ले अउ खा पदाधिकारी। उहे त मेन है। सब का जाँच करता है कि ठीक-ठीक फिक्स हुआ कि नहीं। एक रुपया भी कम-बेसी नहीं होना चाहिए। सुपरिंटेडेंट का साइन किया हुआ भी काट दे सकता है।"

सारे टीचर अचंभित थे लेखा पदाधिकारी के विराट व्यक्तित्व से परिचित होकर। वे सोच रहे थे कि सुपरिंटेडेंट के साइन को भी काट देनेवाला कैसा होता होगा। हेडमास्टर साहब अपनी भूमिका बना चुके तब नए वेतन की आशा में हर्ष से प्रफुल्लित सारे शिक्षकों को सम्बोधित कर बोले–

"समझ गए न? सुपरिंटेडेंट और लेखा पदाधिकारी। ई सब हज़ार-हज़ार वाला अफसर है। हमको मत दीजिए, मगर शम्भु जी एतना मेहनत किए हैं उनको तो...।"

"नहीं सर! हमको कुछ नहीं लेना है।" बीच में ही शम्भु जी बोल पड़े।

उन्हें पता था कि हेडमास्टर साहब उनके नाम पर भी दो पाँच सौ के वारे न्यारे करेंगे।

"सर! तो टोटल केतना खर्चा लगेगा?" बदरी बाबू ने पूछा।

"देखिए अभी तो आपलोग एक-एक हज़ार जमा कर दीजिए। जो घटे-बढ़ेगा बाद में हिसाब कर लेंगे।" यथासमय रुपये इकट्ठे हो गए। हेडमास्टर साहब शम्भु जी को लेकर युद्धक्षेत्र में निकल पड़े।

हर जिले में कुछ अत्यधिक प्रतिभाशाली शिक्षक होते हैं जिन्हें साहब अपनी दिव्य-दृष्टि से पहचान लेते हैं और वे शिक्षक भी हर नए साहब की दिव्य आकर्षण शक्ति से प्रेरित हो उनके निकट जा पहुँचते हैं। उन्हें साहब की अत्यधिक निकटता प्राप्त होती है अतः वे अध्यापन जैसे क्षुद्र कार्य को छोड़ साहब के ऑफिस में बड़े-बड़े कार्यों को अंजाम देने में व्यस्त होते हैं। दस-दस वर्षों में होनेवाले वेतन-निर्धारण का महायज्ञ तो बिना उनके संपन्न ही नहीं होता है। इस बार जिला मुख्यालय में कैम्प लगाकर सारे शिक्षकों का वेतन निर्धारण किया जा रहा था। बीस सर्विस बुक और फिक्सेसन के भरे हुए प्रपत्र के साथ हेडमास्टर साहब भी उस यज्ञभूमि में पहुँचे। बहुत से परिचित चेहरे मिले–

"अर्रे! का बिशुन! ए पाण्डेजी! परनाम जगदीश बाबू!..." के स्वर वातावरण में गूँज रहे हैं। साहब के किसी गण को निकट पाकर हेडमास्टर साहब बोले–

"परनाम उपाध्याय जी!"

"प्रणाम प्रणाम! क्या जगदीश बाबू! कितना टीचर का है?"

"बीस ठो है सर!"

"ठीक है। ऑफिस का सिधेसर वहाँ बैठा हुआ है, उसको रिसीभ करा दीजिए। हम देख लेंगे।"

"सर केतना पड़ेगा कुछ अंजाद बता देते।"

"बीस है न, बारह दे दीजिएगा।"

"कुछ कम नहीं होगा सर! मास्टर सब बड़ा किरपिन (कृपण) है। चार कहिए त एक देता है।"

"अरे जगदीश जी! जाइए दो हज़ार कम दे दीजिएगा।" कहकर उपाध्याय जी ने अपनी राह ली।

"स्साला ई त और बड़का भिखमंगा है। मास्टर होके मास्टरे का गर्दन काट रहा है। साहेब लेगा पाँच तो ई बोलेगा दस। देख रहे हैं न शम्भु जी!"

"जी सर! देख रहे हैं। मास्टर होके मास्टर का गर्दन काट रहा है। 'पाँच का दस' इस विभाग का रिवाज़ ही है।" हेडमास्टर साहब शम्भु जी का लहजा समझ न सके।

सर्विस बुक के साथ आवश्यक कागज़ात ऑफिस के बाबू को रिसीव करा दिए गए। पावती पर दस्तखत करने से पहले बाबू ने एक प्रश्नवाचक नज़र हेडमास्टर साहब की ओर फेंकी। हेडमास्टर साहब समझ गए और एक सौ का एक नोट उसकी ओर बढ़ा दिया। अगले दिन हेडमास्टर साहब पुनः उस महायज्ञ में पहुँचे जहाँ रिज़र्व बैंक के बने हविष्य की आहुतियाँ पड़ रही थीं। महायज्ञ के आचार्य बने सुपरिंटेंडेंट साहब दस्तखत के मन्त्र अर्पित कर रहे थे। उनके निकटस्थ ऋत्विजगण प्रत्येक हस्ताक्षर-मन्त्र के साथ आहुति डाल रहे थे। साहब इस बात पर विशेष गौर फरमा रहे थे कि यज्ञकुण्ड से उठने वाली लपटें कितनी ऊँची जा रही हैं, क्योंकि इससे हविष्य की मात्रा का पता चलता था। आखिरकार शाम होते-होते हेडमास्टर साहब को सफलता हाथ लगी। उपाध्यायजी ने उनके कागज़ात उन्हें सौंप दिए। हेडमास्टर साहब ने शम्भु जी को पास बुलाया और बोले-

"जरा देखिये तो शम्भु जी! बीसो मास्टर के वेतन-निरधारण के फारम अउ सर्विस बुक में सहेबवा का दस्खत मोहर हो गया है कि नहीं। एक्को गो छूटेगा, त दोबारा आना पड़ेगा।"

शम्भु जी ने एक-एक टीचर का प्रपत्र वेरीफाई किया। सभी पर साहब के हस्ताक्षर और मुहर अंकित थे।

"सब ठीक है सर!"

"जैसा दिए थे सब वैसा ही रह गया न? किसी का सुधार नहीं न हुआ है?"

"नहीं सर कहीं कोई करेक्शन की जरूरत नहीं पड़ी।"

"वाह! आपका किया हुआ काम एक नम्बर होता है। चलिए अब लेखा विभाग में जमा कर दें।"

कहकर हेडमास्टर साहब शम्भु जी के साथ लेखाविभाग की ओर बढ़ गए जहाँ उसका अंतिम सत्यापन होना था। लेखा पदाधिकारी के दस्तखत मुहर के बाद ट्रेजरी भी काट नहीं सकता है। लेखा-पदाधिकारी नामक प्राणी की यह महत्ता शिक्षकों को चकित करती थी। लेखा कार्यालय में फी सर्विस बुक सौ रुपए निर्धारित था, कहीं कोई इफ बट नहीं। रिश्वत की यह दर कार्यालय आनेवाले सभी शिक्षक को पता होती थी। भ्रष्टाचार में भी सदाचार होता था। हेडमास्टर साहब ने सारे सर्विस बुक बाबू के टेबल पर रखे। बाबू ने उन्हें गिना और हेडमास्टर साहब ने दो हज़ार रुपए उसकी ओर बढ़ा दिए। बिना किसी ध्वनि संकेत के सारा काम हो गया। सारी बातें जैसे परा वाणी में हो गईं। शम्भु जी चकित थे। फिर उन्हें याद आया कि साधकों की बातें परा वाणी में ही हुआ करती हैं। दो दिनों के बाद प्रत्येक सर्विस बुक पर डिस्ट्रिक्ट अकाउंट्स ऑफिसर की गोल मुहर दर्ज थी। यह सब कुछ संपन्न हो जाने के बाद हेडमास्टर साहब सारे कागजात के पुलिंदों के साथ विजयी मुद्रा में विद्यालय पहुँचे। अगले दिन सभी शिक्षकों की बैठक बुलाई गई। बैठक को संबोधित करते हुए हेडमास्टर साहब ने कहा–

"देख लीजिए आपलोग सबका काम करवा दिए हैं। अपना-अपना सर्विस बुक देख लीजिए।"

सभी ने अपना-अपना सर्विस बुक ले लिया और गौर से देखने लगे। सिमराजी बोले–

"ई गोल ठो मोहर लेखा पदाधिकारी का है सर?"

"हाँ। लेखा पदाधिकारी का।"

"अब तो इसको सुपरिंटेंडेंट साहब भी नहीं काट सकता है?"

"नहीं जी! लेखा के मोहर लग गया तब सुपरिंटेंडेंट अउ ट्रेजरी का औकात है काटने का?"

सिमराजी का चेहरा खिल उठा। उनके नए बढ़े हुए वेतन को अब ऐसा कवच पहना दिया गया है जिसे कोई क्षति नहीं पहुँचा सकता। उनके मन में लेखा पदाधिकारी के प्रति अतिरिक्त श्रद्धा उमड़ आई। उन्होंने फिर गौर से एक बार उस गोल मुहर और दस्तखत को निहारा। सचमुच हेडमास्टर साहब ने बहुत कठिन काम को अंजाम दिया है। ऐसे बड़े-बड़े काम करवाने में हज़ार रुपए

तो लगते ही होंगे। उन्होंने खुद को आश्वस्त किया। सारे शिक्षक भी अपने-अपने सर्विस बुक में अपना पुनरीक्षित वेतन निहार रहे थे और उस वेतन को परिपुष्टि करते उस गोल मुहर को भी। सुपरिंटेडेंट साहब से दस्तखत करवा लाना ही अपने-आप में बाघ की माँद से बकरी को सुरक्षित निकाल लाना था, ऊपर से यह लेखा पदाधिकारी! सर्विस बुक में बिना किसी शिकायती स्वर के सारे दस्तखत मुहर लगवा लाना वाकई कलेजेवाले का काम है। बदरी बाबू सुदर्शन जी से बोले–

"सुदर्शन सर! ई तो बड़ा काम हुआ। यहाँ तो इंस्पेक्टर साहब से इन्क्रिजमेंट का काम कराना केतना मोसकिल हो जाता है! सुपरिंटेडेंट साहब अउर लेखा पदाधिकारी! ई सब जगह काम होना तो समझिए पताल से पानी निकालना है।"

"हाँ, उ तो हइए है। जिला में सब कोई काम नहीं करवा सकता है।"

इसी तरह के गंभीर विचार सभी शिक्षकों के चित्त में उमड़-घुमड़ रहे थे। इसी प्रयोजन की सिद्धि के लिए हेडमास्टर साहब ने सबको सर्विस बुक थमाया था। हेडमास्टर साहब इन सीधे-सादे मनवाले शिक्षकों का मनोविज्ञान खूब समझते थे। उन्हें प्रतीत हुआ कि गोल मुहर का सम्मोहन अपने चरम पर है तो उन्होंने कहा–

"एक हज़ार तो आपलोग दिए ही थे। उ सब स्वाहा हो गया सुपरिंटेडेंट साहब के मुँह में। हम बोले कि सर पाँच-पाँच सौ का हिसाब से ले लीजिए। नहीं माना। पूरा सोलह हज़ार लिया। अब चार हज़ार में जिला लेखा तो करेगा नहीं...

"कैसे करेगा? उ तो सुपरिंटेडेंट का फिक्स किया वेतन को भी काट सकता है। उसका पावर भी तो देखिए।" सुदर्शन मास्टर ने हेडमास्टर साहब का जोरदार समर्थन किया क्योंकि हेडमास्टर साहब ने उन्हें उत्कोच की शेष राशि देने से मुक्त कर देने का आश्वासन दिया था।

"ओही पावरे का तो पैसा लेता है।" हेडमास्टर साहब बोले।

"लेखा पदाधिकारी कैसा आदमी है सर! सुपरिंटेडेंट साहब तो एतना कड़ा है!" सिमराजी पूछ बैठे थे। वे मन-ही मन अंदाजा लगा रहे थे कि जिसके लिखे को कोई नहीं काट सकता वह कितना कड़ा ऑफिसर होगा ; और जितना कड़ा ऑफिसर उतना ज्यादा पैसा लेगा।

"आदमी तो ठीक ही है। अब लेखा पदाधिकारी है तो कड़ा तो होबे करेगा।" हेडमास्टर साहब बोले।

हेडमास्टर साहब सोच रहे थे कि लेखा पदाधिकारी को कितना कड़ा

बनाया जाए कि ठीक-ठाक आमदनी हो और पदाधिकारी के कड़ेपन पर किसी को शक भी न हो। इसी बीच चेतन जी ने मुँह खोला–

“मेरा गाँव का शिक्षक लोग तो एक-एक सौ में लेखा में काम करवाया है, बोल रहा था।” चेतन जी का सूचनातंत्र ठीक था। चावल-प्रकरण के बाद से हेडमास्टर साहब चेतन जी से चिढ़े रहते थे। आज उनकी की बात सुनकर अपनी आमदनी पर पानी फिरता देख वे चिढ़कर बोले–

“हाँ, उसका ससुर लगता होगा। कोई कुच्छो बोल देगा अउ विश्वास कर लेंगे! अरे! हम खुद्दे जाके काम कराके आये हैं। पाँच बोल रहा था लेकिन हम चार में मनवा लिए। कुल टोटल चौबीस हज़ार खर्चा हुआ। भाड़ा किराया चाय-पानी अलग। आप लोग समझ-बूझ के बाक़ी पैसा दे दीजिएगा।”

“तो एक टीचर पर बारह सौ लगा?” बदरी बाबू ने अपने गणितज्ञान का प्रदर्शन किया।

“अउ भाड़ा किराया? अरे हम कुच्छो नहीं ले रहे हैं। जो खर्चा लगा है उ तो दीजिएगा न बदरी जी!” हेडमास्टर साहब ने झिड़का। अंततः सभी ने ढाई-ढाई सौ रुपये और जमा कर दिए।

शम्भु जी ने अंदाजा किया कि इस प्रकार हेडमास्टर साहब सबसे कड़े ऑफिसर साबित हुए। तेरह हज़ार का नफा और ‘हम कुच्छो नहीं ले रहे हैं’ की ईमानदारी का तमगा अलग।

(17)

गामड़ा विद्यालय के एक शिक्षक भगत जी इसी महीने रिटायर हो रहे थे और एक बलराम सिंह ने ट्रांसफ़र करवा लिया था। अब केवल दो शिक्षक थे सिमराजी और कृष्णमोहनजी। इधर मदरेचा से भी दो शिक्षकों का ट्रांसफर हो गया था। पूरे जिले में शिक्षकों का ट्रांसफर हुआ था। विभाग का कहना था कि जो-जो शिक्षक एक ही स्थान पर दस वर्ष से अधिक समय से हैं उनका ट्रांसफर किया गया है। यह अलग बात थी कि कुछ शिक्षक पच्चीस सत्ताईस वर्षों से अब भी जमे थे लेकिन उनका ट्रांसफर नहीं किया गया था। दरअसल ये वही प्रतिभाशाली शिक्षक थे जिन पर सुपरिंटेंडेंट साहब के बड़े-बड़े कार्यों को संभालने का उत्तरदायित्व था। ट्रांसफर के इस महान् कार्य में भी उन्होंने सक्रिय भूमिका निभाई थी। उनकी सक्रियता रंग लाई थी और ट्रांसफर के इस महायज्ञ के बाद साहब का चेहरा खिला-खिला था। उपाध्यायजी ने अपने घर में एक मंजिल और बनाने का काम शुरू करवा दिया था। गिरधर मास्टर ने नई कार बुक कर दी थी। कुछ शिक्षकों को उनकी मनचाही जगह पर स्थानांतरित किया गया था। कुछ पाने के लिए कुछ खोना तो पड़ता ही है लिहाजा जिन्होंने खोया उन्होंने पाया। दरअसल ट्रांसफर की यह प्रक्रिया हमारी प्राचीन संस्कृति का अंग है। यक्ष ने अपने साहब कुबेर की सुख सुविधा का ध्यान नहीं रखा था तो उसे भी घर से दूर ट्रांसफर कर दिया गया था। एकदम उत्तर से दक्षिण वह भी एक निर्जन पर्वत पर। यदि कोई अपने घर से बहुत दूर पोस्टेड है तो मतलब साफ़ है कि यक्ष की तरह वह भी साहब के शाप से ग्रस्त है।

एक नए टीचर अख्तर साहब का ट्रांसफर मदरेचा हुआ था। हुआ नहीं, उन्होंने वहाँ ट्रांसफर करवाया था क्योंकि उनके घर से सबसे निकट यही एक विद्यालय था। शहर के निकट के विद्यालयों में ट्रांसफर के लिए कतार लम्बी होती इसलिए खूब हाई रेट चलता। दूर-दराज के गाँव में ट्रांसफर उन लोगों का

होता जो साहब के चित्त की प्रसन्नता का खयाल न रखते या उन ग्रामीण क्षेत्रों के रहनेवाले शिक्षकों का, जो वहाँ जाना चाहते। विद्यालय सुदूर गाँव में हो, दुर्गम जंगली क्षेत्र में हो या शहर में, यदि आपकी मनचाही जगह है तो साहब के मन का खयाल रखना ही होगा अन्यथा आपके मन की नहीं चलेगी। मदरेचा ट्रांसफर होकर आए अख्तर साहब अपने घर से सौ किलोमीटर दूर पोस्टेड थे। इस लम्बी दूरी को पाटने के लिए उन्होंने साहब का ध्यान रखा और साहब ने उनका। अख्तर साहब ने ज्वाइन किया तो हेडमास्टर साहब ने पूछा–

"केतना खर्चा-पानी लगा अख्तर साहब?"

अख्तर साहब ये जतलाना नहीं चाहते थे कि उन जैसे प्रभावशाली शिक्षक को भी खर्च करना पड़ता है। इससे उनकी प्रतिष्ठा धूमिल होती थी, उनकी वीरता पर आँच आती थी। उन्होंने हेडमास्टर साहब से कहा–

"अख्तर को खरच-बरच नहीं करना पड़ता है सर!"

"काहे? साहेब आपका लंगोटिया है का?"

"लंगोटिया तो नहीं है लेकिन उसका लंगोट खिंचवाने का ताकत रखते हैं।"

"हाँ भाई, बड़ा आदमी का बड़ा बात।" अख्तर के लम्बी फेंकने पर हेडमास्टर साहब ने व्यंग्य कसा।

अख्तर साहब मदरेचा से चौदह किलोमीटर दूर एन.एच. के किनारे एक गाँव के निवासी थे। जल्द ही शम्भु जी से उनकी दोस्ती हो गई और दोनों एन. एच से चौदह किलोमीटर का सुनसान जंगली रास्ता साथ-साथ तय करते। अख्तर साहब के पास नई बाइक थी और उन्हें एक साथी सवार की जरूरत थी और शम्भु जी को उस वाहनविहीन मार्ग पर एक सवारी की। जब दोस्ती में प्रगाढ़ता आई तो अख्तर साहब ने बतलाया था कि इस दुर्गम क्षेत्र के विद्यालय में जहाँ कोई आना नहीं चाहता वहाँ ट्रांसफर के लिए भी तीस हज़ार खर्च करने पड़े थे।

उस दुर्गम क्षेत्र के कई विद्यालय शिक्षक की कमी से जूझ रहे थे क्योंकि वहाँ वर्षों से फँसे बहुत से शिक्षकों ने इस बार के ट्रांसफर के मेले में अपनी मनचाही जगह खरीद ली थी। शिक्षकों की कमी को देखते हुए हेडमास्टर साहब ने एक दिन सभी शिक्षकों को बुलाकर कहा–

"देखिए! विद्यालय में मास्टर का कमी तो होइए गया है, आपलोग को भी जादा मेहनत लग रहा है।"

"जी सर! बहुते दिक्कत हो गया है।" कक्षा में हमेशा सोनेवाले बदरी बाबू ने विचार रखा।

"गाँव के ही किसी ग्रेजुएट को रख लिया जाए?"

"बहुत बढ़िया रहेगा।" सुदर्शन मास्टर ने कहा।

"लेकिन उसको पेमेंट कोन करेगा?" चिंतित स्वर में बदरी बाबू ने पूछा। उन्हें अपने पॉकेट पर खतरा मंडराता नज़र आया।

"पेमेंट विद्यार्थी लोग करेगा। पाँच-पाँच रुपया भी महीना में देगा तो हज़ार बारह सौ हो जाएगा।"

"तब तो ठीक है।"

गाँव में ऐसे कई ग्रेजुएट उम्मीदवार थे पर रखना तो एक को ही था। हेडमास्टर साहब ने शम्भु जी से कहा– "शम्भु जी! गाँव में तीन-चार आदमी है। हज़ार रुपया मिलेगा तो सब आना चाहेगा। एक दिन सबका इंटरभीऊ ले लीजिए।"

शम्भु जी जानते थे कि इंटरव्यूअर बनना शत्रुता मोल लेना है, क्योंकि इंटरव्यू में तो एक ही उम्मीदवार को सफल होना है। गाँव में बदनामी मोल लेना ठीक नहीं। उन्होंने हेडमास्टर साहब को कहा–

"आप हेडमास्टर हैं, आप ही इंटरव्यू लीजिए। मैं आपको कुछ सवाल लिख कर दे देता हूँ।"

हेडमास्टर साहब ने स्वीकृति दे दी। निर्धारित दिन को डेढ़ बजे के मध्यावकाश में इंटरव्यू शुरू हुआ। सारे शिक्षक दर्शक दीर्घा में बैठे थे। गाँव के धर्मा महतो, सुमित साहू, धीरज कुमार, सोनालाल चौधरी आदि चार पाँच लोग सम्मिलित हुए। सोनालाल उनमें सर्वथा योग्य था। गाँव के सभी लोग उसकी तारीफ करते थे। पढ़े-लिखे होने के कारण यदा-कदा स्कूल के शैक्षणिक स्तर पर टिप्पणी भी किया करता था। पढ़े लिखे लोगों को हेडमास्टर साहब वैसे भी पसंद नहीं करते थे। सोनालाल उन्हें फूटी आँख नहीं सुहाता था। आज विडम्बना थी कि दोनों आमने-सामने थे। इंटरव्यू के प्रश्नों का स्तर धर्मा, सुमित और धीरज के ज्ञान के स्तर से मेल नहीं खाता था, फिर भी हेडमास्टर साहब ने उनके इंटरव्यू पर अनुकूल टिप्पणी की थी। अंत में सोनालाल की बारी आई। हेडमास्टर साहब ने प्रश्नों के जखीरे में से एक प्रश्न पूछा–

"कलकत्ता भारत की किस दिशा में स्थित है?"

"पूरब में।" सोनालाल ने पूरे आत्मविश्वास के साथ उत्तर दिया।

हेडमास्टर साहब ठठाकर हँस पड़े– "का बोला पूरब?"

"जी सर! पूरब में है कलकत्ता।" सोनालाल एक बार फिर दुहराया।

"सुन रहे हैं शम्भु जी!" शम्भु जी भौंचक थे। आखिर हेडमास्टर साहब

कहना क्या चाहते हैं!

हेडमास्टर साहब सुदर्शन जी की ओर मुखातिब होकर बोले–

"कलकत्ता पच्छिम बंगाल में है न, त पूरब में कैसे हो गया जी?"

शम्भु जी की हँसी रुकने का नाम नहीं ले रही थी इसलिए वे बाहर निकल आए। वहाँ बैठे शिक्षकों ने 'बॉस इज ऑलवेज राईट' के सिद्धांत का पालन किया। दो बजे हेडमास्टर साहब ने इंटरव्यू का परिणाम घोषित कर दिया। उनके मकान-मालिक का बेटा सुमित साहू सबसे योग्य उम्मीदवार निकला क्योंकि उसका कलकत्ता पच्छिम में था। उसने कल शाम को ही 'दो सौ प्रतिमाह का मौखिक शपथ-पत्र' हेडमास्टर साहब की सेवा में प्रस्तुत कर दिया था। तमतमाया सोनालाल बाहर निकला और बाहर खड़े शम्भु जी से बोला–

"का सर! ई हेडमास्टर को तो कलकत्ता पच्छिम में दिखता है। इसका तो डिग्री का जाँच होना चाहिए! हम तो विभाग को लिखेंगे।"

मध्यावकाश के बाद घंटी बजी। सभी छात्र अपनी-अपनी कक्षा में आ गए। बदरी बाबू अपनी कक्षा से निकलकर शम्भु जी के पास आए और बोले–

"सर! कलकत्ता को हम पुरुब में जानते थे। मगर हेडमास्टर साहब का कहना तो ठीक है कि पच्छिम बंगाल में है तो पुरुब में कैसे होगा?" हेडमास्टर साहब के इस विश्लेषणपरक तर्क से बदरी बाबू चकित थे।

"हेडमास्टर साहब कहे हैं तो कुछ तो बात होगी बदरी सर! कलकत्ता के बारे में बाद में बात करेंगे आपसे।" कहकर शम्भु जी ने बदरी बाबू से पिंड छुड़ाया।

राजापुरी लौटते हुए बस में शम्भु जी ने कृष्णमोहनजी को कलकत्ते के नयी स्थिति की जानकारी दी तो उन्होंने निर्विकार भाव से कहा– "दिल्ली भी तो बंगाल की खाड़ी के किनारे है।" कहकर आदतन जोरों का ठहाका लगाया।

दिसंबर का दूसरा सप्ताह चल रहा था। बाईस तारीख के बाद विद्यालय में बड़े दिन की छुट्टियाँ होनी थीं। सत्र समाप्त हो चुका था। सातवीं कक्षा के छात्रों को विद्यालय परित्याग प्रमाण पत्र जिसे शॉर्टकट में टी.सी कहा जाता, दिए जा रहे थे। गुनगुनी धूप में हेडमास्टर साहब कुर्सी टेबल लगाकर बैठे थे। चेतन जी छात्र की टी.सी पर आवश्यक विवरण भर देते और हेडमास्टर साहब दस्तखत कर देते फिर उसके काउंटरफॉयल पर छात्र से लिखवाते–

"लिखो! मैंने अपना टी.सी. पाया।"

इसके बाद छात्र की आर्थिक स्थिति का आकलन करते और तदनुसार कम से कम बीस रुपए लेते। अधिकतम की कोई सीमा तय नहीं थी। वह छात्र की

भक्ति पर निर्भर करता था। हालाँकि ऐसे भक्त छात्रों की संख्या नगण्य थी। इसी क्रम में सीमा कुमारी अपना टी.सी लेने आई। हेडमास्टर साहब ने उससे कहा–

"लिखो! मैंने अपना टी.सी पाई।" वह लिखने को उद्यत हुई तो शम्भु जी ने टोक दिया–

"मैंने अपना टी.सी पाया, लिखो।" शम्भु जी की यह दखल हेडमास्टर साहब को बर्दाश्त नहीं हुई। झट से बोले–

"पायी लिखेगी शम्भु जी! इस्तिलिंग है न।"

शम्भु जी ने अपने आपको सँभाला और व्याकरण के इस नए नियम को सविनय स्वीकार किया क्योंकि जहाँ भारत का नया भूगोल गढ़ा जाता है वहाँ के व्याकरण के अभिनव सिद्धांतों को स्वीकारने में हिचक कैसी? इतिहास, भूगोल, भाषा आदि के क्षेत्र में अपनी इन अभिनव शैलियों के प्रयोग के लिए कभी-कभी शिक्षकों को भारी कीमत अदा करनी पड़ी थी।

(18)

"कबडी..कबडी..कबडी...कबडी...ई...ई...ईईई...।"

" साँस टूट गया। चलो रुकमिन बाहर निकलो।" ललिता बोली।

आज विद्यालय में शुक्रवार को अंतिम पीरियड खेल का था। सभी बच्चे अपनी-अपनी टोली बनाकर अपनी पसंद का खेल खेल रहे थे। कुछ बच्चे हरी घास पर बैठे दर्शक बने खेल देखने का आनंद ले रहे थे।

"बेईमानी करती है तुमलोग। नई खेलेंगे तुमलोग साथ।" रुकमिन ने रोष भरे स्वर में कहा।

"का बेईमानी करते हैं? साँस टूटा तो बाहर नई करेंगे?" ललिता बोली।

"जसिंता हमको पकड़ के गुदगुदी करती है तो साँस नई टूटेगा?"

"तुम झूठ बोलती है। पूछो ललिता से?।" जसिंता ने अपना बचाव किया।

"ललिता से का पूछें?"

"तो अपना ही संगी से पूछ लो न? का संध्या?"

संध्या ने मौन साध लिया था। कोई रुकमिन के पक्ष में नहीं बोल रहा था। उसके मुख पर उदासी की रेखाएँ खिंच गईं कि कोई अन्याय के खिलाफ आवाज़ नहीं उठा रहा था।

"हाँ जसिंता? इ तो बेईमानी है। हमलोग खेल देख रहे थे।" खेल देख रहा जीवन उनके बीच जाकर बोला।

"तुम इधर काहे बोल रहा है? तुम जाओ न लड़का लोग साथ खेलो।" जसिंता जीवन पर उबल पड़ी।

"काहे नई बोलेंगे? गलत होगा तो बोलेंगे।"

"आया बड़ा बोलनेवाला! बहुत नेह-छोह है रुकमिन से जो उसका तरफ से बोलने आया है? दूसरा गाँव से आके यहाँ..."

जसिंता की बात पूरी भी न हो पाई थी कि रुकमिन जोर से चीखी–

"जसिंता आऽऽऽ... चुप्प रहो। जीवन को काहे बोल रही है? जो बोलना है हमको बोलो।"

जसिंता खामोश हो गई। उसे लगा कि उसने कुछ ज्यादा ही बोल दिया।

"हम नई खेलेंगे। हम जा रहे हैं।" रुकमिन बोली।

खेल का यह झगड़ा सुलझता तब तक छुट्टी की घंटी बज गई। रुकमिन आज जसिंता, संध्या और ललिता से अलग कंधे पर अपना बस्ता लटकाए अकेली अपने घर के रास्ते चली जा रही थी। जीवन भी अपनी कलम कॉपी लेकर रुकमिन के साथ हो लिया। रुकमिन ने देखा कि जीवन उसके साथ-साथ चल रहा है, पर वह कुछ न बोली। जीवन को उसकी वजह से जसिंता ने जो भला-बुरा कहा उससे उसके मन में ग्लानि और दुःख के मिले जुले भाव थे। किसी ने उसका साथ नहीं दिया था। बेईमानी से संघर्ष करने में अकेले जीवन उसके साथ खड़ा हुआ था इसलिए मन में उसके प्रति कृतज्ञता के भाव थे। जीवन ने चुप्पी तोड़ते हुए कहा–

"जसिंता बेईमानी नहीं करती तो तुमरा टीम जीत जाता।"

रुकमिन के मन में जो भाव थे वे आँखों में उतर आए। उसने कृतज्ञता भरी दृष्टि से जीवन को देखा और छोटा-सा उत्तर दिया–

"हाँ।"

"कोई बात नहीं। खेल में ई सब होता है।"

"हाँ, पर जसिंता बहुत लड़ाकिन है। तुमको काही-जाहि बोल दी। हमको बहुत खराब लग रहा है।"

"उ बोली तो तुमको काहे खराब लग रहा है? छोड़ो इ सब बात।"

घर आ गया था। रुकमिन अपने दरवाजे की ओर बढ़ी और जीवन उसके ठीक सामने अपनी बुआ के घर की ओर। चौथी कक्षा में पढ़नेवाली रुकमिन अपने बारहवें वर्ष में थी। आज जैसे वह एकाएक बड़ी हो गई। उसे लगा जैसे जीवन उसके बहुत निकट आ गया है। कोई शक्ति उसे उसकी ओर खींच रही है। दरवाजा बंद करते हुए रुकमिन जीवन को देखती रही। रह-रह कर जसिंता की बात उसके कानों में गूँजती– "बड़ा नेह-छोह है रुकमिन से...।"

जीवन उसकी चाची के चचेरे भाई का बेटा था। रुकमिन की चाची रिश्ते में जीवन की बुआ होती थी। वह बचपन से ही अपनी बुआ के घर आता तो रुकमिन के घर भी आया-जाया करता। वह जब कभी अपनी माँ के साथ हफ्ते दस दिन के लिए अपनी बुआ के घर आता तो रुकमिन के साथ मदरेचा के विद्यालय में पढ़ने के लिए आ जाता। वह रुकमिन से चार साल बड़ा था और

सातवीं कक्षा में पढ़ता था। गाँव के स्कूल शहर के पब्लिक स्कूलों की तरह नहीं होते। कोई बाहर का भी छात्र अस्थायी रूप से कक्षा में बैठे, पढ़ाई करे तो इसके लिए कोई रोक-टोक नहीं होती है।

चंचलता से भरी रहनेवाली रुकमिन आज घर के एकांत में चुप-सी बैठी विचारों के लहरों में डूब-उतरा रही थी। खेल में बेईमानी की बात तो कबके उसके दिमाग से उतर गई। वह जीवन के बारे में सोच रही थी-"कितना अच्छा व्यवहार है उसका। वक्त पर साथ देने वाला। पढ़ाई में भी बहुत तेज।"

हृदय में अनायास प्रविष्ट इस आकर्षण शक्ति से बँधी रुकमिन की निगाह अब जीवन पर रहती। अक्सर अपनी चाची के घर चली जाती और पढ़ाई की बाबत कुछ पूछने के बहाने जीवन के निकट बैठती। कभी जीवन भी उसके घर आता तो वह पूरे समय उसके पास बैठी बतियाती रहती। इससे उसके दिल को बहुत सुकून मिलता।

दस दिन बीत गए। जीवन अपनी माँ के साथ अपने गाँव लौट रहा था। विद्यालय जाने को उद्यत रुकमिन ने देखा उसकी चाची, जीवन और उसकी माँ को विदा कर रही थी। रुकमिन की निगाहें निर्निमेष जीवन को निहारती रहीं और जीवन इस बात से अनजान अपनी बुआ से बातचीत में मशगूल था। जब तक दोनों माँ बेटे बस स्टैंड की ओर नहीं बढ़ गए रुकमिन अपने दरवाजे की ओट से जीवन को देखती रही। आज उसे स्कूल जाने का मन नहीं कर रहा था, पर माँ बहुत सवाल पूछती क्योंकि वह एक दिन भी स्कूल नहीं छोड़ती थी। वह बुझे मन से स्कूल चली आई। पढ़ाई में उसका मन न लगा। शम्भु जी ने उसकी स्वाभाविक चंचलता में शिथिलता देखी तो पूछा–

"क्या बात है रुकमिन? तबीयत ठीक नहीं है क्या?"

"ठीक है सर।"

"नहीं, आज बहुत चुपचाप हो। और कोई बात है?"

"नहीं सर, ठीक है सर।" रुकमिन ने अपना उत्तर दुहरा दिया।

शम्भु जी ने भी कुछ अधिक नहीं पूछा। रुकमिन शम्भु सर को क्या जवाब दे? उसे खुद समझ नहीं आ रहा था कि उसके हृदय में सूनापन क्यों घिर आया है? ऐसी अनुभूति उसे पहले कभी नहीं हुई थी। जीवन तो पहले भी उसके साथ पढ़ता खेलता रहा था। दो दिनों के बाद वह अपने पुराने रंग में लौट आई। फिर सखियों के साथ खेलना-कूदना, झगड़ना-रूठना, कक्षा में पहले जवाब देने को तत्पर रहना। हाँ जब कभी प्रसंगवश उसे जीवन की याद आती तो वह खो-सी जाती।

यह प्रेम का अंकुरण था। उस दिन खेल की परिस्थितियों ने खाद-पानी

डाला तो अंकुर फूट पड़ा। जीवन के छोटे बड़े संघर्षों से जूझता मानव हृदय जब अपनों में नितांत अपने को ढूँढ लेता है तो उससे अपने वे सारे सुख-दुःख साझा करता है जो अब तक उसके मन के एकांत कोने में पड़े किसी आत्मीय साझीदार की प्रतीक्षा कर रहे होते हैं।

(19)

एक बार एक प्राथमिक विद्यालय में कमिश्नरी स्तर के बड़े साहब निरीक्षण यात्रा में आ पहुँचे। दरअसल प्राइमरी से वसूली तो उनसे जूनियर साहब ही करते थे लेकिन उस दिन उच्चतर विद्यालयों के निरीक्षण सम्पन्न कर लौटते हुए साहब को अपनी जेब हल्की प्रतीत हुई। रास्ते में सड़क से लगे एक प्राथमिक विद्यालय पर उनकी गिद्धदृष्टि पड़ी तो ड्राइवर को उस निरीह प्राइमरी स्कूल में चलने का आदेश दे डाला। दोपहर के ढाई बजे का वक्त था। एक शिक्षक भोजनावकाश का भरपूर उपभोग कर लौटे बरामदे में अपनी कुर्सी पर आँखें बंद किये निर्विकल्पक समाधि में लीन थे। शेष दो शिक्षक किसी गंभीर राष्ट्रीय समस्या के निदान पर विचार विमर्श में डूबे हथेली पर ताम्बूल रगड़ते हुए बीच-बीच में खीसें निपोर रहे थे। कुछ बच्चे खेल रहे थे। कुछ अपने मध्यावकाश को पूर्णावकाश मानकर घर पर विश्राम कर रहे थे। अचानक बड़े साहब की स्कार्पियो ने परिसर में एंट्री ली। इस आतंकवादी हमले के लिए शिक्षक बिलकुल तैयार न थे। अब तक जिन साहबों ने विद्यालय को अपने निरीक्षण से उपकृत किया था उनकी और उनके वाहन की दिव्य छवि शिक्षकों के हृदय-पटल पर अंकित थी। ये गाड़ी भी नई और साहब भी नए। स्थूलकाय साहब ने विद्यालय का दृश्य देखा तो अपने अन्दर थोड़ा रोष भरा और बोले–

"ये क्या चल रहा है जी?" सारे शिक्षक चुप।

"सभी शिक्षक अपनी-अपनी कक्षा में जाइए।" आदेश हुआ।

साहब के ड्राइवर ने एक शिक्षक के कान में कहा– "परमंडल वाले साहब हैं।

"कोन साहब?" शिक्षक ने धीरे से पूछ लिया। प्रमंडल के साहब ने कभी विद्यालय में पग नहीं धरे थे अतः शिक्षकों को जिला वाले साहब से बड़े किसी साहब का दीदार नहीं हुआ था।

"जिला वाले से ऊपर वाले साहब।" ड्राइवर ने व्याख्या की।

इसी बीच साहब कक्षा में प्रवेश कर चुके थे। उन्होंने चॉक उठाया और ब्लैकबोर्ड पर चार शब्द लिखे– "शर्वरी, मसि, इन्दीवर, सितांशु।" बच्चों की ओर देखा भी नहीं और शिक्षक से पूछा–

"इन शब्दों का अर्थ बताओ।"

प्राथमिक विद्यालय के उस शिक्षक ने ये चारों शब्द जीवन में पहली बार सुने थे, अर्थ तो क्या बताते। मौन साधे खड़े रहे। बड़े साहब ने फिर दुहराया–

"बतलाओ। किसी एक का भी अर्थ बताओ।"

उत्तर में वही मौन छाया रहा। साहब इसी मौन की तलाश में थे। बोले–

"शिक्षक के पद पर तुम्हारी नियुक्ति कैसे हो गई? तुम्हें तो हिन्दी का शब्द ज्ञान भी नहीं है।"

शिक्षक भयभीत खड़े थे। भयभीत इसलिए नहीं कि उन्हें शब्दों के अर्थ नहीं मालूम थे बल्कि इसलिए कि इस प्रमंडल वाले साहब का रेट पता नहीं कितना हो। साहब ने उनसे कहा–

"अगले मंगलवार को ऑफिस में आओ।"

"जी सर।" हुक्म की तामील हुई।

अगली कक्षा में शिक्षक गणित पढ़ा रहे थे। वहाँ भी साहब ने प्रश्नों की गठरी खोल दी–

"बताओ, महत्तम समापवर्तक से क्या समझते हो?"

शिक्षक रोज़ बच्चों को महत्तम समापवर्तक निकालना सिखाते थे, और सही सिखाते थे। वे मन ही मन बोलने लगे–

"अरे भई! नौ और अठारह का, पाँच और पन्द्रह का महत्तम समापवर्तक कितना होगा, कैसे पता करेंगे, ये पूछ लो। अब ये महत्तम समापवर्तक होता क्या है, हमें क्या पता! ये कोई प्रश्न हुआ!"

साहब को फिर मौन की सौगात मिली। उन्होंने कहा–

"तुमलोग शिक्षक कैसे बन गए जी? तुमलोगों की डिग्री सही है भी कि नहीं? ऑफिस में आओ अगले मंगलवार को।"

दौरा खत्म कर साहब गाड़ी में बैठे और रवाना हो गए। आज दौरे के अंत में कई मछलियाँ एक साथ पकड़ी गईं थीं। मंगलवार आने से पहले ही उन शिक्षकों को 'शो कॉज' आ चुका था। साहब के हुक्म की तामील करते हुए वे सब मंगलवार को उनके दरबार में हाज़िर हुए। उन्हें साहब के बड़ा बाबू ने उस 'शो कॉज' का जवाब लिखवाया और कहा

"साहब तो आपलोगों का सटिफिकेट का जाँच करवा देते। बहुत कह-सुन

कर उनको राजी किए हैं।"

शिक्षकों के चेहरे पर आतंक के भाव थे; इसलिए नहीं कि साहब सर्टिफिकेट की जाँच करवाते बल्कि इसलिए कि साहब कितना बड़ा मुँह खोलेंगे।

"केतना पर राजी हुए?" एक शिक्षक ने पूछा–

"पाँच हज़ार पर हेड।" निर्विकार भाव से बाबू ने उत्तर दिया।

शिक्षकों के माथे पर बाल पड़ गए। ये तो सचमुच महत्तम समापवर्तक वाले साहब सिद्ध हुए। आज तक की नौकरी में एक मुश्त पाँच हज़ार किसी साहब को नहीं देना पड़ा था। उनमें एक शिक्षक ने सबको समझाया–

"जल में रह के मगर से बैर ठीक नई है।"

"तो पाँच हज़ार दे दें?" एक शिक्षक ने थोड़े रोष में कहा।

"अरे! पाँच हज़ार तो बड़ा बबुआ बोल रहा है न। इ तो दू का पाँच करता है। थोड़ा बारगेनिंग करना पड़ेगा।" उस बुद्धिमान् शिक्षक की बात सबको जँची। वे लोग बड़ा बाबू के पास पहुँचे–

बड़ा बाबू! पाँच हज़ार तो बहुते जादा है। हमलोग का वेतन भी तो देखिए। सोलह हज़ार में कहाँ से देंगे!"

बड़ा बाबू किसी फ़ाइल में नज़रें गड़ाए बैठा था। उसने सिर भी न उठाया। शिक्षक चुपचाप उसकी टेबल के सामने खड़े उत्तर की प्रतीक्षा में थे।

"बड़ा बाबू! थोड़ा ध्यान दीजिए हमलोग पर। कम वेतन पाते हैं। ऊपर का भी कोई कमाई है नहीं। कहाँ से देंगे एतना पैसा?"

"अरे मास्टर साहब! आप तो ऐसा बोल रहे हैं जैसे हम माँग रहे हैं। जिला का साहब जाता है तो देते हैं न जी? इनका रेट उनसे दोगुना तिगुना तो होबे करेगा। ई तो परमंडल का साहब हैं। पद परतिष्ठा भी तो देखिए!"

"फिर भी, पाँच हज़ार!"

"क्या फिर भी? आपलोग तो पंसारी का दूकान समझ लिए हैं। जाइए खुद साहब से मिल लीजिए।"

साहब से कौन मिलने जाए। पता नहीं साहब क्या पूछ दें? साहब लोग खुद पैसे की बात करते भी नहीं। किरानी ही उनका मुँह होता है– 'किरानी अस्य मुखमासीत्।' शिक्षकों ने फिर चिरौरी की–

"बड़ा बाबू! हमलोग को साहब के पास जाना होता तो आपके पास काहे आते? आप जो कहिएगा ओही न करेंगे। पाँच पर थोड़ा विचार कीजिए।"

"केतना लाए हैं? आप ही लोग बोलिए।"

"हमलोग तो दू-दू हज़ार ले के आए हैं।"

"इस्कूल इंस्पेक्टर समझे हैं का जी! उसको हज़ार देते हैं न? ई उसका बाप का बाप है। मतलब साहेब का परतिष्ठा का कुच्छो ध्यान नहीं है। आपलोग का स्थिति पर तरस आता है। जाइए चार दे दीजिए हम कोसिस करेंगे।"

"तीन कर दीजिए बड़ा बाबू! हमलोग भी राजी-खुसी से दे देंगे।"

"आपलोग अपना राजी-खुसी देखिए। साहब का राजी खुसी से का मतलब आप लोग को? दूसरा 'शो कॉज' देंगे न साहब तो पाँच के जगह सात भी दीजिएगा।"

"ठीक है चलिए आपका भी बात रखते हैं आप हमलोग का भी रखिये, साढ़े तीन दे रहे हैं।"

बाबू ने तीखी निगाहों से देखा और बोला- "आपलोग को समझाना बहुत मोसकिल है। लाइए जो देना है दीजिए। लेकिन सुन लीजिए साहब एतना पर नहीं माने तो...।"

"तो हमलोग कहीं भाग रहे हैं बड़ा बाबू?" एक शिक्षक ने बीच में ही कहा।

"ठीक है। जाइए।"

साहब के कार्यालय से बाहर निकलकर सभी शिक्षक चाय दूकान पर चाय पीने लगे। तभी ट्रेजरी से लौटते शम्भु जी पर उनकी नज़र पड़ी। सारे शिक्षक पास के ही ब्लॉक के थे अतः रास्ते में आते जाते शम्भु जी से अच्छी पहचान थी। शम्भु जी से नज़रें मिली तो अभिवादन का आदान प्रदान हुआ-

"परनाम शम्भु सर! लगता है ट्रेजरी से आ रहे हैं?"

"प्रणाम। हाँ, आज छब्बीस तारीख हो गया न! वेतन का बिल जमा कर दिए। आज आपलोग इस गली का चाय पी रहे हैं?"

"हाँ सर, आज इधर परमंडल का चाय पीना पड़ रहा है।" कहते हुए शिक्षक महोदय ने आँख से बड़े साहब की ऑफिस की ओर इशारा किया।"

"इसके यहाँ कौन काम पड़ गया?" शम्भु जी ने पूछा।

"अरे काम क्या पड़ेगा सर! एक दिन हमलोग का स्कूल में घुस गया और काही जाही पूछने लगा। का का उलटा सीधा शब्द का मीनिंग...।"

"ओहो! मसि, शर्वरी, इन्दीवर...। यही सब पूछा होगा।" शम्भु जी ने कहा। जिनको इन शब्दों के लिए साढ़े तीन हज़ार चुकाने पड़े थे वे चिहुँक पड़े-

"हाँ, हाँ एकदम यही सब। पर आपको कैसे मालूम है सर? इ ख़बर तो हमलोग का स्कूल से बाहर नहीं गया है।"

"अरे आपके स्कूल से बाहर नहीं गया है। आजकल इ प्राइमरी में जहाँ-तहाँ घुस जा रहा है और यही सब शब्द और लघुतम महत्तम पूछ रहा है। इसको ठीक करेगा तिवारी।"

"कोन तिवारी?"

"शिक्षक संघ का महासचिव।"

"हाँ सर, कुछ तो करना पड़ेगा। अभिए हमलोग से पाँच-पाँच का डिमांड किया था।"

"ठीक है। एक दिन तिवारी के पास जाते हैं।" कहकर शम्भु जी निकल गए।

शिक्षक संघ के महासचिव विजय तिवारी शम्भु जी के लंगोटिया थे। दोनों स्कूल में साथ-साथ पढ़े थे। तिवारीजी राजापुरी शहर के बीच एक विद्यालय में पोस्टेड थे। वैसे भी नेताओं को मनचाही पोस्टिंग लेने में कठिनाई नहीं होती। शम्भु जी तो राजापुरी में रहते ही थे। एक दिन मौक़ा पाकर तिवारीजी के स्कूल में पहुँचे। तिवारीजी ने देखते ही कहा–

"आओ भईवा आओ! कैसे कैसे? हम तो बस निकल ही रहे थे, मेरा भाग्य अच्छा था कि तुमसे मुलाक़ात हो गई।"

"अरे तिवारी! अभी एगारहे बजे निकलने का टाइम हो गया? कभी-कभी पढ़ा भी दिया करो।"

"उ बात नहीं है बाबा! पढ़ाते तो हइए हैं। बीच-बीच में अफसर लोग को भी पढ़ाने जाना पड़ता है न!"

"न न ठीक है। छात्र लोग को तो हमलोग पढ़ा ही लेंगे। तुम इ अफसर लोग का क्लास लेते रहो। इ कमिश्नरी वाले साहब पगला गए हैं का? प्राइमरी में घुसकर मसि, शर्वरी पूछते चल रहे हैं।"

"हाँ, पता चला है। साले को हाई स्कूल से पेट नहीं भर रहा है। एक दिन उसका भी हिसाब-किताब करते हैं। एक काम करो न बाबा! पाँच ठो टाईट-टाईट शब्द और उसका अर्थ लिख के दो न! जरा उसका भी टेस्ट ले लिया जाए। ऐसा वर्ड दो कि साहेब...।"

" साहेब! इ साहेब उ साहेब कोई साहेब नहीं बताएगा जी! फुल गारंटी। एम.ए. में यही खुराफात किये हैं।" कहकर शम्भु जी ने एक पर्ची पर शब्द लिखे– कात्स्र्न्य, निलिम्प, भृंगार, मालूर, अंघ्रि। लिखकर पर्ची तिवारीजी को बढ़ा दी।

"कार्तऽऽऽ सऽऽ स्न...। साला इ तो पढ़ना ही मुश्किल है तो अर्थ का बताएगा? साथ चलो। कल ही इनको इ कार्त्सन... वाला इंजेक्शन दे देते हैं।"

"मेरा जाना ठीक है? तुम तो नेता हो।"

"अरे! हम अकेले नहीं जा रहे हैं। यादवजी, गुप्ताजी और भी संघ का आठ दस ठो नेता रहेगा। संघ को देखते साहब का फटने लगता है। कल पाँच बजे आओ उसका ऑफिस में। कहीं छापामारी में जाएगा तो भी चार साढ़े चार

तक लौट आयेगा।"

"ठीक है।"

"पक्का।"

"हाँ जी पक्का।"

अगले दिन पाँच बजे के पहले ही दस बारह नेतागण साहब के द्वार पर थे। शम्भु जी भी पौने पाँच बजे हाज़िर थे। तिवारीजी का इन्तज़ार हो रहा था। दस मिनट में एक शिक्षक की बाइक पर पीछे बैठे तिवारीजी भी पधारे। मूड में थे तिवारीजी। ब्लैक डॉग का असर झलक रहा था। सदल-बल वे सीधे साहब के चेंबर के पास पहुँचे। चपरासी से पूछा–

"साहब हैं?" चपरासी मटरू तिवारीजी को पहचानता था। हाथ जोड़ते हुए बोला–

"जी सर। खालिए बैठे हैं।" सन्देश मिलते ही तिवारीजी अपनी सेना के चार-पाँच सैनिकों के साथ चेंबर में दाखिल हुए और दोनों हाथ उठाकर जोरों का अभिवादन किया–

"प्रणाम सर! क्या हालचाल है?"

ऐसे तीव्र स्वरवाले प्रणाम से साहब लोग बहुत घबराते हैं, क्योंकि वह प्रणाम कुछ और अर्थ समेटे होता है। तिवारीजी के प्रणाम का स्वर साहब समझ गए। उन्होंने प्रणाम को सादर ग्रहण करते हुए कहा–

"आइए आइए तिवारीजी! बहुत दिन के बाद आए! कैसे आना हुआ?" कहते हुए उन्होंने टेबल पर रखी बेल बजाई। एक पिउन दौड़कर आया तो उन्होंने चाय लाने को कहा।

"हमलोग तो इधर आते रहते हैं सर! आप ही बहुत बिजी रहते हैं। आजकल कुछ ज्यादा ही बिजी हैं।"

"हाँ वर्कलोड तो रहता ही है, लेकिन इतना भी बिजी नहीं हैं। खैर छोड़िये। स्कूल ठीक चल रहा है न? कोई काम था क्या?"

"सर! आपलोग साहब हैं, विद्वान् हैं, तो सोचे कि दर्शन कर लिया जाए। कुछ शब्द का मीनिंग समझ में नहीं आ रहा था तो सोचा कि पूछते चलें?" कहकर तिवारीजी ने पर्ची साहब की ओर बढ़ा दी।

साहब ने पर्ची पर एक नज़र डाली। पहले ही शब्द में अटक गए। पढ़ भी न पा रहे थे। माजरा समझ गए। हँसते हुए तिवारीजी से बोले–

"आप भी क्या शब्दजाल में फँसे हैं! अरे! प्राइमरी मिड्ल में पढ़ाने के लिए इन सब शब्दों की क्या जरूरत है?"

"जरूरत है सर। जब कोई साहब आकर इस तरह के शब्द प्राइमरी में पूछने लगे तो शिक्षक को जवाब तो देना पड़ता है न?"

"हुआ क्या तिवारीजी? साफ़-साफ़ बोलिए। आपका कोई काम रुका है?"

"देखिए सर शब्दों की दुनिया बहुत बड़ी है। कोई कैसा भी साहब उसका पार नहीं पा सकता है। आपसे इतना ही कहना है कि इ सब नाटक-नौटंकी बंद कीजिए और अपना फील्ड में ही कमाइए खाइए। इधर प्राइमरी को सुपरिंटेंडेंट साहब देख लेंगे। ठीक है। अब अनुमति दीजिए, प्रणाम।" कहकर तिवारीजी साहब के उत्तर का इन्तज़ार किए बिना चेंबर से निकल गए।

पिउन चाय लेकर आ चुका था। साहब ने उसे देर से आने के लिए झिड़का और पर्ची को फिर से देखने लगे– "कार्तऽऽ सन्यऽऽ...।"

(20)

मई का महीना आधा गुजर चुका था। गर्मी अपने शबाब पर थी। अठारह मई से आठ जून तक विद्यालयों में ग्रीष्मावकाश था। ग्रीष्मावकाश शिक्षकों के लिए राहत का समय होता। प्रचण्ड गर्मी में नौकरी की झंझटों से दूर वेतन के साथ लम्बे अवकाश में वे अपने घर में आराम फरमाते होते। इंस्पेक्टर साहब के लिए यह ग्रीष्मावकाश सूखा-सूखा होता। उनकी हरियाली में कमी आ जाती क्योंकि विद्यालय ही बंद होता लिहाजा इन्स्पेक्शन का रोज़गार भी ठप्प पड़ जाता। आखिर आठ जून आ ही गया। नौ जून से विद्यालय खुल जाने थे। गर्मी की छुट्टी के बाद विद्यालय खुलने का दिन इंस्पेक्टर साहब के लिए बड़ा लाभदायक सिद्ध होता क्योंकि दूर रहनेवाले बहुत से शिक्षक उसी दिन घर से चलते। पचास साठ किलोमीटर दूर से आने में समय पर पहुँच पाना सबके वश में नहीं होता। किसी की गाड़ी लेट हो जाती, किसी का दोपहिया खराब हो जाता, किसी को आदतन देर होती। इंस्पेक्टर साहब इसी ताक में रहते थे। इस बार भी ठीक नौ बजे अपनी बाईक पर सवार वे ब्लॉक में घूम रहे थे और अपने सूत्रों से पता लगाने की कोशिश कर रहे थे कि मछली कहाँ फँसेगी। सहसा वे ब्लॉक से उत्तर की ओर जानेवाली सड़क पर बढ़ गए। ब्लॉक से चार किलोमीटर दूर सुंडारी गाँव के प्राथमिक विद्यालय के प्रांगण में जाकर उनका दोपहिया रुका। वहाँ एक शिक्षक मनोहर मुण्डा अपने कर्तव्य पर हाज़िर थे, लेकिन दूसरे शिक्षक विकेश सुमन अभी तक पहुँचे नहीं थे। इंस्पेक्टर साहब ने घड़ी देखी– नौ बजकर पचपन मिनट। उन्होंने विद्यालय में प्रवेश किया तो गाड़ी की आवाज़ सुनकर मुण्डाजी सेवा में हाज़िर हुए–

"परनाम सर!"

"क्या मुण्डाजी! अकेले हैं? विकेश मास्टर नहीं है?"

"अभी तक तो नहीं पहुँचे हैं सर! मगर आ जाएँगे।"

"आ जाएँगे सो आपको आकासवानी हुआ है का? टाइम हो गया है और गायब है। अभी पूरा गर्मी छुट्टी इ.एल. हो जाएगा न तब पता चलेगा। लाइए हाजिरी बही।"

मुण्डाजी सरल स्वभाव के सीधे-सादे व्यक्ति थे। कुछ कह न सके। साहब के हुक्म की तामील हुई। मुण्डाजी ने अटेंडेंस रजिस्टर लाकर दे दिया। साहब को जल्दीबाजी थी। उन्होंने विकेश मास्टर की हाजिरी क्रॉस कर अनुपस्थित लिख दिया और निकल गए अगले शिकार की तलाश में। उनके जाने के दस मिनट बाद ही अपनी बाईक पर सवार विकेश विद्यालय परिसर में दाखिल हुए।

"परनाम मुण्डा सर! कैसी रही गर्मी छुट्टी?"

"अरे! गर्मी छुट्टी का बात छोड़िये। अभिये साहेब आये थे। आपका हाजरी में अनुपस्थित लिख दिए हैं।"

विकेश ने घड़ी पर नज़र डाली– दस बजकर पाँच मिनट। हाजिरी बही देखी– लाल कलम से अनुपस्थित लिखा था। विकेश सुमन नए बैच में बहाल होकर आए थे। वे और शम्भु जी सहपाठी रहे थे– राजापुरी के एक प्रतिष्ठित स्कूल में। भीषण गर्मी में विकेश जी राजापुरी से सत्तर बहत्तर किलोमीटर बाईक चलाकर पसीने-पसीने सुंडारी पहुँचे थे। ऊपर से इंस्पेक्टर का कारनामा देख कर गर्मी उनके दिमाग पर चढ़ गई। वे तमतमा उठे और उसी समय विद्यालय से निकल पड़े।

इधर साहब दस बजकर दस मिनट पर मदरेचा में थे। सुदर्शन मास्टर, शम्भु जी, हेडमास्टर साहब कई टीचर तब तक नहीं आये थे। बदरी बाबू और अख्तर साहब बच्चों को प्रार्थना करवा रहे थे। साहब ने हाजिरी बही की माँग की तो अख्तर साहब बोले–

"हाजिरी बही तो हेडमास्टर अपना ऑफिस में बंद करके गए हैं। वही दे पाएँगे।"

"वाह वाह! हाजिरी बही नहीं हुआ हेडमास्टर साहब का जमींदारी बही हो गया! जब अपने आएँगे तब सबका हाजिरी बनेगा? आपलोग प्रेजेंट होकर भी एब्सेंट हैं। इ सब चालाकी बहुत देखे हैं।" कहते हुए इंस्पेक्टर साहब ने डायरी निकाली और लिखा–

"आज दिनांक नौ जून को सवा दस बजे मध्य विद्यालय मदरेचा का निरीक्षण किया। निरीक्षण के दौरान निम्नलिखित शिक्षक अनुपस्थित पाए गए-श्री जगदीश कुमार, श्री शम्भुनाथ, श्री...।" लिखने के बाद अख्तर साहब की ओर मुखातिब हुए–

"अख्तरजी! इस पर साइन कीजिये।" अख्तरजी ने गौर से पढ़ा और बोले–

"अरे सर! गर्मी छुट्टी के बाद पहला दिन है। आ ही जाएँगे सब। इ सब छोड़िये।"

"जो कह रहे हैं कीजिए, बोकराती मत कीजिए।" साहब ने तल्ख आवाज़ में कहा।

"लाइए साइन कर देते हैं, लेकिन अपना भासा ठीक रखिए। बोकराती आप कर रहे हैं। दस मिनट का लेट हो गया तो लगे क़ानून पढ़ने!"

"देखिए अख्तर साहब! हम आपका इज्ज़त करते हैं इसका मतलब आप हमसे इस भासा में बात कीजिएगा? आप नया आये हैं। यहाँ का अफसर हम हैं आप नहीं।"

"अफसर हैं न! तो सुन लीजिये। इ अख्तर का एरिया है। यहाँ आइन्दा मत आइएगा और अगर आए भी तो अपना क़ानून स्कूल के बाहर छोड़ के आइएगा। जाइए अब जो करना है कर लीजिएगा।"

इंस्पेक्टर साहब के पैरों तले जमीन खिसक गई थी। वे मन-ही-मन बोले– "एक ठो तो शम्भु पहले से था ही अब एक ठो और बोकरात मास्टर आ गया है।"

वे चुपचाप ब्लॉक की ओर लौटने लगे। उनका मूड ऑफ़ हो गया था, इसलिए और कहीं और जाने के बजाय उन्होंने ब्लॉक लौट जाना मुनासिब समझा। रास्ते में आज की कमाई पर विचार करने लगे– "अगर विकेश को ई. एल. के लिए मजबूर करेंगे तो कम से कम दो हज़ार, मदरेचा में सुदर्शन, शम्भु और...। सब मिला जुला कर सात-आठ हज़ार तो हो ही जाएगा।"

तब उन्हें नहीं मालूम था कि एक बड़ी आफत घर पर उनका इंतज़ार कर रही है। घड़ी ग्यारह बजा रही थी। इसी बीच इतना कुछ घट चुका था। वे अपने आवास में दाखिल हुए तो कई शिक्षकों ने उनकी अगवानी की–

"परनाम सर! इंस्पेक्सन से जल्दी आ गए सर?"

"हाँ जी, धूप बहुत तेज है।"

चार-पाँच प्रतिभाशाली शिक्षक जो अक्सर उनके आस-पास होते थे, उनके साथ उनके बैठकखाने में आ गए। इसी बीच विकेश वहाँ पर आया। उसे आया देख साहब मन-ही-मन प्रफुल्लित हुए कि रुपया इतनी जल्दी आ गया। विकेश बोला–

"प्रणाम सर! कितना बज रहा है?"

"एगारह बज रहा है। आपके घड़ी में दस बज रहा है का?"

"नहीं नहीं मेरी घड़ी में भी एगारह बज रहा है।"

"पागल जैसा बात काहे कर रहे हैं? कहना क्या है?"

"कहना ये है कि ये दलाल लोग यहाँ एगारह बजे क्या कर रहा है? स्कूल क्यों नहीं गया है? पाँच मिनट लेट होनेवाला अनुपस्थित और दिनभर गायब रहनेवाला उपस्थित! जो आपको तेल लगाएगा उ टीचर बढ़िया और जो बच्चों को पढ़ाएगा आपका चापलूसी नहीं करेगा उ खराब!"

इंस्पेक्टर साहब को कोई टीचर इस तरह बोल दे यह उन्हें बर्दाश्त नहीं था। वे तमतमाते हुए बोले–

"चोप्प! एक तो टाइम से स्कूल नहीं आता है और अफसर से जबान लड़ाता है!"

विकेश ने आव देखा न ताव साहब का कॉलर पकड़ लिया और बोला–

"अभी एगारह बजे तुमरा बारह बजा देंगे! काम करनेवाला को परेशान करते हो! घूस चाहिए?"

तड़ाक तड़ाक। इंस्पेक्टर साहब के दोनों कपोल पर शिक्षक ने शिक्षा दे दी थी। दो चापलूस शिक्षक हिम्मत कर बीच-बचाव करने आये तो विकेश ने उनको कहा–

"किनारे रहो नहीं तो तुम लोग का भी खातिरदारी करेंगे। साले चूतिया दलाल लोग! पढ़ाने का काम छोड़कर यहाँ घूसखोर का दलाली करते हो शर्म नहीं आती! तुमलोग का इंस्पेक्शन सुपरिंटेडेंट साहब से करवाते हैं। दफा हो साले यहाँ से!"

सुपरिंटेडेंट का नाम सुनते ही डर के मारे सारे शिक्षक बाहर निकल गए। विकेश अब तक साहब का गिरेबान पकड़े हुए था–

"सुन लो! मेरा नाम विकेश सुमन है। राजापुरी में मेन रोड के बस स्टैंड में जहाँ बस पकड़ते हो न, जाकर पूछ लेना हम कौन हैं? बाल बच्चा गायब हो जाएगा– एक इशारा पर। यहाँ नौकरी करना है तो ढंग से करो। अभी तो इंट्रोडक्शन दिए हैं। ज्यादा इंस्पेक्शन का शौक है? ऐसा लाचार कर देंगे कि घर के भीतर भी चल नहीं पाओगे। स्साला हरामी घूसखोर!"

"विकेश बाबू हमको नहीं मालूम था आपके बारे में। गलती हो गया। आगे से ऐसा नहीं होगा। माफ़ कीजिये।"

"अभी कहाँ माफी! तुमको दो साल से वाच कर रहे थे। ब्लॉक का सीधा-सादा टीचर लोग के बीच भय का माहौल बना दिए हो। तुम्हारा और तुम्हारे दलाल लोग का हिसाब करेंगे।"

कहकर विकेश बाहर निकल गया। साहब की अफसरी धरी रह गई थी।

आज बारह साल की नौकरी में ये पहला अवसर था जब वे भीतर से डर गए थे वो भी अपने मातहत से। विकेश के शब्द अब भी कानों में गूँज रहे थे-"मेन रोड में पूछ लेना हम कौन हैं? बाल बच्चा गायब हो जाएगा-एक इशारा पर। तुम्हारा और दलाल लोग का हिसाब करेंगे।"

विकेश के जाने के बाद दो दलाल लौटकर आए और साहब के दुःख में शामिल होने का नाटक करते हुए बोले– "थाना चलें सर? ए फाई आर कर दीजिए। इतना बड़ा घटना हुआ है सर!"

"आपलोग यहाँ से जाइए। हमको क्या करना है हम कर लेंगे।"

साहब की इस प्रतिक्रिया से वे समझ गए कि विकेश ने साहब को थाना पुलिस के लायक भी नहीं छोड़ा है। दलालों ने अपनी राह ली। आग की तरह यह बात पूरे ब्लॉक में फैल गई। उस ब्लॉक के इतिहास में इस तरह की क्रांति पहले कभी न हुई थी। दबी जुबान से सारे शिक्षक एक दूसरे से इस घटना की चर्चा करते और आनंद में डूब जाते। शम्भु जी को भी ख़बर मिली। मन-ही-मन उन्होंने अपने सहपाठी की वीरता की सराहना की। एक दिन कृष्णमोहनजी के साथ राजापुरी लौटते हुए बस में चेरो ब्लॉक वाले इंस्पेक्टर साहब मिल गए। उन्होंने पूछा–

"क्या हुआ है शम्भु जी आपके ब्लॉक में? इंस्पेक्टर साहब के साथ मिसबिहेव किया किसी टीचर ने?"

"नहीं सर! टिट फॉर टैट।"

"ये क्या बात हुई? आपलोग पढ़े लिखे हैं, शिक्षक हैं। इस तरह का आचरण शोभा नहीं देता है!"

"टीचर को इस तरह का आचरण शोभा नहीं देता और साहब लोग घूसखोरी करें, सीधे-सादे टीचरों को परेशान करें ये शोभा देता है? समाज से दुराचार मिटाना शिक्षक का कर्तव्य है सर! वही हुआ है। इसपर इतना बवाल क्यों मचा है?"

चेरो वाले इंस्पेक्टर साहब चुप हो गए। दरअसल उन्हें लगा कि यह बीमारी दूसरे ब्लॉक तक न आ पहुँचे। कृष्णमोहनजी ने शम्भु जी से कहा–

"बॉस! इस वीरतापूर्ण कार्य के लिए विकेश को एक बधाई तो बनती है। कल संडे है। कल आइए, उसके घर चलते हैं।"

"ये तो मेरे मुँह की बात आपने कह दी। कल चलेंगे।"

पूरा सप्ताह ब्लॉक में बिताने के बाद विकेश शनिवार की शाम राजापुरी आ जाता था। रविवार की शाम निश्चित समय पर शम्भु जी और कृष्णमोहनजी

विकेश के घर पहुँचे। विकेश ने देखते ही कहा–

"अरे शम्भु! कृष्णमोहन भी है! आओ आओ। कैसे-कैसे गरीबखाना पर तशरीफ़ लाए। और हालचाल बतलाओ।"

"अरे विकेश! गरीबखाना नहीं अमीरखाना बोलो।"

"काहे?"

"थप्पड़ की गूँज दूर-दूर तक पहुँच गई है। चेरो वाला इंस्पेक्टर भी पूछ रहा था कि हुआ क्या था। इ बहुत जरूरी था विकेश भाई! लेकिन एतना मास्टर में तुम ही मर्द निकले। बधाई लो भाई!"

"पीट तो दिए हैं। कहीं डिपार्टमेंट में शिकायत तो नहीं करेगा न?"

"करेगा तो फिर पिटाएगा। संघ का महासचिव तिवारी भी हम ही लोग का बैचमेट है। बोल रहा था कोई समस्या हो तुरंत ख़बर करो। अभी हाल में ही कमिश्नरी वाले डिप्टी डाइरेक्टर को डोज़ दे चुका है।"

"कौन डिप्टी डाइरेक्टर?"

"अरे! वही लघुतम महत्तम।" कृष्णमोहनजी बोले।

"ओह! ऐसे बोलो न!"

"देखो विकेश! घूसखोर के साथ एक बात है कि उ कभी भी कार्रवाई नहीं करेगा। महत्तम वाले साहब को तिवारी क्या नहीं बोल दिया! कुछ कर लिया क्या? इ सब इंस्पेक्टर तिन्स्पेक्टर कोई चीज़ है जी।"

विकेश को उत्साहित कर शम्भु जी और कृष्णमोहनजी ने विदा ली। इधर विकेश की धुनाई से आतंकित साहब को पता चला कि विकेश शम्भु जी और कृष्णमोहनजी का सहपाठी रहा है। एक दिन वे कृष्णमोहनजी के घर जा पहुँचे और बोले–

"शम्भु जी को बुलवाइए। एक जरूरी बात करना है।"

शम्भु जी को ख़बर हुई कि साहब याद कर रहे हैं। बहुत ज़रूरी मसला है। शम्भु जी को कुछ-कुछ अंदाजा हो गया। वे कृष्णमोहनजी के आवास पर पहुँचे। उन्होंने लक्ष्य किया कि साहब के चेहरे पर पहले की-सी साहबियत नहीं है। शम्भु जी को देखते ही साहब ने बिना भूमिका के कहा–

"शम्भु जी! थोड़ा विकेश को बोल दीजिये। हमारा बाल-बच्चा को उठवा लेगा तो हम कहीं के नहीं रहेंगे। धमकी देकर गया है। हमारा मदद कीजिए।"

"हम तो अदना-सा टीचर हैं सर! अफसर को क्या मदद कर पाएँगे? आपके साथ बहुत बुरा हुआ है सर! आपको पुलिस की मदद लेनी चाहिए, टीचर की नहीं।"

"थाना पुलिस छोड़िये शम्भु जी! आपका सहपाठी है। आप जो कहेंगे मान जाएगा। एक बार मेरा मदद कर दीजिए। आपका जो बोलिएगा मदद हम भी कर देंगे।'

"सर! हम ऐसा काम ही नहीं करते कि किसी की मदद की जरूरत पड़े।"

"देखिए शम्भु जी! कृष्णमोहनजी! हम कोई मजाक नहीं कर रहे हैं। हम समस्या में ग्रस्त हैं इसीलिए आपलोग के पास आए हैं।"

साहब का स्वर भर्रा गया था। शम्भु जी समझ गए मामला गंभीर हो चला है। उन्होंने साहब को आश्वस्त किया कि हमलोग विकेश से समझौता वार्ता करवा देंगे। साहब बोले–

"हम आज और कल यहीं रुके हैं राजापुरी में। आजकल में ही मिल लेते तो अच्छा रहता।"

"ठीक है।" कहकर शम्भु जी कृष्णमोहनजी को लेकर फिर विकेश के घर पहुँचे। विकेश ने देखा तो कहा–

"आओ आओ! लगता है कोई गंभीर बात है। तिवारी भेजा है?"

"नहीं। थप्पड़ वाले साहब भेजे हैं।"

"अब काहे के लिए?"

"मन नहीं भरा है।" कृष्णमोहनजी बोले और सबलोग ठठा कर हँसे।

"अरे भाई! भीतर से डरा हुआ है। उसको धमकी दिए हो बच्चा का अपहरण का?"

"ह ह ह ह! तुम तो साथ पढ़े हो न शम्भु? हम कोई गुंडा उंडा हैं? अरे गुस्सा में मुँह से निकल गया।"

"तो समझौता में ऐसा थोड़े बोल देंगे कि गुस्सा में निकल गया है, विकेश कुछ नहीं करेगा। स्साले को भयभीत रहने दो।"

"एक काम करो न। उसको बोल दो कि विकेश का हेडमास्टर मुण्डाजी से जितना घूस लिए हैं वापस कर दीजिए।"

"कितना लिया है लगभग?"

"कोई हिसाब है! बहुत खींचा है। मुण्डाजी बेचारे सीधे-सादे आदमी डरकर दे देते हैं। एक दिन हम दबाव देकर पूछे तो बतलाए। अब बताओ मास्टर ड्यूटी भी करे और इनको घूस भी दे?"

"दस हज़ार बोल देते हैं।"

"बोल दो।"

अगले दिन समझौता वार्ता का निष्कर्ष साहब को सुना दिया गया–

"विकेश के हेडमास्टर मुण्डाजी से बहुत घूस लिए हैं आप। विकेश बोला है कि मुण्डाजी को दस हज़ार पहुँचा दीजिये, आप का कुछ नहीं बिगड़ेगा।'

"मुण्डा से हम दस हज़ार लिए हैं? झूठ बोलता है मुण्डा।"

"आप ही तो एक धर्मात्मा हैं! और सब झूठ बोलता है। लेते समय कोई गवाह रखे थे? नोट समेटने में अच्छा लगता है इंस्पेक्टर साहब? आज देना पड़ रहा है तो दर्द हो रहा है? जब घूस की कमाई देने में इतनी तकलीफ हो रही है तो जरा सोचिये मेहनत की कमाई देने में टीचर पर क्या गुजरती होगी? चुपचाप दस हज़ार पहुँचा दीजिए। इतनी मदद कर दी हमलोगों ने। आगे आपकी सुरक्षा आपके हाथ।"

साहब जो उम्मीद लेकर आए थे उस पर पानी फिर गया था। शम्भु जी ने समझौता तो करा दिया था पर बड़ा महँगा।

(21)

आज शिवरात्रि का पर्व है। मदरेचा गाँव के मंदिर में चहल-पहल है। लाउडस्पीकर पर भजन बज रहा है– 'बसहा बैल कहाँ पाइब हो शिव मानत नाहीं...।' गाँव से लगभग बीस-बाईस किलोमीटर दूर शिवालाधाम में नदी के किनारे शंकर भगवान् का एक पुराना मंदिर है। शिवरात्रि के मौके पर वहाँ विशाल मेला लगता है। आस-पास के गाँवों से हज़ारों की संख्या में लोग वहाँ दर्शन करने आते हैं।

मेला जाने के लिए मदरेचा के लोगों ने एक बस का इंतजाम किया है। झुण्ड के झुण्ड महिलाएँ, पुरुष, बच्चे बस में सवार होने को खड़े हैं। बस के दो-तीन फेरे होंगे। आधे पौन घंटे का सफ़र है। सोरमपुर, सखुआनी, बेरदा होते हुए बस शिवालाधाम पहुँचेगी। रुकमिन और उसकी सखियाँ ललिता और जसिंता अपने-अपने माता-पिता के साथ मेला जा रही हैं। रुकमिन, ललिता और जसिंता ने बस में एक सीट पर कब्जा जमा लिया है और गाल से गाल सटाए गप में मशगूल हैं।

"शिवरात को शंकर भगवान् और पार्वती मैया का शादी का दिन है।" ललिता बोली।

"हाँ, पार्वती मैया बहुत तपस्या की थी तब जाकर शंकर भगवान् उनका पति हुए।" रुकमिन ने कहा।

"तुम उपास की हो रुकमिन?" जसिंता ने प्रश्न किया।

"हाँ।"

"निरजला उपास?" ललिता ने पूछा।

"तुमको बहुत अच्छा पति मिलेगा। पार्वती मैया जैसा तपस्या कर रही हो।" ललिता ने ठिठोली की।

"भक्क।"

"भक्क का?" मन में तो लड्डू फूट रहा है।

"तुम बरत नईं रखी हो?" रुकमिन ने ललिता से पूछा।

"हाँ, रखे हैं।"

"तो दूसरा का हँसी काहे उड़ाती हो?"

"हँसी नहीं उड़ा रहे हैं बाबा। तुमको सुन्दर और भला पति मिले, ई मेरा शुभकामना है।"

"अच्छा ठीक है अब अपना उपदेश बंद करो। तुमको भी अच्छा पति मिलेगा।"

'ही ही ही ही...।' तीनों सखियों की खिलखिलाहट जैसे रास्ते के किनारे-किनारे लगे आमों की मंजरियों को और भी सुगन्धित बना गई। सोलह वर्ष की रुकमिन अब तन और मन दोनों से बड़ी हो गई थी। वह नवीं कक्षा की छात्रा थी। पढ़ाई में अव्वल, पूरे स्कूल में सबसे अधिक अंक लाने वाली।

शिवालाधाम आ गया था। बस नदी के किनारे खड़ी हो गई। एक-एक कर लोग बस से उतरे। नदी की धारा पतली-सी है। घुटने भर पानी, लेकिन ठंडा। सभी ने हाथ पैर धोए, माथे पर जल छिड़का और मंदिर की ओर चले। एक बड़े-से टीले पर शंकर भगवान् का मंदिर है। पुराना, किन्तु रंगाई पुताई किया हुआ स्वच्छ और सुन्दर। मंदिर तक पहुँचने के लिए टीले को काट कर सीढ़ियाँ बनाई गई हैं। दो-ढाई सौ लोगों की भीड़ बिखरी हुई है। कुछ लोग नदी के किनारे बैठे हैं, कुछ मंदिर की सीढ़ियों पर आ जा रहे हैं, क़ुछ मंदिर के बाहर चबूतरे पर बैठे हैं। रुकमिन, ललिता और जसिंता एक-दूसरे का हाथ पकड़े सीढ़ियाँ चढ़ रही हैं। उनके माता-पिता भी पीछे-पीछे आ रहे हैं। मंदिर के द्वार पर लोग पंक्तिबद्ध हैं। एक-एक कर पूजा करके मंदिर के दूसरे द्वार से बाहर निकल रहे हैं। मंदिर के द्वार के ठीक सामने नंदी की मूर्ति है। कुछ भक्त लोग मूर्ति के कानों में अपनी मनोकामना कह रहे हैं। नंदी भगवान् शिव के प्रधान सचिव हैं अतः वे ही भक्तों की प्रार्थना शिव जी तक पहुँचायेंगे। तीनों सखियाँ लोटे में जल और पूजन सामग्री लिए मंदिर के भीतर पहुँचीं। पुजारी जी ने दो-चार मन्त्र पढ़े, पूजा करवाई और बोले–

"भगवान् का धेयान करके अपना-अपना मनोकामना माँगिये।"

आँखें बंद किए सबने अपना वांछित माँग लिया। तीनों ने पुजारी जी को दक्षिणा दी और पुजारी जी ने प्रसाद और भभूत दिया। तीनों बाहर निकलीं तो नंदी के कानों में भी अपनी मनोकामना कह दी और फिर बाहर चबूतरे पर बैठ गईं।

"रुकमिन! तुम का माँगी?" ललिता ने छेड़ा।

"का माँगे सो तुमको बताना जरूरी है का?"

"काहे, हम शंकर भगवान् को मना कर देंगे का?"

"नहीं। मनोकामना मन का भीतर रखना चाहिए। किसी को नहीं बताना चाहिए।" जवाब देते हुए रुकमिन उठ खड़ी हुई और बोली-

"चलो अब मेला घूमने।"

तीनों सखियाँ नदी के किनारे लगे मेले में चले आईं। मेले में पचासों अस्थायी दूकानें लगी थीं। वहाँ भाँति-भाँति के सामान बिक रहे थे। कहीं चूड़ी, बिंदी आदि श्रृंगार प्रसाधनों की दूकान थी तो कहीं कुदाल, हँसुआ, खुरपी जैसे खेती के औजार बिक रहे थे। कहीं सूप, टोकरी, चलनी आदि घरेलू सामान अपने खरीदार के इंतज़ार में थे तो कहीं मिठाइयों की दूकानें सजी थीं। तीनों लड़कियाँ श्रृंगार प्रसाधन की दूकान पर खड़ी अपनी पसंद की चीजें देख रही थीं। इतने में रुकमिन बोली-

"ललिता! तुमलोग पसंद करो हम थोड़ा देर में आते हैं।"

ललिता जब तक कुछ पूछती रुकमिन तेजी से वहाँ से निकल गई। वह मंदिर के पिछवाड़े की ओर बढ़ी। उसने मेले में दूर से ही जीवन को मंदिर की सीढ़ियाँ चढ़ते देख लिया था। मंदिर के पिछले द्वार पर खड़ी उसने थोड़ी देर प्रतीक्षा की। भगवान् के दर्शन कर जीवन पिछले द्वार से निकला तो सामने रुकमिन खड़ी मिल गई।

"अरे रुकमिन! अकेले आई हो?"

"नहीं, माँ पिताजी भी हैं। उ सब नीचे मेला में हैं।"

"इस तरफ आ जाओ यहाँ बहुत भीड़ है।" जीवन ने कहा।

दोनों मंदिर के पिछवाड़े में खड़े एक-दूसरे को प्रश्नवाचक दृष्टि से देख रहे थे। जीवन ने चुप्पी तोड़ी-

"और सब समाचार कैसा है? पढ़ाई ठीक से चल रहा है?"

"हाँ, चल रहा है।"

"उदास-उदास दिख रही हो?"

"आप तो आना ही छोड़ दिए।" रुकमिन ने शिकायती लहजे में कहा।

"आए तो थे नया साल में।"

"नया साल आज बीता है? डेढ़ महीना हो गया।"

"हाँ, तो अब कॉलेज से उतना टाइम नहीं मिलता है न। राजापुरी से घर आते-जाते समय बीत जाता है।"

"हाँ, अब हमरे लिए टाइम कहाँ से मिलेगा!"

"अरे नहीं रुकमिन! अगला महीना बी.एस सी. का परीक्षा खतम हो जाएगा तो आएँगे, और रहेंगे दस दिन।"

"हाँ, तो आना ही पड़ेगा। मेरा मेट्रिक का तैयारी कोन करवाएगा?"

"अरे! वहाँ शम्भु सर और चेतन सर हैं न!"

"सर लोग तो हइए हैं, मगर हमको आपसे पढ़ना है।"

"हम आएँगे रुकमिन!" कहकर जीवन ने रुकमिन के माथे पर हाथ फेर दिया।

रुकमिन का रोम-रोम खिल उठा। उसके लिए यह ईश्वरीय आनंद का क्षण था। उसने सोचा कि यदि यह स्वर्गिक स्पर्श हमेशा के लिए उसका हो जाए तो उसकी जिंदगी खिल उठे। लज्जा और आनंद के मिश्रित भाव उसकी आँखों में उतर आए थे। उसने नज़रें झुका लीं।

"ठीक है, अभी जा रहे हैं। माँ लोग नीचे इंतज़ार कर रही है।"

"इसको लेते जाइए।" कहकर अपने हैंडबैग से एक पैकेट निकालकर रुकमिन ने जीवन को थमा दिया।

"इ का है?" कहकर जीवन ने पैकेट खोला तो देखा उसमें नीले रंग का मफलर है।

"पैसा काहे खरच की? हम नहीं लेंगे।"

"हम अपना हाथ से बनाए हैं। रख लीजिए न। पसंद नहीं है का?"

"पसंद कैसे नहीं है? तुमको मालूम था कि हम यहाँ मिलेंगे।"

"मेरा मन कहा रहा था। इसीलिए हम लेकर आए।"

जीवन ने मुस्कुराते हुए पैकेट रख लिया और विदा ली। रुकमिन जानती थी कि जीवन को नीला रंग बहुत पसंद है। जीवन वापस चला जा रहा था तो रुकमिन को लगा जैसे उसका हृदय काँटों से बिंधा जा रहा है। जीवन ने मुड़कर एक बार देखा तो रुकमिन से नज़रें मिलीं। वह अपलक उसे ही निहार रही थी। जीवन आँखों से ओझल हो गया तो रुकमिन जैसे वर्तमान में लौटी। उसने एक गहरी साँस छोड़ी और लपकती हुई मेले में उसी दूकान पर लौट आई। वह सोच रही थी कि पल भर में कितना कुछ घट गया था। उसकी जिंदगी कितनी बदल गई थी। ललिता ने उससे पूछा—

"कहाँ चल गई थी?"

"पानी पीने।" रुकमिन ने बड़े आत्मविश्वास के साथ झूठ कहा। ललिता ने भी कोई प्रतिवाद नहीं किया।

"हमलोग इ कान का फूल और लिपिस्टिक किने हैं। देखो न कैसा है?"

"बहुत सुंदर है।" रुकमिन ने त्वरित टिप्पणी की।

"तुम तो कुछ ली नहीं। ले लो कुछ।" जसिंता बोली।

"नई हम नई लेंगे। परसों फुफू का घर राजापुरी जा रहे हैं। वहीं किनेंगे।"

तीनों वहाँ से बातचीत करती हुई बाहर निकल आईं। वापस गाँव लौटने के लिए।

(22)

जिस तरह प्रत्येक दस वर्ष पर वेतन पुनरीक्षण का पर्व होता था उसी तरह जनगणना ड्यूटी का भी सरकारी पर्व होता था। सभी विद्यालय के लगभग अस्सी प्रतिशत शिक्षकों को जनगणना की ड्यूटी लग गई थी। जनगणना कई चरणों में होनी थी। पहला चरण लगभग एक महीने का था जिसमें सभी घरों पर नंबर अंकित करने थे तथा घर के सदस्यों के नाम लिखने थे। हेडमास्टर साहब सुपरवाइजर बनाए गए थे। एक सुपरवाइजर के अधीन चार प्रगणक थे। सभी जनगणनाकर्मी शिक्षकों को सरकार की ओर से पारिश्रमिक दिए गए थे। कुछ सामग्री यथा– ब्रश पेंट आदि खरीदने के लिए अतिरिक्त रुपये भी दिए गए थे। तब कम्प्यूटर का युग नहीं था अतः सारे काम हाथ से ही होते थे। हाथ के काम में हाथ की सफाई होती थी। शम्भु जी को जनगणना के लिए मदरेचा का पूर्वी हिस्सा आवंटित था। एक शिष्य को लेकर वे अपने क्षेत्र के निरीक्षण पर निकले–

"यहाँ बिन्देसर चचा के घर से टोला सुरु होता है सर! यहाँ से लेकर पूरा बनियाटोली और टीला पर जो आठ-दस घर है उ आपका एरिया में आयेगा।" शम्भु जी का शिष्य अर्जुन महली बोला।

शम्भु जी ने अंदाज़ लगाया करीब अस्सी नब्बे घरों का सर्वे उन्हें करना था। पहले तो ब्रश और पेंट लेकर घर-घर नम्बर लिखना था। उन्होंने एक बढ़िया पेंट का डिब्बा और ब्रश खरीदा। बदरी मास्टर ने देखा तो बोले–

"एतना खर्चा करने का केया जऊरत था शम्भु जी!"

"सरकार तो इसी के लिए पैसा दिया है न बदरी सर!"

"हाँ सबके दीवाल पर बगीचा बनाइए न। सरकार से पुरस्कार मिलेगा।" हेडमास्टर साहब आ टपके।

"नम्बर लिखने से न मतलब है सर! ए देखिए मेरा इंतजाम। आप तो दस रुपया का काम में सौ खर्चा कर दिए।"

शम्भु जी ने देखा पेंट की जगह नील का घोल और ब्रश की जगह दातून की कूची। वे हैरान थे बदरी बाबू की मितव्ययिता पर।

"नया मुल्ला जादे प्याज खाता है बदरी जी!" हेडमास्टर साहब ने व्यंग्य कसा।

"नहीं सर। शम्भु जी थोड़ा जादा खर्चा में पड़ गए।"

"अच्छा ठीक है, सुनिए आपलोग चार शिक्षक– शम्भु जी, बदरी जी, सुदर्शन जी और अख्तर साहब मेरे अंडर में परगणक हैं। हम आपलोग का सुपरवाइजर हैं।"

"हाँ सर मालूम है!" बदरी मास्टर बीच में ही बोल पड़े।

"हाँ तो पूरा बात सुनिएगा तब न। बीचे में फड़फड़ाने लगते हैं। कह रहे हैं कि अभी तो एक महीना का समय है। हम अभी जा रहे हैं गाँव। धान कटवाना है। लौटेंगे आठ-दस दिन बाद। आपलोग भी अपना सुविधा से काम सुरु कीजिएगा।"

"जी सर!"

सारे प्रगणक निश्चिन्त हो गए कि सुपरवाइजर ही धान कटवाने जा रहे हैं तो आठ दस दिन आराम के बाद ही काम शुरू होगा। शम्भु जी जिस कार्य को लेकर तनाव में थे, सुपरवाइजर बने हेडमास्टर साहब उसका भरपूर आनंद उठा रहे थे। उन्होंने भी आनंद का अवसर ढूंढ लिया। उन्होंने अर्जुन को बुलाया और कहा–

"तुम तो मेरा पूरा एरिया देख लिए हो अर्जुन!"

"जी सर!"

"तो मेरी मदद कर दो न!'

"आप बोलिए तो सर! अर्जुन कोई काम में ना बोला है सर!"

"इसीलिए तो तुमको बुलाए हैं अर्जुन!"

अर्जुन का उत्तर सुनकर शम्भु जी पुरानी यादों में खो गए। अर्जुन शम्भु जी का प्रिय छात्र था। एक गरीब घर का मेहनती बच्चा। पढ़ाई में अव्वल। वह शम्भु जी की भक्ति में लगा रहता क्योंकि जहाँ जिस विषय में भी समस्या होती शम्भु सर उसका झट समाधान कर देते थे। उसने पाया की पिछले सात वर्षों से जारी उसके अध्ययन की पिपासा को शम्भु सर ही शान्त कर सके थे। गर्मी की एक जलती दोपहर में जब शम्भु जी मॉर्निंग स्कूल की छुट्टी के बाद बारह बजे घर लौट रहे थे तो गाँव की सीमा पर निर्जन में एक पेड़ के नीचे उन्हें अर्जुन खड़ा मिला था। उसे देखते ही उन्होंने अपना स्कूटर रोक दिया–

"क्या अर्जुन! किसी की राह देख रहे हो?"

"नहीं सर!"

"तो यहाँ धूप में खड़े क्यों हो?"

अर्जुन ने कुछ भी उत्तर नहीं दिया। उसने साइकिल की हैण्डल में टंगा थैला उतारा और उसमें से एक बड़ा-सा कटहल निकाला और सकुचाते हुए कहा–

"सर! इसको ले लीजिए सर! हमरा घर का है।"

शम्भु जी धर्मसंकट में फँस गए। उनके पास स्कूटर में पर्याप्त जगह न थी। दूसरे कि उस गरीब बालक से वे मुफ्त में लेना नहीं चाहते थे। बाजार का दिन होता तो वही अर्जुन उस कटहल को दस रूपए से कम में नहीं बेचता। उन्होंने पर्स से दस का नोट निकाला और बोले–

"अर्जुन! ये रख लो।"

अर्जुन तो जैसे छिटक कर दूर हो गया।

"नहीं सर! आपसे पैसा लेंगे!!"

"अरे! बाज़ार से खरीदते तो हमको पैसा लगता न जी! रख लो ज्यादा नहीं दे रहे हैं।"

"आपसे बेचने नहीं न आए हैं सर! बज़ार का बात अलग है।"

शम्भु जी को बरबस महादेवी वर्मा का 'घीसा' याद आ गया। वे रोमांचित हो उठे। उन्हें मुफ्त में गरीब छात्र का कटहल लेना गवारा न था और शिष्य का दान न लें तो उसका दिल टूट जाएगा। वे बड़े धर्मसंकट में पड़े। अर्जुन थैला लिए याचक दृष्टि से अपने गुरु को देख रहा था। अपने पदाधिकारियों के अनुचित आदेश के आगे न झुकनेवाले शम्भु जी को बालहठ के आगे झुकना पड़ा। श्रद्धा और त्याग के आगे भगवान् झुक जाते हैं साधारण मानव की क्या बिसात? शम्भु जी ने कटहल ले लिया। वे पाँच मिनट तक उस वृक्ष के नीचे खड़े सोचते रहे– "बड़े-बड़े अमीरों का दान इस दान के सामने कितना फीका है!" उनकी आँखें भीग गईं। स्कूटर स्टार्ट किया और चल पड़े। रास्ते में देखा अर्जुन प्रसन्नवदन उत्साह में तेजी से पैडल मारता चला जा रहा है।

"क्या काम है सर?"

अर्जुन के टोकने पर अतीत में खोए शम्भु जी जैसे सोते से जगे।

"हाँ क्या बोल रहे थे हम?"

"हमको कोई काम बता रहे थे आप।"

"हाँ, काम ये है कि मेरे एरिया में जितना घर है सब के दरवाजे पर नम्बर लिखना है और उस घर के सदस्यों का नाम और उम्र आदि जानकारी इस प्रपत्र में भरना है। तुम्हें इसमें मेरी सहायता करनी होगी। मैं प्रपत्र भरने का काम करूँगा। तुम मेरे साथ रहना और इस ब्रश और पेंट से घर पर नंबर लिख देना।

तुम तो गाँव के सभी लोगों से परिचित हो ही। ?"

"जी सर। इ कोन बड़ा बात है? चार-पाँच दिन का काम है।"

शम्भु जी ने पर्स से दो सौ रुपये निकाले और अर्जुन को देने लगे। उसने मुट्ठी बंद कर ली। वह रुपये लेने को तैयार न था। शम्भु जी ने उसे बहुत समझाया–

"ये रुपया हम अपने पास से नहीं दे रहे हैं अर्जुन! सरकार ने जनगणना के लिए जो मेहनताना दिया है वही तुमको दे रहे हैं।"

"मगर सर...।"

"अगर मगर कुछ नहीं तुमको विश्वास नहीं है तो ये लेटर पढ़ लो। इसमें लिखा है।"

अर्जुन ने लेटर को ध्यान से पढ़ा। शम्भु जी के बहुत कहने पर वह पैसे लेने को तैयार हुआ। दरअसल शम्भु जी चाहते थे कि इसी बहाने अर्जुन को दो सौ रुपये मिल जाएँगे और उनका काम भी आसान हो जाएगा। हालाँकि यह करना अनुचित था लेकिन सारे प्रगणक छात्रों की सहायता से ही इस कार्य को अंजाम दे रहे थे।

जनगणना का प्रथम चरण पूरा हुआ। हेडमास्टर साहब धान कटवाकर गाँव से लौट आये थे। एक दिन सभी प्रगणकों के प्रपत्रों पर अपना दस्तखत कर दिया। सुपरवाइजर होने के नाते फील्ड में जाकर जाँच करने के बाद ही दस्तखत करना चाहिए था, लेकिन हेडमास्टर साहब ने इसकी जरूरत न समझी। सुदर्शन मास्टर के प्रपत्र पर हेडमास्टर साहब दस्तखत कर ही रहे थे कि शम्भु जी की नज़र एक नाम पर पड़ी–

"पिता का नाम– सुन्दर भगत, पुत्र– ईश्वर भगत।"

शम्भु जी ने सुदर्शनजी से पूछा– "ये नाम ठीक है सर?"

"हाँ, ठीक तो है! आपको गलत लग रहा है का?"

"गलत नहीं बिलकुल गलत है सर!"

"तीव्र गति से हस्ताक्षर करते हुए हेडमास्टर साहब की कलम रुक गई। उन्होंने नज़र ऊपर उठाई और प्रश्नवाचक दृष्टि से सुदर्शन मास्टर और शम्भु जी की ओर देखा और बोले–

"का कुछ गलत है शम्भु जी?"

"हाँ सर! पिता का नाम ईश्वर भगत है और पुत्र का सुन्दर भगत। सुदर्शन जी ने उलटा लिख दिया है।"

"आप कैसे जानते हैं कि पिता कौन है और पुत्र कौन है? सुदर्शन मास्टर थोड़ी नाराजगी के स्वर में बोले।

"सुदर्शन सर! सुन्दर भगत जिसको आप पिता बता रहे हैं न, वह मेरे क्लास का छात्र है।"

"अरे! का सुदर्शन जी! बेटा से बाप को पैदा करा दीजिएगा! धन्न हैं आप भी!"

हेडमास्टर साहब आनंद लेते हुए हँस पड़े। सुदर्शन जी हेडमास्टर के स्वर में स्वर मिलाकर हँस रहे थे। शम्भु जी चकित थे कि सुपरवाइजर ने इस गलती पर कोई आपत्ति नहीं जताई। उलटे दोनों मिलकर हँस रहे हैं। सुदर्शन मास्टर इधर पूरे महीने गाँव में दिखलाई नहीं पड़े थे। वे भी जनगणना की ड्यूटी में घर चले गए थे। शम्भु जी समझ गए– हो न हो सुदर्शन जी ने किसी विद्यार्थी से यह काम करवाया है और उसने कॉलम देखे बिना पिता के नाम की जगह पुत्र और पुत्र की जगह पिता का नाम लिख दिया है। अभी इस मनोरंजक प्रसंग की हँसी थमी भी न थी कि शम्भु जी ने फिर टोका–

"देखें सर! ये प्रपत्र।" उन्होंने हस्ताक्षर के लिए उद्यत हेडमास्टर साहब के हाथ से वह प्रपत्र ले लिया।

"अब का है? पोता से दादा पैदा हुआ का?" हेडमास्टर साहब ने फुहार छोड़ी।

"हाँ वैसा ही कुछ हुआ है।"

शम्भु जी का बार-बार टोकना सुदर्शन जी को अच्छा नहीं लग रहा था फिर भी वे चुपचाप थे।

"ये देखिये सर! एक ही माँ का दो बेटा है– सावन भगत और रावन भगत। और दोनों का...।"

"सावन अउ रावन! ह ह ह ह! वाह रे नाम रखने वाला! अउ कोई नामे नहीं मिला? रावन बना दिया बेटा को!"

"सर नाम की कोई बात नहीं है। दोनों की जन्मतिथि देखिए। सावन का पाँच अगस्त उन्नीस सौ अट्ठासी और रावन का बारह दिसंबर उन्नीस सौ अट्ठासी।"

"तो का हुआ? सावन अगस्त में जनम लिया इसीलिए सावन नाम रखाया और रावन...।"

सुदर्शन मास्टर अपने बचाव की मुद्रा में थे। हेडमास्टर के भीतर का सुपरवाइजर अब तक सोया पड़ा था। वे भी प्रश्नसूचक मुद्रा में शम्भु जी को देख रहे थे।

"अरे सर! अगस्त में तो सावन होता ही है। लेकिन एक ही माँ से एक ही साल में एक लड़का अगस्त में और एक दिसंबर में कैसे पैदा होगा?"

"बाप रे! हमको अभी ध्यान गया। का सुदर्शन जी! आप चार-चार लइका के बाप कैसे बन गए जी! एतना फास्ट चलिएगा तब तो भीड़ लगा दीजिएगा।

हद है! लगता है अपने नहीं लिखे हैं। कोई से लिखवाए हैं का?" सुदर्शन मास्टर चुपचाप रह गए।

छह महीने बाद जनगणना का दूसरा चरण शुरू हुआ। प्रत्येक घर के सदस्यों की आजीविका, उनके घर में विद्यमान विभिन्न उपकरणों-वाहन, टी. वी, फ्रिज आदि का लेखा-जोखा प्रस्तुत कर अब फाइनल रिपोर्ट जमा करनी थी। शम्भु जी जनगणना का रजिस्टर लिए अपने फील्ड में इस काम को अंजाम दे रहे थे। किसी-किसी के घर में साईकिल या बाईक मिल भी जाती टी.वी. फ्रिज का तो दूर-दूर तक कोई प्रश्न ही न था। शम्भु जी विवरण इकठ्ठा करते हुए ऐसे ही एक घर के द्वार पर पहुँचे। द्वार की कुण्डी खटखटाई। मकानमालिक बाहर आया। अपने गाँव के शिक्षक को देखकर बड़े आदर-भाव से कहा–

"आऊ नि मस्टर, भीतरे आऊ।" (आइए सर, भीतर आइए)

शम्भु जी ने भीतर प्रवेश किया। मिट्टी का दस बाई बीस का लंबा-सा कमरा। वही शयन कक्ष, वही बैठक और रसोईघर सबकी भूमिका निभा रहा था। एक कोने में चूल्हे पर देगची रखी थी जिसके मुँह से भाप निकल रही थी। मकानमालिक खेत पर सुबह पाँच से दस बजे तक पाँच घंटे की कड़ी मेहनत के बाद घर आकर भोजन के लिए उद्यत था। उसे भोजन परोसा ही गया था। एक अल्युमीनियम की गहरी थाली में माँड़, भात, नमक और छिलके समेत आग में पकाए गए दो-चार साबुत आलू। शम्भु जी संकोच से गड़ गए कि ऐसे समय में क्यों आ पहुँचे। मकानमालिक ने शम्भु जी को वहीं एक खाट पर बिठाया और लोटा-ग्लास में पानी लेकर संकोच और आदर से प्रस्तुत हुआ। शम्भु जी संकोच में थे तो उसने पुनः आग्रह किया। शम्भु जी के हृदय से आवाज़ आई–

"ग्रहण करो। आदर और श्रद्धा का अमृत घुला है इसमें। परिश्रम की मिठास है इसमें।"

उन्होंने उसके हाथ से ग्लास लिया और पानी पी लिया। उन्हें जो सूचनाएँ दर्ज करनी थीं उस संबंध में कुछ भी पूछने की जरूरत न थी, सब कुछ आँखों के सामने था। अब आए थे तो प्रयोजन तो बताना ही था। मेजबान ने पूछा–

"और कहू मस्टर कइसे-कइसे?" (कहिए सर! कैसे आना हुआ?)

"इसने, इ बटे जनगणना काम में घूमत रही तो छउवा मनक हालचाल पूछे ले आय गेली। किताब ड्रेस सब मिल जाए है नी? कोनो तपलीक होवी होल कहब।" (बस ऐसे ही, इस तरफ जनगणना के काम से आया तो बच्चों का हालचाल पूछने आ गया। ड्रेस और किताबें मिल गई हैं न? कोई दिक्कत हो

तो कहिएगा)

"हाँ सब मिल जाए हे मस्टर। रउरे मन कर धेयान है तो छउवा मन पढ़ लिख जाबैं। हमिन के अउर का चाही।" (हाँ, सब कुछ मिल गया है सर! आपलोग ध्यान रखते हैं तो बच्चे पढ़ लिख जाएँगे, हमें और क्या चाहिए।)

"ठीक तब।"

"ठीक।"

शम्भु जी ने ग्रामीण से विदा ली। वे मन ही मन सोच रहे थे दस घंटे के कठोर परिश्रम के बाद भी जिन्हें दो शाम का पौष्टिक भोजन नसीब नहीं है, उनके लिए ये सवाल कितने बेमानी हैं कि उसके घर में टी.वी. फ्रिज है या नहीं। भारत की आत्मा गाँवों में बसती है लेकिन उसके दिल पर कितने घाव हैं, उसकी कराह कितनी हृदयविदारक है; काश! आज गाँधीजी देख-सुन पाते। शम्भु जी यही सब सोचते हुए भरे मन से विद्यालय लौट आए।

एक दिन केंद्र द्वारा प्रतिनियुक्त कोई आब्जर्वर जिला में आए और फील्ड-विजिट करने के लिए इसी ब्लॉक को चुना। उनकी गाड़ी मदरेचा होते हुए ब्लॉक की ओर बढ़ रही थी। अचानक उन्होंने गाड़ी रुकवाई और उतर कर रास्ते पर बने घरों को देखने लगे। दो-चार घरों पर नम्बर नहीं थे। उन्होंने साथ आए अधिकारी को पूछा–

"इन घरों पर नम्बर क्यों नहीं हैं? एनुमरेटर और सुपरवाइजर से कारण पूछिए।"

"सर!" साथ आए अधिकारी ने हामी भरी।

पर्यवेक्षक महोदय गाड़ी में बैठे और ब्लॉक के रास्ते पर बढ़ गए। तीन दिनों के बाद उस क्षेत्र के प्रगणक बदरी बाबू और उनके सुपरवाइजर हेडमास्टर साहब को बी.डी.ओ साहब की ओर से कारण बताओ नोटिस आ चुका था। ऐसे तो न जाने कितने गाँवों के कितने घरों में नम्बर नहीं पड़े होंगे लेकिन जो सेन्ट्रल आब्जर्वर की नज़र में आ गया वह मामला गम्भीर हो गया। बदरी मास्टर घबराए कि अब क्या करें। हेडमास्टर साहब बिलकुल निश्चिन्त थे क्योंकि अपने इस दीर्घ सेवाकाल में सारी गलतियों की सुधार का रास्ता वे देख चुके थे। दरअसल बदरी मास्टर ने पेंट के बजाय नील को घोलकर दातून की कूची से नम्बर लिखा था लेकिन बरसात में बारिश की फुहारों ने उनके कारनामे पर पानी फेर दिया था। नील का रंग धुल गया था। हेडमास्टर साहब ने बदरी मास्टर से कारण पूछा–

"नम्बर दिए ही नहीं थे बदरी जी?"

"दिए थे सर! लेकिन बरसात में नील का रंग धुल गया। अब जनमजुग्गी

तो नहीं न रहेगा सर!"

"हाँ ठीक कह रहे हैं। अभी कारण पूछा है तो यही लिख देते हैं-'लिखा गया नम्बर जनमजुग्गी नहीं रहता है'। दिल्ली का अफसर देख लिया है बदरी जी! मजाक नहीं है। सीधे नौकरी खा जाएगा।" हेडमास्टर साहब ने आतंक के बीज बो दिए।

"तो का उपाय करें सर!"

बदरी बाबू की चिंता बढ़ गई। वे सोच रहे थे– "बी.डी.ओ. साहब तक तो किसी प्रकार पहुँचा जा सकता था लेकिन दिल्ली के अफसर का बात है। दिल्ली का अफसर पैसा नहीं खाता है, नौकरी खाता है।"

सारे शिक्षक मन-ही-मन अपने-अपने इष्टदेवता का धन्यवाद कर रहे थे कि उनका एरिया दिल्ली के अफसर की कातिल निगाहों से बच गया। बेचारे बदरी बाबू! पता नहीं उनका क्या होगा। जिला का भी अफसर बहुत कड़ा होता है। एक बार हेडमास्टर साहब ने जिला लेखा पदाधिकारी का चरित्र चित्रण करते हुए उसके कड़ेपन का एहसास कराया था। यह तो डायरेक्ट दिल्ली का अफसर है। इससे तो सब कोई बात भी नहीं कर सकता है।

सफ़ेद अम्बेस्डर और उस पर चक्कर खाती लाल बत्ती साहूजी की आँखों के सामने घूम गई; जब दिल्ली और जिला दोनों के अफसर उस दिन गाँव की सड़क पर लाल बत्तीवाली गाड़ी से उतरकर घरों पर लिखे नम्बर देख रहे थे। दुर्भाग्य से बदरी मास्टर का एरिया ही सामने पड़ गया। शम्भु जी का एरिया देख लेता तो कोई झंझट नहीं होता। शम्भु जी ने तो पेंट से नम्बर लिखे थे। उनका लिखा बरसात में भी नहीं मिटा।

सरकारी नोटिस का समर्थ समाधान रखनेवाले हेडमास्टर साहब के चेहरे पर दूर-दूर तक दिल्ली के अफसर का कोई आतंक न था। औरों की नज़र में इस गंभीर मामले को वे यूँ ही खाली जाने देना नहीं चाहते थे। अतः कृत्रिम चिंता व्यक्त करते हुए मन-ही-मन वे अपनी योजना बना चुके थे। उन्होंने बदरी मास्टर को आवाज़ दी-

"बदरी जी! जवाब लिख दे रहे हैं पर जिला का अफसर से बात तो करना पड़ेगा। एक कोपी उसको भी तो जाएगा।"

"जी सर! बात कीजिए न सर!" बदरी बाबू की चिंता मुखरित हो उठी थी।

"बात करने का माने समझ रहे हैं न?"

"हाँ सर। समझ रहे हैं। हम खर्चा देंगे सर!

"जिला का अफसर का रेट जानते ही हैं।"

“अब जो रेट होगा सर देंगे। का करें नौकरी बचाना है न। सर! क्या जवाब लिख रहे हैं?”

“लिख रहे हैं कि महोदय! सभी घर में नम्बर दिया गया था लेकिन कुछ लोग घर में चूना-पोचाड़ा करवा लिए तो उनके घर का नम्बर मिट गया।”

“सर का जवाब तो एक नम्बर है। किसी को कोई शक नहीं होगा।” बदरी मास्टर ने कहा। उनके चेहरे पर आश्वस्ति के भाव थे। सभी शिक्षक हेडमास्टर साहब के प्रत्युत्पन्नमतित्व की भूरि-भूरि प्रशंसा कर रहे थे। सुदर्शन मास्टर ने चापलूसी का घी चुपड़ते हुए कहा–

“सर का जवाबे अइसा रहता है कि दिल्ली का भी अफसर काट नहीं सकता है। रंग-चूना कराएगा तो नम्बर मिटना ही है। का विन्सेंट जी!”

“जी हाँ सर। उ तो मिटेगा।” मौन साधक विन्सेंट जी ने छोटा-सा जवाब दिया। उन्होंने अपने आवंटित एरिया में एक-एक घर में जाकर स्वयं नम्बर देने का काम किया था।

“ले-दे के मामला सलटाओ भइवा! नई तो इ बड़का झमेला है। जिला तक में हेडमास्टर साहब बात कर लेंगे। ऊपर बात गया तो पैसा से भी नहीं सुलझेगा।” सुदर्शन मास्टर ने बदरी बाबू को अपना बहुमूल्य परामर्श दिया।

सुदर्शन जी मन-ही-मन सोच रहे थे कि दिल्ली वाले अफसर ने उनका प्रपत्र नहीं देखा, नहीं तो वे भी बदरी बाबू की तरह चक्रव्यूह में घिरे होते। उन्होंने मन-ही-मन शम्भु जी का धन्यवाद किया जिन्होंने उनकी गलतियाँ ढूँढ़ निकाली थीं।

बदरी बाबू दिल्ली के अफसर के प्रकोप से बचा लिए गए थे। मामला कैसे सुलझा इसकी सचाई केवल हेडमास्टर साहब को पता थी। हाँ, हेडमास्टर साहब ने केवल इतना बतलाया था कि बहुत विनती-चिरौरी के बाद वे जिला के अफसर को दो हज़ार में मना सके थे, नहीं तो वह दिल्ली के अफसर को रिपोर्ट कर देता। शम्भु जी ने एक दिन बदरी बाबू से अकेले में पूछा–

“क्या सर! मामला रफा-दफा हुआ?”

“हाँ शम्भु जी! दू हज़ार खर्चा करना पड़ा।”

“चलिए कोई बात नहीं। नौकरी में ये सब होते रहता है। पेंट का डिब्बा पचास रुपया में आता है न बदरी सर?”

“हाँ सर! यहाँ भी मिल जाएगा। लेना है का?”

“नहीं।” कहकर शम्भु जी ने अपनी राह ली और बदरी मास्टर सोच रहे थे कि शम्भु जी को पेंट खरीदना ही नहीं था तो दाम क्यों पूछे।

(23)

शम्भु जी के आश्वस्त करने के बाद भी इंस्पेक्टर साहब इतना महँगा समझौता करना नहीं चाहते थे। उन्होंने सोचा कि क्या ठिकाना आज दस हज़ार माँग रहा है, कल फिर दस माँगे। इस तरह तो सारी कमाई लुट जाएगी। इतना पैसा विभाग में खर्च करें तो ट्रांसफर ही हो जाए। उन्होंने रात दिन एक कर दिया और दो महीने बाद ही दिसंबर में होनेवाले सालाना ट्रांसफर की लिस्ट में अपना नाम जुड़वा लिया। उन्होंने जिले से बाहर ट्रांसफर ले लिया था। क्रिसमस की छुट्टियों के बाद नए वर्ष में स्कूल खुले तो सब को ज्ञात हुआ कि इंस्पेक्टर साहब ने यहाँ से विदा ले ली है। एक दिन ब्लॉक में शम्भु जी की मुलाकात विकेश से हो गई।

"अरे शम्भु! तुम ठीक बोला था। इ तो इतना डरा हुआ था हम नहीं समझ पाए। दूसरा जिला में ट्रांसफर ले लिया।"

"अच्छा ही हुआ। चोर-घूसखोर से मुक्ति तो मिली।"

"हाँ, पर मुण्डाजी का दस हज़ार नहीं दिया।"

"अच्छा! कभी तो पकड़ में आयेगा।"

"अरे विकेश सर! पैसा देगा उ! जहाँ गया है वहाँ जाते-जाते अपना कमाई चालू कर दिया है हमरा एक ठो रिलेटिभ उसी जिला में है। बोल रहा तथा कि. ..।" ब्लॉक के ही टीचर के.के. सिंह ने कहा।"

"सिंह साहब! एक बार खून लग जाता है तो आदत छूटता है? इस बार जो नया सुपरिंटेंडेंट ज्वाइन किया है उसका मुँह भी पहलेवाले से भी बड़ा है। डाइरेक्ट मंत्री से लेन-देन करता है।" शम्भु जी बोले।

"पूरा विभाग में दुर्गन्ध फैला हुआ है शम्भु जी! अभी एक पांडेय जी की पत्नी का अनुकम्पा पर नियुक्ति होना था। मत पूछिए। स्साला ई लोग मुर्दा का कफ़न खींचनेवाला लोग है। लेटर निकल गया तब भी दो महीना पोस्टिंग के

लिए लटकाए रखा।" के.के सिंह बोले।

"हाँ, पांडेयजी का घर राजापुरी में ही है न। एक दिन हम और तिवारी गए थे। उनकी पत्नी बोली कि हाई स्कूल में क्लर्क के पद पर पोस्टिंग होना था। सुपरिंटेंडेंट से उपरवाले साहब पोस्टिंग करते हैं। वो बता रही थीं कि दो महीना से फाइल लटकाए हुए है तो एक दिन सीधे साहब से मिलकर बोलीं–

"सर! दो महीना से मेरा पोस्टिंग का काम रुका पड़ा है। घर में अर्निंग का कोई सोर्स नहीं है। बहुत समस्या में हैं सर!"

"हाँ, आपका केस ध्यान में है। आप एक बार रामचरण से मिल लीजिए। फ़ाइल उसी के पास होगा।" रामचरण नामधारी जीव उसी ऑफिस के बड़ा बाबू थे।

वे उनसे से आकर मिलीं। बड़ा बाबू ने उन्हें कहा– "मैडम! यहाँ से सत्तर किलोमीटर दूर स्कूल में जगह खाली है। साहब वहीं भेज रहे थे। उ तो हम रोक लिए। सोचे एक बार आपसे आपका चॉइस पूछ लें।"

"सर! खाली तो शहर के बीच में है, वो भी दो-दो स्कूल में। वहाँ पोस्टिंग नहीं होगा?"

"देखिये मैडम! आप इस विभाग को नहीं जानती हैं। उ सब जगह पोस्टिंग होता नहीं है करवाया जाता है। सत्तर अस्सी हज़ार में बिकता है मैडम!"

"बड़ा बाबू! एक अकेली महिला को घर के नजदीक पोस्टिंग मिल जाता तो सुविधा होती। मेरे बच्चे भी छोटे-छोटे हैं।"

"मैडम! हम आपका मजबूरी समझते हैं, लेकिन यहाँ से वहाँ तक चेन बना हुआ है। आपको सुविधाजनक जगह लेने के लिए सुविधा-शुल्क देना ही पड़ेगा। ये हम नहीं बोल रहे हैं, ये विभाग का रिवाज़ बन चुका है। आपको देख के तकलीफ तो होता है लेकिन हम कुछ नहीं कर सकते। दो महीना से काम रुका हुआ है तो दो महीना का वेतन भी गया। इतना में तो आपका काम हो जाता और मनचाहा जगह भी मिल जाता।"

"ठीक है रामचरण जी! जैसे हो अब पोस्टिंग कराना तो है ही लेकिन लेनदेन में मेरी आर्थिक स्थिति को भी थोड़ा ध्यान में रखियेगा।"

"जाइए न मैडम। हमसे जो बनेगा कर देंगे।"

शम्भु जी ने के.के. सिंह को पूरी कहानी सुना दी। सिंहजी दुःखी स्वर में बोले–

"पाण्डेयजी का व्यवहार याद करते हैं शम्भु जी! कितना सीधा-सादा सबकी मदद करनेवाला आदमी। उनकी पत्नी का कष्ट सुनकर मन दुःखी हो गया। इन लोग के हाथ में हमलोग का गर्दन है। हमलोग चाह के भी कुछ नहीं

कर सकते हैं। नहीं तो कसम से शम्भु जी! ऐसा मार मारते कि स्साला जिंदगी भर खड़ा नहीं हो पाता।"

"रामचरण की बात पर गौर किए? बोलता है चेन बना हुआ है। ठीक ही कहता है। ऊपर से नीचे तक हिस्सेदारी है। ट्रांसफर पोस्टिंग तो हर विभाग का व्यवसाय है।"

"हाँ, लेकिन मरे हुए को तो बख्श देता। एक मजबूर औरत जो पहले ही दुःख के बोझ से दबी है, जिसके पास आमदनी का जरिया नहीं है उससे भी? छिः छिः! कुत्ता का मौत मरेगा ये लोग।"

"अच्छा! तिवारी को एक दिन बोलते हैं।" कहकर शम्भु जी ने सिंह साहब से विदा ली।

महीने की सत्ताइस तारीख को ट्रेजरी में वेतन का बिल जमाकर शम्भु जी के मन में आया कि तिवारी से मिलते चलें। उन्होंने अपनी बाइक वापस मोड़ी और तिवारी के स्कूल जा पहुँचे। तिवारीजी अपने विद्यालय परिसर में बन रहे नए भवन के पास ही खड़े मिल गए। "आओ भईवा आओ!" कहकर आवभगत की और कार्यालय में ले आए। बातचीत शुरू ही हुई थी कि कार पर सवार नए सुपरिंटेडेंट साहब स्कूल के परिसर में दाखिल हुए। तिवारीजी ने खिड़की से देख लिया। बोले–

"सुपरिंटेडेंट आया है। नया बिल्डिंग बन रहा है न तो इसको हाथ में खुजली होते रहता है।"

"ठीक है, तुम साहब का आवभगत करो, हम निकलते हैं।" कहकर शम्भु जी निकल गए।

"प्रणाम सर! आया जाए।" कहकर तिवारीजी ने कार्यालय की ओर इशारा किया।

"अभी बैठने का टाइम नहीं है। आपका नया बिल्डिंग देखने आए हैं।"

"आइए सर!" कहकर तिवारीजी साहब को निर्माणाधीन भवन की ओर ले गए।

साहब ने बिल्डिंग की ओर एक तिरछी निगाह डाली और तिवारीजी से मुखातिब हो बोले–

"भवन का ठेका आप ही को मिला है न?"

"जी सर।"

"कितना दिन हो गया काम चालू हुए?"

"यही कोई चार महीना।"

"तो कभी हमसे मिलने की जरूरत नहीं समझे?"

"कोई वैसा काम नहीं था सर! बिना काम आपको क्यों डिस्टर्ब करते।"

"सुनिए। हमको को घुमा फिरा के कहने की आदत नहीं है। इस बिल्डिंग से अब तक जितना कमाए हैं उसका फिफ्टी परसेंट पहुँचा दीजिएगा।"

"सुपरिंटेडेंट साहब! तिवारी को अपना वेतन से पेट भर जाता है। ईंट पत्थर खाने का जरूरत नहीं पड़ता। दो नम्बर का न खाते हैं और न खिलाते हैं।"

"नेता की भाषा मत बोलिए। हमको को ये सब सुनने का आदत नहीं है। जो कह दिया सो कह दिया।"

"अभी नेतागिरी नहीं कर रहे हैं। नेतागिरी करेंगे न तब...।"

"चोप्प स्साला! अफसर से जबान लड़ाता है! तुम्हारा सब नेतागिरी भुला देंगे?"

"स्साला! चोर! घूसखोर! भिखमंगा! अफसर बने फिरते हो! पैसा का भूख है?"

तिवारीजी ने साहब का गिरेबान पकड़ा और एक जोर का झापड़ रसीद दिया। शोर गुल सुनकर साहब का ड्राइवर और स्कूल के अन्य शिक्षक दौड़े आये लेकिन तब तक साहब बेआबरू हो चुके थे। तमतमाते हुए वे गाड़ी की ओर बढ़ते हुए बोलते जा रहे थे–

"तुमको तो नौकरी करने नहीं देंगे। बर्खास्त करेंगे तुमको। जेल जाने का तैयारी करो।"

"इ सब गीदड़भभकी सुन-सुन के कान पक गया है। अपना नौकरी देखिएगा। ब्रांच ऑफिस में रात के आठ-आठ बजे तक मैडम लोग के साथ मीटिंग करते हैं? एकाध ठो मीटिंग का फोटो अखबार में दे दें का?"

तेजी से चलते सुपरिंटेंडेंट साहब के पैरों पर जैसे ताला पड़ गया। उन्होंने इशारे से तिवारी को पास बुलाया और कहा–

"हम आपका कुछ बिगाड़े हैं तिवारीजी! इस तरह क्यों बोल रहे हैं?"

"देखिए सुपरिंटेडेंट साहब! अभी आपका तेवर बड़ा गरम था। हमको बर्खास्त कर रहे थे। अभी कैसे नरम पड़ गए? सुपरिंटेंडेंट साहब! नैतिक बल से बड़ा कोई बल नहीं है। उसी नैतिक बल की बदौलत हम लड़ते हैं और वही बल आपके पास नहीं है। जाइए अपनी नौकरी कीजिए।"

साहब बुझे-बुझे मन से लौट गए। उन्हें लगा जैसे रणक्षेत्र में अचानक उनके सारे अस्त्र-शस्त्र छीन लिए गए हों।

(24)

"साइन सिक्स्टी का मान कितना है? जीवन ने रुकमिन से पूछा।

"रूट थ्री बाई टू।"

"तो साइन स्क्वेयर सिक्स्टी कितना होगा? रूट थ्री बाई टू का स्क्वेयर होगा न?"

"जी। तीन बटे चार होगा।" रुकमिन बोली

"इसी तरह से टैन फ़ोर्टी फाइव और कॉस थर्टी का मान निकल कर सबको जोड़ दो आर.एच.एस मिल जाएगा।"

"जी, समझ गए। अच्छा से।"

"तुम मैथ्स में काफी कॉन्फिडेंट हो गई हो। लेकिन आजकल हमसे ये जी जी करके क्यों बात करती हो!"

रुकमिन ने नज़रें झुका लीं। कोई उत्तर न दिया।

"जीवन बेटा! रुकमिन ठीक पढ़ेला?" (जीवन बेटा! रुकमिन ठीक से पढ़ाई कर रही है?) रुकमिन की माँ चली आई थी।

"हाँ, पढ़ाई में इकर बहुते धेयान है।"(हाँ, पढ़ाई में यह बहुत ध्यान देती है)

"कहत रहे जे तोहरे कर पढ़वल इके बेसी समझ आवेला बाबू! तनी धेयान देवब। (कह रही थी कि तुम्हारा पढ़ाया हुआ इसे अच्छी तरह समझ में आता है। थोड़ा ध्यान देना बाबू!)

रुकमिन दसवीं बोर्ड की परीक्षा की तैयारी में लगी थी। जब भी समस्या होती स्कूल में चेतन सर या शम्भु सर के पास चली आती। अक्सर जीवन आ जाता तो तैयारी में उसकी मदद कर देता। इन दिनों वह बी.एससी. की परीक्षा देकर रिजल्ट का इन्तज़ार कर रहा था।

"तो हम चलें?" जीवन निकलने को हुआ।

"नहीं। कुछ बनाए हैं खा लीजिए।" कहकर रुकमिन एक कटोरे में दूध

और अरसा (चावल के आटे और गुड़ का पकवान) ले आई। जीवन खाता रहा और रुकमिन उसे निहारती रही। पानी पी कर वह चलने को हुआ तो रुकमिन घर के दरवाजे तक आई और बोली–

"फिर कब आइएगा?"

"क्यों? अब तो करीब-करीब सब कम्प्लीट हो ही गया। किसी पेपर में अभी भी दिक्कत है?"

रुकमिन ने कुछ भी जवाब नहीं दिया। जीवन ने उसकी आँखों में देखा और बोला-

"अच्छा, हम अगले बजार के दिन आएँगे।" जीवन अपनी साइकिल से निकल पड़ा।

रुकमिन दरवाजे पर खड़ी उसे जाते देखती रही। जीवन उसकी आँखों से ओझल हो गया था फिर भी वह विचारों में डूबती उतराती दरवाजे पर ही खड़ी रही।

"पानी लान बेटी! रुकमिइइन!" भीतर से आती माँ की आवाज़ से उसका ध्यान टूटा।

"लावत ही माँय! (ला रही हूँ माँ!) वह माँ को पानी देने चली आई।

"आइज कल तोहरे कर धेयान कहाँ रहेला? कखन से बोलात ही।" (आजकल तुम्हारा ध्यान कहाँ रहता है? कब से बुला रही हूँ।)

"जीवन चईल गेलक? उके कुछ नई खियाली?" (जीवन चला गया? उसे कुछ खिलाई नहीं?)

"हाँ। अरसा मन रहे।" (हाँ अरसा वगैरह था।)

जीवन का पढ़ाया हुआ रुकमिन को अच्छे से समझ आता है यह रुकमिन की माँ अच्छे से समझ रही थी। जीवन पढ़ा लिखा संस्कारी युवक था। अपने निकट के सम्बन्ध का जाना-पहचाना लड़का था अतः रुकमिन की माँ को लगा कि यह सम्बन्ध कायम हो जाए तो अच्छा रहेगा। उसने रुकमिन के पिता धनेसर से चर्चा की। धनेसर बोला–

"लड़का तो बहुते बेस है इकर में कोई संदेह नई। मगर रुकमिन भी तो कम से कम मेट्रिक इंटर कइर लेवे, तब ठीक जोड़ी जमी।"(लड़का बहुत अच्छा है इसमें कोई संदेह नहीं, लेकिन रुकमिन भी मैट्रिक इंटर पास कर लेगी तब अच्छी जोड़ी जमेगी।)

रुकमिन की माँ ने सोचा की रुकमिन से भी क्यों न एक बार पूछ ही लिया जाए, हालाँकि इसकी कोई जरूरत थी नहीं। फिर उसने यह सोचकर टाल दिया कि अभी मैट्रिक की परीक्षा सर पर है, अभी पूछने से उसका मन पढ़ाई से भटकेगा।

आज बुधवार को बाज़ार में घूमते हुए चेतन जी और शम्भु जी को फिर धनेसर से भेंट हो गई।

"परनाम मास्टर!"

"अरे! धनेसर! कहू आपन हालचाल।" (अरे! धनेसर! अपना हालचाल कहिए।)

"सउब बेस है मास्टर! एहे बोदी भिंडी लाय ही। लेगू नी।" (सब ठीक है सर! यही बोदी और भिंडी लाया हूँ। लीजिए न।)

कहकर धनेसर ने दोनों शिक्षकों के थैले में सब्जियाँ डाल दीं। इन दोनों शिक्षकों के प्रति धनेसर का एक अलग ही आदरभाव था। रुकमिन को हमेशा प्रोत्साहित करनेवाले उसे पढ़ाई में हमेशा मदद करनेवाले इन शिक्षकों के प्रति धनेसर श्रद्धा से झुका रहता।

"आइज रुकमिन नई आए हे?" (आज रुकमिन नहीं आई है?) शम्भु जी ने पूछा–

"नई। उ आपन मेट्रिक कर तेयारी में लागल है। हाम भी उखे डिस्टप नई करिला। बस पंदरह दिन कर बात हे, फेर आवे करी।"(नहीं वह मैट्रिक परीक्षा की तैयारी में व्यस्त है। मैं भी उसे डिस्टर्ब नहीं करता। बस पंद्रह दिनों की बात है, फिर तो आएगी ही।)

मैट्रिक के इम्तहान खत्म हो चुके थे। रुकमिन अपने माता के साथ खेती-बारी में हाथ बँटाती। मन ही मन कभी जीवन से मिलने की उम्मीद बाँधती तो कभी रिजल्ट के बारे में सोचती। अब तो जीवन से मिलने जुलने का भी कोई उपाय न था। वह अधिकतर राजापुरी में ही रहता था।

अचानक एक दिन सुबह-सुबह मिठाई का डब्बा और अखबार लिए जीवन रुकमिन के घर पहुँचा। धनेसर ने देखा तो आवभगत की–

"आओ जीवन बेटा! का समाचार? गाँव घर कर?" (आओ जीवन बेटा! क्या समाचार है गाँव घर का?)

जीवन ने धनेसर के पाँव छुए और कहा–

"हाम तो राजापुरी से सीधे आवत ही। ई आइज कर पेपर है। रुकमिन फस्ट डिविजन पास करलक।"(मैं राजापुरी से सीधा आ रहा हूँ। ये आज का अखबार है। रुकमिन ने फ़र्स्ट डिविजन से परीक्षा पास की है।)

"रुकमिईइइ...न। हिने सुन।" (रुकमिईई..न। यहाँ सुनो)

पिता की आवाज़ सुन रुकमिन दौड़ी हुई आई। वहाँ जीवन को बैठे देखा तो उसका मन मयूर नाच उठा। पर अभी तो और भी खुशियाँ प्रतीक्षा कर रही थीं। जीवन उसके हाथ में मिठाई का डब्बा थमाते हुए बोला–

"मैट्रिक का रिजल्ट आ गया रुकमिन! फस्ट डिविजन!"

खुशी से रुकमिन चहक उठी और झट पिता के पाँव छुए।

"इनखे भी।"(इन्हें भी।) कहकर धनेसर ने जीवन की ओर इशारा किया।

लाज से लाल हुई रुकमिन ने जीवन के पाँव छू लिए और भागकर भीतर माँ को ख़बर देने चली गई। ख़बर सुन रुकमिन की माँ भी बाहर आई। जीवन ने उनके पैर छुए। प्रसन्नवदन धनेसर ने अपनी पत्नी से कहा–

"रुकमिन माय! आइज बिहाने बिहान एतना खुसी लेकर आय है जीवन बेटा! हमिन कर खनदान कर पहिला बेटी छउवा मेट्रिक पास कईर हे, उ भी फस्ट डिविजन।"(रुकमिन की माँ! आज सुबह-सुबह जीवन बेटा इतनी खुशी लेकर आया है। हमारे खानदान की पहली बेटी मैट्रिक पास कर गई, वह भी फर्स्ट डिविजन से।)

"जीवन बहुते मेहनत से पढ़ालक रहे तबे फस्ट पास करलक हामर रुकमिन।" (जीवन ने बहुत मेहनत से पढ़ाया तभी हमारी रुकमिन फर्स्ट डिविजन से पास कर सकी।)

चारपाई के एक कोने में चुपचाप बैठी रुकमिन आँखों की कोरों से जीवन को निहार रही थी। उसे लगा जैसे जीवन के चाँद से सुंदर मुखड़े से अमृत झर रहा हो। इतनी बड़ी सफलता की ख़बर भी जीवन ने ही लाकर दी। रुकमिन की माँ ने उससे कहा–

"जा तब, कुछ बनाय सोनाय के लान। जीवन के खियाव पियाव।"(जाओ कुछ बनाकर लाओ। जीवन को खिलाओ पिलाओ।)

रुकमिन ने माँ के आदेश का पालन किया और उठकर भीतर चली गई। पीछे से उसकी माँ भी आई। उसे लगा आज सही मौक़ा है। उसने रुकमिन से पूछा–

"जीवन तोके पसिंद है बेटी!" (जीवन तुझे पसंद है बेटी!)

"भक्क!"

कहकर लजाती हुई रुकमिन मुस्कराती हुई वहाँ से चली गई। उसकी मौन स्वीकृति के इस स्वर को माँ समझ गई। उसका अंदाजा बिलकुल सही था।

(25)

इस बार ट्रांसफर में सुपरिंटेंडेंट साहब का खेल न चल सका। जिले के कलक्टर को भनक लग गई थी अतः ट्रांसफर कमिटी के अध्यक्ष होने के नाते उन्होंने अपनी निगरानी में ट्रांसफर के कार्य को अंजाम दिया। नतीजा यह हुआ कि सुपरिंटेंडेंट साहब के बड़े-बड़े शक्तिशाली अनुचर भी दूर-दूर के विद्यालयों में फेंक दिए गए। शहर में आजीवन घर के निकट नौकरी करने की शपथ ली हुई सुपरिंटेंडेंट साहब की चहेती शिक्षिकाओं को भी इस बार चालीस-चालीस किलोमीटर दूर गाँव के विद्यालयों को सँवारने के लिए भेज दिया गया था। उनके आँसू थमते न थे। आँखों का काजल बहकर उनकी गाल पर काली रेखाएँ खींच रहा था। वे काली रेखाएँ मानो साहब के काले कारनामों की इबारत हों। कलक्टर साहब के द्वारा किए गए इस डायरेक्ट ट्रांसफर से साहब का नज़राना तो गायब हुआ ही नज़रों की हरियाली भी शहर से चली गई। भीतर ही भीतर बड़े क्रुद्ध हुए पर कर भी क्या सकते थे? मातहतों के सामने सभी साहब शेर हुआ करते हैं पर अपने साहब के सामने बकरी की माफिक रहना ही पड़ता है। शहर की हरियाली गाँव में मुरझा रही थी लिहाजा सुपरिंटेंडेंट साहब पर दबाव बढ़ रहा था। दो महीने दो युग की तरह बीते। इसी बीच कलक्टर साहब का ट्रांसफर दूसरे जिले में हो गया। सुपरिंटेंडेंट साहब को तो जैसे मन की मुराद मिल गई; पर ट्रांसफर अभी नहीं हो सकता था। साल में दो बार जून और दिसंबर में ट्रांसफर का नियम था और अभी दिसंबर आने में चार महीने की देर थी। चहेते शिक्षक-शिक्षिकाओं का दर्द साहब से देखा न जा रहा था और कलक्टर साहब के कारनामे से रूठी हुई लक्ष्मी अब प्रसन्न होती दिख रही थीं। आखिर उन चार महीने का रास्ता भी साहब ने निकाल ही लिया। ट्रांसफर नहीं हो सकता पर डेप्युटेशन करने से कौन रोकता। अपने दो-चार अनुचरों तथा उल्लू की स्वामिनी की सिफारिश पर चार-पाँच शिक्षिकाओं को

जिला मुख्यालय में डेप्युटेशन कर दिया। ब्रांच ऑफिस में विभिन्न प्रकार के कार्यों की अधिकता थी अतः शिक्षिकाओं को वहीं प्रतिनियुक्त कर दिया और आश्वासन दिया कि चार महीने बाद यह डेप्युटेशन ट्रांसफर में बदल जाएगा। रीमा और चाँदनी एक ही स्कूल में स्थानांतरित होकर गई थीं। चाँदनी ट्रांसफर के दूसरे दिन से ही रीमा को कहती–

"अरे! ये ट्रांसफर महीना दो महीना से ज्यादा नहीं चलेगा। हम तो फिर वापस घर के पास राजापुरी चले ही जाएँगे।"

रीमा जानती थी कि विभाग में चाँदनी की बहुत पहुँच है। उसने कहा–"मेरा भी ट्रांसफर करवा दो न!"

"क्यों नहीं करवा देंगे? कुछ खर्च करना पड़ेगा।"

"जो खर्च लगेगा हम देंगे, पर काम करवा दो।"

"चाँदनी ने हाँ कह दिया तो होकर ही रहेगा, तुम निश्चिन्त रहो।"

तीस किलोमीटर की दूरी को तीन किलोमीटर करने के लिए रीमा को तीस हज़ार का खर्च आया था। चाँदनी ने अपना और उसका डेप्युटेशन ब्रांच ऑफिस में करा दिया था। यहाँ पढ़ाने का काम न था। कभी ट्रेनिंग की लिस्ट बनाओ कभी बच्चों की किताब, पोशाक वितरण की विवरणी तैयार करो। समय की भी कोई सीमा न थी। साहब कभी दो बजे आते तो आठ बजे तक बैठे रहते। साहब के देर तक बैठे रहने के कारण कभी-कभी उसे भी देर होती। रीमा को यहाँ आए दो सप्ताह हो चुके थे पर उसे न यहाँ का कार्य अच्छा लगा न यहाँ की कार्यशैली, लेकिन विवशता थी।

परियोजना के कार्यालय (सुपरिंटेंडेंट के ऑफिस) में रात आठ-आठ बजे तक शैक्षणिक विकास के कार्य होते रहते। इस कार्यालय में अस्थायी तौर पर भी बहुत तेजस्वी लोग बहाल थे। उन्हें वेतन भले कम मिलता था पर वे अपने को ऑफिसर से कम न समझते। योजनाओं को कार्यान्वित करने में उनकी दक्षता रंग लाती और उस रंग में साहब से चपरासी तक सराबोर होते।

"पहले तो चार बजे छुट्टी हो जाती थी; ये कौन-सा ऑफिस है जो सात बजे आती हो?" एक दिन रीमा के पति ने उससे खीझते हुए पूछा।

"क्या करें साहब कभी-कभी देर तक बैठे रहते हैं।"

"ऑफिस ऑवर तो पाँच बजे तक ही है न?"

"हाँ।"

"कल से साहब बैठे भी रहें तो अपने समय से निकल लेना।"

"कितना कह सुन के डेप्युटेशन करवाए हैं। साहब का अनदेखी करेंगे तो

फिर गाँव में भेज देंगे तब?"

"कह सुन के नहीं तीस हजार लेकर किया है, मुफ्त में नहीं। देखो, एक बात याद रखो घूसखोर से कभी मत डरो। ईमानदार पिउन से घूसखोर ऑफिसर भी डरता है। केवल अपना काम ईमानदारी से करो। नैतिक बल ही अनैतिक लोगों से तुम्हारी रक्षा करेगा।"

रीमा समझ गई कि ब्रांच ऑफिस की कार्यशैली ठीक नहीं है। अगले ही दिन से उसने दस से पाँच की नौकरी शुरू कर दी। पाँच बजते ही वह कार्यालय से निकल जाती। दो चार दिन तो ठीक रहा लेकिन एक दिन साहब के एक प्यादे ने टोक दिया।

"क्या मैडम! घर के पास ले आए फिर भी काम पर ध्यान नहीं है?"

"दस से पाँच तो रहते ही हैं। ऑफिस का टाइम तो पाँच बजे तक ही है न सुबोधजी?"

"हाँ, पर चाँदनी मैडम तो घड़ी नहीं देखती हैं। वो तो पूरा काम करके जाती हैं।"

रीमा को बहुत क्रोध आया कि जिसकी नियुक्ति अस्थायी है वह एक स्थायी कर्मी को टोक रहा है; लेकिन वह चुप रही क्योंकि वह जानती थी कि ये सब साहब के चट्टे-बट्टे हैं जिनके माध्यम से साहब को कमाई होती है इसीलिए इनकी इतनी हिम्मत है। वह बिना कोई जवाब दिए निकल गई। अगले दिन वह समय से ऑफिस आ गई। उसका मन खिन्न था। उस दिन ऑफिस एकदम खाली था। चाँदनी मैडम भी उसके साथ नहीं थी। उसने सोचा कि दो दिनों का सी.एल लेकर घर पर आराम करे। चार बजे छुट्टी का आवेदन देने कार्यालय की ओर बढ़ी तो देखा कि साहब के कक्ष का का दरवाजा बंद है पर ताला नहीं है। उसने ध्यान से देखा तो समझ गई कि दरवाजा भीतर से बंद है। उसे बतलाया गया था कि जब कोई गोपनीय मीटिंग होती है तो दरवाजा भीतर से बंद रहता है। उसे कक्ष के भीतर से आते कुछ अस्पष्ट स्वर सुनाई पड़े, पर किसी मीटिंग जैसा स्वर न था। वह ठहर गई। उन अस्पष्ट स्वरों में कोई भाषा न थी, लेकिन स्वर निरर्थक भी न थे। उसे आशंका हुई। उसने सोचा कि ब्रांच ऑफिस का परिसर एकदम सुनसान है, फिर मीटिंग किसके साथ हो रही है? वहाँ दरवाजे पर बैठने वाला पिउन भी न था। पिउन के बैठने के लिए रखे स्टूल पर चढ़कर उसने रोशनदान के कोने से झाँका तो सिर से पैर तक काँप उठी। साहब के अधरों पर पूर्णिमा की चाँदनी बिखरी हुई थी। इसीलिए राग मालकोश के स्वर छलक कर बाहर आ रहे थे। उसने चारों ओर देखा कि

किसी ने उसे झाँकते तो नहीं देखा। वह उलटे पाँव वापस अपने कक्ष में लौट आई। वह समझ गई कि चाँदनी मैडम यहाँ का काम करते हुए क्यों घड़ी नहीं देखती। उसने डेप्युटेशन के लिए उससे तो तीस हजार खर्च करवाए लेकिन उसने क्या खर्च किया यह आज देख चुकी थी। उसे दुबारा उधर जाने का साहस न हुआ। वह अपने कक्ष में बैठकर काम में लग गई। थोड़ी देर में चाँदनी लौट आई।

"अरे रीमा! ट्रेनिंग का लिस्ट पूरा बना कि नहीं?"

"नहीं। आप ही तो बना रही थीं। हम तो छात्रों की पोशाक की विवरणी बना रहे हैं।"

"रीमा! थोड़ी मदद कर दो न। आज ही वो लिस्ट भेजना है। साहब नाराज होंगे फिर।"

"पाँच बजे के बाद हम नहीं रुकेंगे मैडम!"

"अरे! लिस्ट फिर आज नहीं बन पाएगा तो साहब नाराज होंगे न।"

"आपसे साहब नाराज नहीं होंगे मैडम!" रीमा का कुछ तीखा-सा स्वर था।

"समय से काम नहीं होगा तो नाराज नहीं होंगे? अजीब बात करती हो!"

"काम तो समय से हो ही रहा है मैडम!" कहकर रीमा ने अपना बैग उठाया और निकल गई।

'आपसे साहब नाराज नहीं होंगे, काम तो समय से हो ही रहा है' चाँदनी के कानों में गूँजती इस ध्वनि से उसके ज्ञानचक्षु खुले। उसे लगा कि हो न हो रीमा को कुछ तो अंदाजा जरूर है। उसे भी इस रंग में रँगना होगा तभी वह शान्त होगी। शाम के सात बज चुके थे। वह घर निकलने को हुई तो देखा कि साहब अभी बैठे ही हुए हैं। उसने उन्हें अपनी आशंका से अवगत कराया तो साहब ने निश्चिन्त भाव से कहा–

"घबराने की कोई बात नहीं। इस विभाग में हर समस्या का समाधान है। तुम घर जाओ।"

उस दिन के बाद रीमा साहब की नज़रों से दूर-दूर ही रहने का प्रयास करती। किसी तरह एक सप्ताह बीता। एक दिन उसे तेज बुखार हो आया। उसे लगा कि अब वह वहाँ नहीं बैठ पाएगी। उसने बैग उठाया और निकलने को हुई तो साहब अपने कक्ष के दरवाजे पर ही मिल गए। उन्हें नज़अंदाज कर निकलना सम्भव न था। उसने साहब को हाथ जोड़े–

"प्रणाम सर!"

"प्रणाम। कैसी हो रीमा? आओ।" कहकर साहब कक्ष में भीतर अपने

मूविंग चेयर पर आकर धँस गए।

"सर! मेरी तबीयत ठीक नहीं है। बुखार है। अभी मैं घर जाना चाहती हूँ।"

"अरे! तुम्हें तो तेज बुखार है कहकर साहब ने उसका हाथ पकड़कर बुखार देखने का नाटक किया।"

रीमा का शरीर काँप उठा। उसे ऐसे बर्ताव की अपेक्षा न थी। उसे अपने पति के शब्द याद आए- "नैतिक बल ही अनैतिक लोगों से तुम्हारी रक्षा करेगा। ईमानदार पिउन से घूसखोर ऑफिसर भी डरता है।"

उसने सोचा चाहे जो परिणाम हो इस कीमत पर तो नौकरी नहीं करूँगी। क्षण भर में न जाने कितने रौद्र विचारों के अंगारे उसके मन-मस्तिष्क में दहक उठे। साहब ने अब तक उसका बायाँ हाथ छोड़ा न था। वे 'हाथ पकड़कर पहुँचा पकड़ना' मुहावरे को चरितार्थ करना चाह रहे थे। लेकिन तब तक रीमा के दाएँ हाथ का झन्नाटेदार थप्पड़ उनके गाल पर पड़ चुका था-

"हरामी की औलाद! सूअर! कमीना! घर में माँ बहन नहीं है? तुमको तो जेल भेजवा के रहेंगे!"

इतने अनुभवी साहब का अंदाजा गलत निकला। आज तक ऐसी प्रतिक्रिया उन्हें न मिली थी। बारह वर्षों का अनुभव धरा रह गया। उन्होंने अपने को सँभालते हुए अपना शस्त्र निकाला-

"सस्पेंड कर देंगे। दो मिनट में डिसमिस कर देंगे।"

"तुम? डिसमिस करोगे? कर ही लो। देख लें तुम्हारी हिम्मत!"

कहकर रीमा ने साहब के मुँह पर थूका और बाहर निकल गई। जो अधर कभी किसी के श्रृंगार रस से सराबोर थे आज वे बीभत्स रस से भीगे हुए थे। साहब रूमाल से अपना चेहरा पोंछते नज़र आए। साहब की अच्छी आवभगत हो गई थी। उन्होंने बाहर निकलकर तसदीक की कि किसी ने उनके इस स्वागत समारोह को देखा तो नहीं।

(26)

सिमरा जी इसी महीने रिटायर हो रहे थे। अठारह साल की उनकी निःस्वार्थ सेवा के कारण पूरा गाँव उनके समक्ष नतमस्तक था। आखिर इकतीस अक्टूबर आ ही गया। गामड़ा प्राथमिक विद्यालय में आज उनके रिटायरमेंट के दिन एक छोटा-सा विदाई समारोह रखा गया था। कृष्णमोहनजी ने अपने खर्च से एक सूटकेस उसमें शर्ट-पैंट का कपड़ा, एक छाता, एक कलम आदि सामग्रियाँ खरीद ली थीं। आज सभी बच्चे विद्यालय में उपस्थित थे। उन सबके प्रिय सिमरा मास्टर आज विदा हो रहे थे। उन बच्चों के माता-पिता और सिमरा जी को चाहनेवाले बीसियों ग्रामीण भी अपने इस प्रिय शिक्षक को विदा देने आए थे। कृष्णमोहनजी ने शम्भु जी को भी बुला लिया था। बच्चों ने झाड़ू से बुहारकर विद्यालय परिसर को साफ़ कर दिया था। खुले प्रांगण में एक टेबल और पाँच कुर्सियाँ लगी थीं। बच्चों ने अपने घर की फुलवारी में होनेवाले तरह-तरह के बड़े छोटे फूलों को गूँथकर माला बनाई थी। दस बजे रोज़ की तरह प्रार्थना हुई। कृष्णमोहनजी ने बच्चों को प्रांगण में ही दरी पर बैठने को कहा। बच्चों ने देखा कि रोज़ उनकी गलतियों पर उन्हें डाँटने समझाने वाले सिमरा सर कुछ नहीं बोल रहे हैं। बच्चे इतना जान रहे थे कि सिमरा सर रिटायर हो रहे हैं, पर रिटायर होने का मतलब उन्हें नहीं पता था। ग्यारह सवा ग्यारह बजे सभा शुरू हुई। बीच में एक कुर्सी पर सिमराजी उनकी दायीं ओर कृष्णमोहनजी, बायीं ओर उसी विद्यालय के एक शिक्षक, एक कुर्सी पर शम्भु जी और एक पर गाँव के मुखियाजी बैठे थे। सबसे पहले मुखियाजी ने सिमरा जी को माला पहनाई कृष्णमोहनजी ने उन्हें उपहार दिए और खड़े होकर कहा–

"आज का दिन हम सबके लिए दुःख भरा है क्योंकि हम सबके प्रिय शिक्षक श्री सिमरा जी आज अपनी सेवा पूरी करके रिटायर हो रहे हैं। कल से आपके बिना विद्यालय बहुत सूना-सूना लगेगा। हम सब सरकारी नियमों से बँधे

हैं इसलिए समय आने पर सभी को सेवानिवृत्त होना पड़ता है। आपने बच्चों का भविष्य सँवारने में जिस तरह अपने आप को समर्पित कर दिया उस की जितनी भी तारीफ़ की जाए कम है। यह विद्यालय, यह गाँव, ये बच्चे, हम शिक्षक सभी आपके ऋणी हैं। आपका जीवन खुशहाल रहे, आप स्वस्थ रहें यही ईश्वर से मेरी प्रार्थना है।"

कृष्णमोहन जी बोलकर बैठे तो बच्चों ने आदतन ताली बजाई। इसके बाद गाँव के मुखियाजी ने सिमराजी के कार्यों की मुक्तकंठ से प्रशंसा की। अंत में सिमरा जी बोलने के लिए खड़े हुए–

"मेरे पिरिय छात्र लोग शिक्षकगण तथा सभी गाँववासी! आइज मेरा नौकरी का अंतिम दिन है। आइज के बाद हम इस्कूल नहीं आएँगे इ सोच-सोच के मन को बहुते दुःख हो रहा है। इ गाँव में अठारह साल बिताए। आपलोग से बहुते प्रेम मिला। आप ही लोग मेरा सुख दुःख का साथी रहे। छउआ सब खूभ पढ़ लिख के बड़ा आदमी बने एही मेरा असीरबाद है।"

सिमराजी का गला भर आया। वे बैठ गए। सभा में गंभीरता आ गई थी। बच्चे समझ गए थे कि आज के बाद सिमरा सर स्कूल नहीं आएँगे। सिमरा जी बच्चों के लिए चॉकलेट लेकर आये थे। उन्होंने ही गंभीरता भंग करते हुए बच्चों से कहा सब बच्चा एक-एक करके यहाँ मेरा पास आओ। बच्चों ने गुरु की आज्ञा का पालन किया। सिमरा जी एक-एक बच्चे को चॉकलेट देते, पुचकारते और कहते–

"ठीक से पढ़ाई करना।"

इसी बीच एक ग्रामीण ने टेबल पर पत्ते के दोने में बालूशाही और निमकी लाकर रख दिया और हाथ जोड़कर सबसे खाने का आग्रह करने लगा। कोई अपने खेत का चावल उपहार में ले आया था। कोई थैला भर अमरूद देने को तत्पर था। सिमरा जी गाँव वालों के इस प्यार से भीग उठे। उनकी आँखों की कोरों से आँसू छलक पड़े। उन्हें वहाँ से अपने चालीस किलोमीटर दूर अपने गाँव सिरोहा जाना था। चालीस किलोमीटर का यह सफर उसी साइकिल से तय करनेवाले थे जो पिछले अठारह वर्षों से उनका साथ दे रही थी। विदाई के उपहार उसी साइकिल पर टांग दिए गए। सिमराजी चलने को हुए तो छात्रों ने उन्हें घेर लिया और उन्हें पकड़कर रोने लगे–

"मत जाइए सर! नहीं जाइए सर! हमलोग कैसे पढ़ेंगे?"

बच्चों की व्याकुलता देख कई ग्रामीण और सिमरा जी भी रो पड़े। शम्भु जी ने कृष्णमोहनजी से कहा– "देख रहे हैं बॉस! इतनी बड़ी कमाई तो विभाग

के किसी ऑफिसर को भी नसीब नहीं। धन्य हैं सिमराजी जैसे शिक्षक।"

"विडम्बना यह है शम्भु जी! कि ऐसे आदर्श शिक्षक ने अपना पूरा जीवन शिक्षा के लिए समर्पित कर दिया पर विभाग की ओर से कभी उन्हें पुरस्कृत प्रोत्साहित नहीं किया गया।" कृष्णमोहनजी बोले।

"पुरस्कार तो रहने दीजिए कृष्णमोहनजी! रिटायरमेंट के बाद पेंशन पेपर बनवाने में कितना तिरस्कार झेलना पड़ेगा, कितनी जेब ढीली करनी होगी यह सोच रहे हैं आप? पूरे सर्विस पीरियड में छोटे-छोटे कामों के लिए न जाने इनकी मेहनत की कमाई कितने घूसखोरों ने लूटी होगी?"

"पर आज देखिए कि सिमराजी ने जीवन भर क्या कमाया! इन्हें किसी पुरस्कार की जरूरत भी है क्या शम्भु जी?"

"बहुत सही बात आपने कह दी। सचमुच ऐसे शिक्षक किसी पुरस्कार के मोहताज नहीं होते। बच्चे अपनी आँखों से उनकी राहों में जो मोती बरसा रहे हैं उससे बड़ा पुरस्कार और क्या हो सकता है?" शम्भु जी ने कहा।

सिमरा जी ने बच्चों को बहुत समझाया बुझाया। वहाँ बराबर आते रहने का आश्वासन दिया तब जाकर बच्चे शान्त हुए। गाँव वालों का पूरा हुजूम सिमराजी के पीछे-पीछे चला। उनकी साइकिल एक ग्रामीण लिए चल रहा था। कृष्णमोहनजी और शम्भु जी उनके साथ-साथ चल रहे थे। गाँव की सीमा आ गई। सिमराजी ने सबको हाथ जोड़े। कृष्णमोहनजी और शम्भु जी ने उन्हें हाथ जोड़कर प्रणाम किया। वे अपनी साइकिल पर सवार होकर पगडंडी पर बढ़ गए, अपने गाँव की ओर हमेशा के लिए।

सिमराजी को विदा कर कृष्णमोहनजी भरे मन से विद्यालय लौट रहे थे। रास्ते में उन्होंने शम्भु जी से कहा–

"सिमरा सर के न रहने से बहुत कष्ट होगा बॉस! अब तो एक नया झमेला आ गया है– मध्याह्न भोजन।"

"ठीक कह रहे हैं आप। अब विद्यालय को भोजनालय बना दिया गया है।" शम्भु जी बोले।

"और शिक्षक को रसोइया।" कृष्णमोहनजी ने जोड़ा।

एक तो पहले से ही विद्यालयों में पर्याप्त शिक्षक न थे, अब मध्याह्न भोजन आ जाने से एक शिक्षक उसी में उलझा रहता। यद्यपि मध्याह्न भोजन समिति भोजन पकाने की व्यवस्था देखती थी फिर भी उसका हिसाब-किताब कर रिपोर्ट शिक्षक को ही तैयार करना पड़ता। अध्ययन गौण हो गया था। एक बजे दोपहर में छात्रों को भोजन मिलना चाहिए लिहाजा ग्यारह बजे दाल भात की

हांडी चूल्हे पर चढ़ा दी जाती। भोजन पकने की भीनी-भीनी खुशबू कक्षाओं तक पहुँच ही जाती। इन्द्रियाँ विषय की ओर भागती ही हैं, बच्चे कोई इन्द्रियविजेता ऋषि तो थे नहीं। उनका मन पढ़ाई में कम भोजन की ओर अधिक होता। एक बजते-बजते बच्चों के सब्र का बाँध टूट जाता। मध्यावकाश की घंटी बजते ही वे अपनी-अपनी थाली लिए कक्षा से भागते हुए पाकशाला में पहुँच जाते। दाल-भात आलू की सब्जी खाते हुए बच्चों के चेहरे पर तृप्ति और संतुष्टि के भाव देखकर किसी भी सहृदय शिक्षक का मन प्रसन्न हो जाता। कोई मुस्कुरा रहा है, कोई मित्र के साथ बतियाते हुए भोजन का रस ले रहा है। कोई भोजन खत्म कर परोसन की प्रतीक्षा में है, संकोचवश दुबारा माँग नहीं रहा है। चेहरे पर अतृप्ति और संकोच के मिले जुले भाव हैं। शम्भु जी ने देख लिया-

"अरे बिन्देसर! चुपचाप काहे बैठा है? और लेगा?"

बच्चे ने हाँ में सिर हिला दिया, मुँह से कुछ न बोला। शम्भु जी ने एक बड़ी छात्रा को आवाज़ लगाई- "ए सरसती! अरे ई बिन्देसर को और लाकर दो।"

बिन्देसर के मुँह पर प्रसन्नता की रेखा खिंच आई। वह फिर गरम-गरम दाल-भात के रसास्वादन में तल्लीन हो गया। उसे देखकर शम्भु जी को बरबस आचार्य भट्टनायक याद आए और याद आया उनका रस-सिद्धांत-भुक्तिवाद। साथ ही उनका विशिष्ट शब्द भी याद आया कि रस का भोग करते हुए आस्वादक 'वेद्यांतरसंपर्कशून्य' हो जाता है। अर्थात् रस के सिवा अन्य सभी ज्ञेय वस्तुएँ आस्वादक के ध्यान से परे हो जाती हैं। वह उस पूरे परिवेश से कट जाता है। शम्भु जी मन ही मन बोले-

"कितना रस है इस मामूली-से मध्याह्न भोजन में! कितनी तृप्ति झलकती है भोजन करने वाले के मुँह पर! सचमुच! क्षुधित उदर की जठराग्नि में अन्न की आहुति से बड़ा कोई यज्ञ नहीं।"

लेकिन इस साधारण-सी आहुति पर भी ग्रहण लग जाता। प्रतिदिन का मेन्यू तय कर दिया गया था। कभी दाल-भात सब्जी, कभी दाल भात चोखा, कभी खिचड़ी चोखा, कभी पुलाव दाल। सप्ताह में तीन दिन अंडा और शाकाहारियों के लिए कोई फल। सूची बड़ी पौष्टिक दिखलाई पड़ती पर जो भोजन बनता वह सूची को मुँह चिढ़ा रहा होता। रोज़ वही दाल-भात चोखा या खिचड़ी चोखा। दाल में पानी अधिक दाल कम होती। कुछ पाकविज्ञानी शिक्षक भात से निकलनेवाले माँड़ को फेंकने के बजाय दाल में मिलवा देते। इससे दाल पतली न होती। निर्धारित मेन्यू और पकनेवाले भोजन में फर्क का कारण था असंतुलित बजट।

एक दिन कोई पत्रकार बन्धु मध्याह्न भोजन का जायजा लेने कृष्णमोहनजी के विद्यालय में चले आए। उन्होंने दाल की क्वालिटी पर सवाल किया–

"ऐसी पतली दाल खिलाते हैं आप बच्चों को?"

"आप ही उपाय बताएँ बंधुवर! हम भी बच्चों को पौष्टिक खाना देना चाहते हैं।" कृष्णमोहनजी ने व्यंग्य भरे स्वर में कहा।

"चाहते हैं का क्या मतलब?" पत्रकार ने कहा।

कृष्णमोहनजी ने विस्तार से सारी कथा कह दी–

"देखिए बन्धु! चावल तो सरकारी गोदाम से मुहैया करा दिया जाता है, लेकिन दाल, सब्जी, फल, अंडा आदि के पैसे विद्यालय के खाते में दे दिए जाते हैं। दाल, सब्जी, नमक, तेल, मसाला, ईंधन के लिए फी छात्र तीन रुपये साठ पैसे; तथा अंडा और फल के लिए तीन रुपये का बजट है। दाल है साठ रुपये किलो। आप पच्चीस ग्राम दाल भी दें तो डेढ़ रुपए दाल में खर्च हुए। कोई सब्जी सौ ग्राम भी दें तो एक से डेढ़ रुपये। सरसों का तेल एक सौ के आस-पास है। आप प्रति छात्र एक ग्राम भी तेल खर्च करें तो तेल का ही एक रुपया हुआ। वैसे एक ग्राम तेल में भोजन पकाना कुछ मज़ाक नहीं है क्या? नमक, मसाला, ईंधन का खर्च कम से कम दो रुपये। कुल छह रुपये हुए तो? और आपके पास हैं तीन रुपये साठ पैसे।"

"हाँ, आपका कहना तो बिलकुल सही है। यह तो विकट समस्या है भई!"

"अभी अंडा और फल देना बाक़ी है। एक अकेला अंडा ही चार रुपये में आता है, और अंडे के लिए आपको मिले हैं तीन रुपये। अब इस बजट में कैसे क्या हो? माँ अन्नपूर्णा भी पृथ्वी पर उतर आएँ तो उनके माथे पर भी बल पड़ जाए। जाहिर सी बात है कि मेन्यू अपनी जगह और भोजन अपनी जगह। शिक्षक क्या करे? ऊपर से आप लोग कहते हैं दाल पतली क्यों है। जब बजट ही दुबला-पतला है तो दाल कैसे मोटी होगी? आप ही बतलाएँ।"

"वाकई समस्या तो गहन है। फिर आपलोग इतने कम बजट में सभी बच्चों को खिलाते कैसे हैं?"

"हम शिक्षक तो मजबूर किए जाते हैं श्रीमान् जी! इस असंतुलित बजट में दाल-भात सब्जी खिलाने के लिए भी तनिक उलट-फेर करना ही पड़ता है। कुछ अनुपस्थित छात्रों को भी भोजन करनेवाले छात्रों की सूची में शामिल कर लिया जाता है। इससे उपस्थित छात्रों के एक ग्राम तेल पर मंडराते संकट के बादल छँट जाते हैं। संकट तो तब आता है जब रिश्वतखोर ऑफिसर मध्याह्न भोजन में भी अपनी हिस्सेदारी की आदत से बाज नहीं आते। इन गरीब बच्चों

की कौर पर लात मारनेवाले ये किसी राक्षस से कम थोड़े हैं! काश! उनमें उन क्षुधित बच्चों के चेहरे पर की तृप्ति और संतुष्टि के भावों को पढ़ सकने की योग्यता होती। काश! उनमें भावों से भरा हृदय होता।"

"मास्टर साहब! मैं विभाग के मंत्री और अधिकारियों से जवाब तलब करूँगा। आप अपना और विद्यालय का नाम बतला दें।"

"बंधुवर! यह केवल मेरे विद्यालय की समस्या नहीं है। कमोबेश यह सारे विद्यालयों की समस्या है। आप विभाग के मंत्री और अधिकारियों से जो पूछना हो पूछ लें, मुझे बलि का बकरा न बनाएँ।"

पत्रकार बन्धु कृष्णमोहनजी का आशय समझ गए। उन्होंने गंभीरता से इस विषय को अपने समाचार-पत्र में छापने का आश्वासन दिया और अपनी राह ली।

(27)

मोतियाबिंद के आपरेशन के बाद आज ही शम्भु जी शहर के मशहूर आई स्पेशलिस्ट डॉ. वर्मा से मिलकर आये थे। एक सप्ताह तक काले चश्मे से सब कुछ धुंधला-धुंधला देखने के बाद आज जब डॉ. वर्मा ने चश्मा लगाया तो जैसे सब कुछ– झक्क साफ़। डॉ. वर्मा ने सामने लिखे अक्षरों को पढ़ने को कहा तो शम्भु जी ने बिना रुके एक साँस में ही सब कुछ पढ़ दिया और बोले–

"डॉ. साहब! आपने तो पुरानी आँख का उजाला लौटा दिया। मोतियाबिंद के बाद फिर ऐसा दिखेगा मुझे तो भरोसा ही न था।"

"मास्टर साहब! हम तो बस मन लगाकर काम करते हैं। उजाला और अंधेरा तो ऊपरवाले के हाथ है।" डॉ. वर्मा बोले।

समय पंख लगाकर द्रुतगति से उड़ चला। मदरेचा के सारे पुराने शिक्षक रिटायर हो चुके थे। अब नए-नए शिक्षक वहाँ आ गए थे। शम्भु जी स्वयं एक वर्ष पूर्व रिटायर हो गए थे। कहने को तो दस वर्ष पूर्व ही मदरेचा छूट गया था जब उनका वहाँ से तबादला हो गया था। डॉ. वर्मा के क्लिनिक से लौटकर अपने घर के ड्राइंग रूम में बैठे अपनी नयी आँख की करिश्माई नज़र से एकटक छत की ओर निहारते शम्भु जी की नज़रों के आगे एक-एक कर अतीत के चित्रपट खुलते जा रहे थे। मदरेचा के हरे-भरे खेत-खलिहान, तालाब, साप्ताहिक हाट की चहल-पहल, धनेसर, कन्हैयाजी, अर्जुन महली, रुकमिन, ललिता और न जाने कितना कुछ उनकी स्मृतियों में तैर रहा था। वो जंगल का रास्ता, खेत से हरे-हरे चने के झाड़ उखाड़ कर चने खाना। एक-एक याद दिल पर दस्तक दे रही है। श्रद्धा सहृदयता से भरे गाँव के भोले-भाले ग्रामीण और उनके बच्चे किस तरह उनके तबादले पर रो पड़े थे। धनेसर ने हाथ जोड़कर कहा था–

"इ ट्रांसफर नईं रुक सकेला मास्टर? हियाँ रउरे कर बहुते जउरत रहे।"

(यह ट्रांसफर रुक नहीं सकता मास्टर साहब? यहाँ आपकी बहुत जरूरत थी।)

धनेसर के कंधे पर हाथ रखकर उन्होंने उसे समझाया था–

"देखू धनेसर! आइज नी कल तो जाएक पड़ी। इ तो सरकारी नियम हय। दुःख कर कोनो बात नखे। बहुत बेस मास्टर मन आय हैं। छउवा मन के दिक्कत नई होवी। अउर जे संबंध एक बार बइन जाएला नी तो जिनगी भर रहेला। चाहे ट्रांसफर हो जाय चाहे रिटायर।"(देखिये धनेसर! आज न कल तो जाना ही है। यह तो सरकारी नियम है। दुःख की कोई बात नहीं। अच्छे शिक्षक लोग आए हैं। बच्चों को दिक्कत नहीं होगी। और जो संबंध एक बार बन जाता है वह जिंदगी भर कायम रहता है, भले ही तबादला हो या रिटायरमेंट हो जाए।)

"लेकिन रउरे कर बात जुदा रहे। ठीक है मास्टर! समय मिली होल कहियो -कहियो आवब। राजापुरी से दूर नखे।" (लेकिन आपकी बात ही अलग थी। ठीक है सर! समय मिलने पर कभी-कभी आइएगा। राजापुरी से दूर नहीं है।"

"जरूर आवब। रउरे भी राजापुरी आवब होल भेंट करब।" (जरूर आऊँगा। आप भी राजापुरी आएँ तो अवश्य मिलें।)

"कइसे नी! राजापुरी तो जाबे करिला। रुकमिन राजापुरी रहेला नी। कोलेज में नाम लिखुआय दे ही। उकर फुफू घर है। हुएँ रइह के पढ़ाई करेला।" (क्यों नहीं, राजापुरी तो जाता ही हूँ। रुकमिन तो राजापुरी में ही रहती है। कॉलेज में एडमिशन करवा दिया है। वहाँ उसकी बुआ का घर है। वहीं रहकर पढ़ाई करती है।)

जनगणना के काम में हाथ बँटानेवाला अर्जुन उनकी स्मृतियों के झरोखे से झाँक रहा है-"अर्जुन का रहते आप काहे चिंता करते हैं सर? हम आपके साथ रहेंगे। कोई दिक्कत नहीं होगा।"

हेडमास्टर साहब की हेरा-फेरी, चेतन जी का क्रांतिकारी कदम, मदिरा के परमानन्द में सराबोर मिल्टन भगत के प्रवचन, भगत जी की चाय दूकान...जैसे अनगिनत दृश्य आँखों के परदे पर उभर रहे हैं। तभी डोर-बेल बजी। शम्भु जी ने दरवाजा खोला तो देखा अट्ठाईस-तीस की एक महिला, पैंतीस के आस-पास का एक पुरुष और पाँच साल का एक बच्चा सामने बरामदे में खड़े हैं। शायद पति-पत्नी थे। तीनों ने बारी-बारी से शम्भु जी के पैर छुए। शम्भु जी बोले–

"क्षमा कीजिए मैंने पहचाना नहीं?"

"मदरेचा गाँव शायद आपको याद होगा सर!"

"हाँ, हाँ, क्यों नहीं? वहाँ अपनी ज़िंदगी के बेहतरीन बीस साल गुजारे हैं मैंने।"

"मेरे पिताजी का नाम श्री धनेसर..."

वाक्य पूरा होने से पहले ही शम्भु जी बोल उठे– "अरे! रुकमिन बेटी!

आओ-आओ बैठो।"

"आपको तो नाम भी याद है सर!"

"शिक्षक नाम नहीं भूलते बेटी! बच्चे बड़े हो जाते हैं तो चेहरा बदल जाता है, इसलिए चेहरे से भले न पहचान पाएँ नाम तो जेहन में हमेशा कौंधता रहता है।"

"सर! ये मेरे पति हैं इनसे भी आप मिल चुके हैं।"

"मेरा नाम जीवन है सर!" जीवन ने कहा।

"हाँ, हाँ खूब याद है। अभी क्या करते हो बेटा?"

"सर! मैं आपके ही शहर में पोस्टेड हूँ। सेंट्रल बैंक ऑफ़ इंडिया कोर्ट कैम्पस में मैनेजर हूँ।"

"वाह! बहुत अच्छे।"

"मैं डी.ए.वी स्कूल में गणित की शिक्षिका हूँ सर!"

"वाह! वाह! तुम दोनों ने आनंद से भर दिया मुझे। और, तुम्हारा क्या नाम है बेटे!" बच्चे को पुचकारते हुए शम्भु जी ने पूछा।

"जी, मेरा नाम सुमन सौरभ है। मैं डी.ए.वी स्कूल में स्टैण्डर्ड वन में पढ़ता हूँ।" बच्चे ने उत्तर दिया।

"बहुत तेजस्वी बालक है। हो भी क्यों न? जिसकी माँ इतनी विदुषी है उसका बेटा तो योग्य होगा ही।"

"सब आपका आशीर्वाद है सर! आपलोगों का प्रोत्साहन न मिलता तो मैं क्या कर सकती थी। आपलोगों ने प्रेरित किया वरना उस गाँव से निकलकर..."

"नहीं बेटी! प्रेरणा के साथ-साथ आत्मविश्वास भी जरूरी है। तुम्हारा आत्मविश्वास तुम्हें यहाँ तक ले आया।"

शम्भु जी सोच रहे थे कि इस नए चश्मे से तो अतीत के चित्र साकार हो उठे। वे जिन यादों में खोये थे वे साकार रूप में सामने आ खड़ी हो गई। क्लास में सबसे पहले उत्तर देनेवाली रुकमिन, सब्जी बाजार में सब्जी का मूल्य लेने से इनकार करनेवाली रुकमिन, मैट्रिक की परीक्षा की तैयारी में व्यस्त रुकमिन. .. और न जाने कितने चित्र शम्भु जी के मन के परदे पर घुमड़ रहे थे। शहर से दूर पिछड़े देहात में रूढ़ियों में जकड़े आर्थिक विपन्नता झेल रहे परिवार में पली-बढ़ी एक लड़की का ऐसी उलझन भरी राहों से चलकर यहाँ तक पहुँचना वाकई बहुत परिश्रम और साहस का काम था। गाँवों में ऐसी कितनी लड़कियाँ दसवीं तक पहुँचते-पहुँचते गृहस्थी की आग में झोंक दी जातीं। अपनी शिष्या की प्रगति से शम्भु जी का हृदय प्रफुल्लित था। दो घंटे तक बातें होती रहीं। समय के पुराने अध्याय फिर पढ़े गए। चलते हुए रुकमिन ने कपड़ों का एक

पैकेट शम्भु जी के पैरों पर रखा और प्रणाम करते हुए बोली–

"आज शिक्षक दिवस है सर! आपके स्वस्थ और दीर्घ जीवन की कामना करती हूँ। अपनी इस शिष्या पर आशीर्वाद बनाए रखिएगा।" शम्भु जी गद्‌गद हो उठे।

❑❑❑

www.ingramcontent.com/pod-product-compliance
Lightning Source LLC
LaVergne TN
LVHW060458051026
849518LV00002B/805